Le Petit Prince

Je crois qu'il profita, pour son évasion,
d'une migration d'oiseaux sauvages.
ぼくが思うには、王子さまは逃げ出すために
野生の鳥たちの渡りを利用したのだ。

対訳 フランス語で読もう
「星の王子さま」
Le Petit Prince

アントワーヌ・ド・サンテグジュペリ
小島 俊明［訳注］

第三書房

挿　絵： Antoine de Saint-Exupéry
装　丁： 飯　箸　薫

『朗読CD フランス語で聴こう「星の王子さま」』のお知らせ

　フランスでの *Le Petit Prince* 刊行60周年記念として、仏ガリマール社からリリースされた全文朗読CDを、日本版CDブック（A5判31頁 CD2枚組［収録時間2h10］）にアレンジしました。
　名優ベルナール・ジロドーによる巧みな語り口で、王子さまはもちろん、王さま、点灯夫、蛇... すべての登場人物が、詩情あふれる音楽とともに、生き生きと私たちの目の前に現れます。
　朗読のほかにサンテグジュペリの生前のなまの声を収録(仏文と小島俊明訳文つき)： Atterrissage en Tripolitaine (1936) / L'aviation civile américaine (1937) / Terre des hommes (1939) / Hommage à Jean Mermoz (1935) / Cher Jean Renoir (1941, サンテグジュペリの歌声が聴けます)
　本書の各章冒頭にある、●□内の数字は、CDのトラック番号です。

収　録： **CD 1**　I〜XVI（本書 *p.8〜108*）
　　　　　CD 2　XVII〜XXVII（本書 *p.108〜182*）と付録5つ
朗　読： Bernard Giraudeau
定　価： 3150円（消費税5％込み）

この本で利用されている図版はすべてサンテグジュペリ権利継承者から原版を提供され、複製されたものです。

はじめに
（本書の使い方）

　本書は、初級文法をひととおり習い終えた方々、中・上級レベルの読解力を身につけたい方々を対象に、「永遠の名作 *Le Petit Prince* のフランス語の美しさを味わってみよう」という趣旨で企画されました。

　原文の思考の襞(ひだ)をあとづける**逐語訳(ちくごやく)に近い訳文**を、読みやすい対訳形式にしました（p.6〜183）。また、初心者にやさしく、同時にフランス語を深く勉強した方々にも役立てていただけることを目標に、できるだけ**詳しくていねいな注解**（p.185〜248）を心がけました。

　巻末付録として「**訳し方の手引き**」（p.249〜252）をつけました。翻訳のコツを示すとともに、日本語とフランス語の発想や表現の違いを比較してあります。

　かつてフランス語を習ったけれどだいぶ忘れてしまった、という方も多いかと思います。動詞活用形や重要ポイントをまとめた「**フランス語文法のおさらい**」（p.253〜268）を用意しました。文法を思い出すきっかけにしてみてください。例文はすべてこの作品から引用してあります。

　著者サンテグジュペリが三部に分けているわけではありませんが、この作品は大きく以下の三部構成と考えることができます。作品を読み進めるにつれて、読者の皆さんの文法知識や興味も深まっていくことと思います。注解も一本調子ではなく、次のように三部それぞれ段階をつけて視点・レベルを変えました。

　　第一部（dédicace〜IX）：　　詳しくていねいに
　　第二部（X〜XVI）：　　　　既出項目の再確認
　　第三部（XVII〜épilogue）：　中・上級レベルへ向けて

テキスト間の関連箇所や巻末付録を参照できるように「⇨」印で示しました。

　さあ、それでは、はじめましょう。Allons-y !

À *Léon Werth**.

Je* demande pardon aux enfants d'avoir dédié* ce livre à une grande personne. J'ai une excuse sérieuse : cette grande personne est le meilleur ami que j'ai au monde*. J'ai une autre excuse : cette grande personne peut tout comprendre*, même* les livres pour enfants. J'ai une troisième excuse : cette grande personne habite la France où* elle* a faim et froid*. Elle a bien besoin d'être consolée*. Si toutes ces excuses* ne suffisent pas*, je veux bien* dédier ce livre à l'enfant qu'a été autrefois cette grande personne*. Toutes les grandes personnes ont d'abord été des enfants. (Mais peu d'entre elles* s'en souviennent*.) Je corrige donc ma dédicace :

À *Léon Werth*
quand il était* petit garçon.

レオン・ヴェルトに

　この本をあるおとなの人に捧げたことで、私は子供たちに許してもらいたい。私にはまじめなわけがある。そのおとなの人は、私がこの世で持っている最良の友だ。もう一つわけがある。その人はすべてを理解することができる、子供向けの本でさえも。三つ目のわけがある。その人はフランスに住んでいて、飢えと寒さに苦しんでいる。彼は慰めを必要としている。これらのすべての言いわけでも充分でないなら、昔その人が子供だったその子供に、この本を捧げることにしよう。おとなはみんな、はじめは子供だった（しかし、彼らのほとんどはそのことを覚えていない）。だから私の献辞を次のように訂正する。

少年だったときの
レオン・ヴェルトに

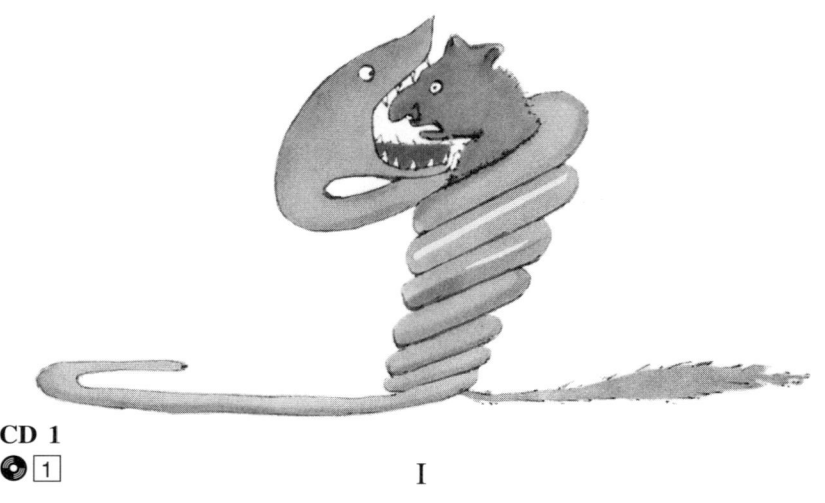

CD 1
🔘 1

I

    Lorsque* j'avais* six ans j'ai vu*, une fois, une magnifique image, dans un livre sur la forêt vierge qui s'appelait* *Histoires vécues**. Ça* représentait un serpent boa* qui avalait un fauve. Voilà la copie du dessin*.
5   On disait* dans le livre : « Les serpents boas avalent leur proie tout entière*, sans la mâcher*. Ensuite ils ne peuvent plus* bouger et ils dorment pendant les six mois de leur digestion*. »
    J'ai alors beaucoup réfléchi* sur les aventures de la jungle et, à mon tour*, j'ai réussi*, avec un crayon de couleur, à tracer mon
10 premier dessin. Mon dessin numéro 1. Il était comme ça* :

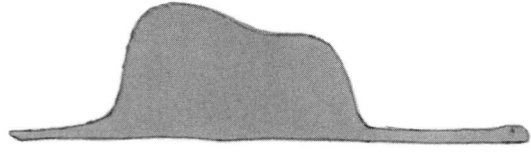

    J'ai montré mon chef-d'œuvre aux grandes personnes* et je leur ai demandé si* mon dessin leur faisait peur*.

Le Petit Prince (I)

一

　六歳だったとき、ぼくは『体験した話』という原始林についての本のなかで、すばらしい挿絵を一度見たことがある。それは一匹の獣を飲みこもうとしているボア大蛇をあらわしていた。これがその絵の写し。

　その本のなかではこう言われていた。「ボア大蛇たちは、獲物を噛まずにまるごと飲みこむ。すると、もう動くことができなくなって、獣を消化する半年間、彼らは眠る」
　そこでぼくは、ジャングルのさまざまな冒険について、大いに考えた。そして、今度は、色鉛筆で、はじめてのデッサンを描きあげることに成功した。ぼくの最初のデッサン、それはこのようなもの。

　ぼくはその傑作を、おとなの人たちに見せて、ぼくのデッサンが彼らをこわがらせるかどうか、とぼくは彼らに尋ねた。

Elles* m'ont répondu* : « Pourquoi un chapeau ferait-il peur ?* »
Mon dessin ne représentait pas un chapeau. Il représentait un serpent boa qui digérait un éléphant. J'ai alors dessiné l'intérieur du serpent boa, afin que* les grandes personnes puissent*
5 comprendre. Elles ont toujours besoin d'explications*. Mon dessin numéro 2 était comme ça :

Les grandes personnes m'ont conseillé de* laisser de côté* les dessins de serpents boas ouverts ou fermés, et de m'intéresser plutôt à* la géographie, à l'histoire, au calcul* et à la grammaire.
10 C'est ainsi que* j'ai abandonné, à l'âge de six ans, une magnifique carrière de peintre. J'avais été découragé par* l'insuccès de mon dessin numéro 1 et de mon dessin numéro 2. Les grandes personnes ne comprennent jamais rien* toutes seules*, et c'est fatigant, pour les enfants, de* toujours et toujours leur donner des explications…
15 J'ai donc dû choisir* un autre métier et j'ai appris à* piloter des avions. J'ai volé un peu partout dans le monde. Et la géographie, c'est exact*, m'a beaucoup servi*. Je savais reconnaître*, du premier coup d'œil*, la Chine de l'Arizona. C'est très utile, si l'on* s'est égaré* pendant la nuit.
20 J'ai ainsi eu*, au cours de ma vie, des tas de* contacts avec des tas de gens sérieux. J'ai beaucoup vécu* chez les grandes personnes. Je les* ai vues* de très près*. Ça n'a pas trop* amélioré mon opinion*.

Le Petit Prince (I)

彼らはぼくに答えた「帽子がどうしてこわいの」と。

ぼくのデッサンは、帽子をあらわしていたのではない。象を消化しているボア大蛇をあらわしていた。そこでおとなの人たちが理解できるように、ぼくは今度は中の見えるボア大蛇を描いた。彼らは、いつも説明を必要とする。ぼくの二番目のデッサンはこんなふうなものだった。

おとなの人たちは、中の見えるボア大蛇だろうと、中の見えないボア大蛇だろうと、ボア大蛇の絵を脇へ放置しておいて、それよりもむしろ地理と歴史と算数と文法に興味を持つようにとぼくにすすめた。こうして、ぼくは六歳のときに、絵かきというすばらしい職業を諦めた。最初の絵と、二番目の絵の失敗によって、ぼくは落胆させられたのだった。おとなの人たちというのは、たったひとりでは、決して何もわからない。いつもいつも、彼らに説明をするのは、子供たちにとっては、うんざりである……

そこで、ぼくは別の職業を選ばねばならず、飛行機の操縦の仕方をおぼえた。そして、ほぼ世界中を飛び回った。なるほど地理学は、たいへん役に立った。一目で、中国とアリゾナ州を見分けることができた。夜間、方角がわからなくなったりしたら、地理学はたいへん役に立つ。

このようにして、ぼくの人生の流れにおいて、ぼくは沢山のまじめな人たちと、沢山の近づきを得た。おとなの人たちのところでうんと暮らした。おとなの人たちを、ごく近いところから見てきた。それによってぼくの見解が良くなることはあまりなかった。

Quand j'en rencontrais une* qui me paraissait* un peu lucide, je faisais l'expérience sur elle de mon dessin numéro 1 que* j'ai toujours conservé. Je voulais savoir si* elle était vraiment compréhensive. Mais toujours elle me répondait : « C'est un chapeau. »
5 Alors je ne lui parlais ni de serpents boas, ni de forêts vierges, ni d'étoiles*. Je me mettais* à sa portée. Je lui parlais de bridge, de golf, de politique et de cravates. Et la grande personne était bien contente de* connaître* un homme aussi raisonnable*…

🔴 2   II

J'ai ainsi vécu seul, sans personne avec qui parler
10 véritablement*, jusqu'à une panne dans le désert du Sahara, il y a six ans*. Quelque chose s'était cassé* dans mon moteur. Et comme je n'avais avec moi ni mécanicien, ni passagers, je me préparai à* essayer de* réussir, tout seul, une réparation difficile. C'était pour moi une question de vie ou de mort. J'avais à peine*
15 de l'eau à boire* pour huit jours*.

Le premier soir je me suis donc endormi* sur le sable à mille milles de toute terre habitée*. J'étais bien plus isolé qu'*un naufragé sur un radeau au milieu de l'océan. Alors vous* imaginez ma surprise, au lever du jour*, quand une drôle de* petite
20 voix m'a réveillé*. Elle disait : …

« S'il vous plaît… dessine-moi un mouton !*

— Hein !

— Dessine-moi un mouton… »

少し聡明そうだと思われるおとなの一人に出会うと、ぼくはいつも持ち歩いていた最初のデッサンで彼を試したものだ。本当にものわかりがよいかどうか、知りたかったのだ。ところがおとなはいつもこう答えた。「それは帽子だろ」。それでぼくは、ボア大蛇についても原始林についても星についても話さず、その人に話を合わせ、ブリッジやゴルフや政治やネクタイについて話すのだった。すると、そのおとなは、かくも分別のある男だと知って、たいへん喜ぶのだった……

二

こうして、ぼくは六年前、サハラ砂漠での故障まで、本心で話せる人もなく、ひとりで暮らしていた。ぼくのエンジンのなかで何かが壊れたのだった。機関士も乗客もいなかったので、ぼくは難しい修理をひとりでなしとげようと準備した。それはぼくにとっては生か死かの問題であった。一週間分の飲み水が、やっとあった。

だから、第一日目の晩、ぼくは人の住んでいるあらゆる地域から千マイルも離れた砂の上で眠った。大海をさまよう救命ボートに乗った人よりも、はるかに孤立無援な状態だった。だから、夜明けに、おかしな可愛らしい声がぼくを目覚めさせたときのぼくの驚きを、きみたちは想像できるよね。その声はこう言っていた……

「どうか……ぼくにおとなしい羊の絵を描いて！」

「え？」

「ぼくに羊を描いて……」

J'ai sauté sur mes pieds comme si* j'avais été frappé par la foudre. J'ai bien frotté mes yeux. J'ai bien regardé. Et j'ai vu un petit bonhomme tout à fait* extraordinaire qui me considérait gravement. Voilà le meilleur portrait* que, plus tard*, j'ai réussi
5 à faire de lui. Mais mon dessin, bien sûr*, est beaucoup moins ravissant que* le modèle. Ce n'est pas ma faute*. J'avais été découragé dans ma carrière de peintre par les grandes personnes, à l'âge de six ans, et je n'avais rien appris à dessiner*, sauf les boas fermés et les boas ouverts.

10 Je regardai donc cette apparition avec des yeux tout ronds d'étonnement. N'oubliez pas que je me trouvais* à mille milles de toute région habitée. Or mon petit bonhomme ne me semblait ni égaré, ni mort de* fatigue, ni mort de faim, ni mort de soif, ni mort de peur. Il n'avait en rien* l'apparence d'un enfant perdu*
15 au milieu du désert, à mille milles de toute région habitée. Quand je réussis enfin à parler, je lui dis* :

« Mais… qu'est-ce que tu fais là ?* »

Et il me répéta alors, tout doucement, comme une chose très sérieuse :

20 « S'il vous plaît… dessine-moi un mouton… »

Quand le mystère est trop impressionnant, on n'ose pas désobéir*. Aussi absurde que cela me semblât* à mille milles de tous les endroits habités* et en danger de mort, je sortis* de ma poche une feuille de papier et un stylographe. Mais je me rappelai
25 alors que j'avais surtout étudié la géographie, l'histoire, le calcul et la grammaire et je dis au petit bonhomme (avec un peu de mauvaise humeur) que je ne savais pas dessiner. Il me répondit :

« Ça ne fait rien*. Dessine-moi un mouton. »

14

Le Petit Prince (II)

　ぼくは、さながら雷に打たれでもしたみたいに、飛び起きた。目をよくこすった。あたりをよく見た。するとまったく不思議な男の子が、真剣にぼくを見つめているのが見えた。後になって、ぼくが彼を描いたいちばん良い肖像画がこれだ。しかし、もちろん、ぼくの絵は実物よりもはるかに魅力に欠けている。それはぼくが悪いのではない。六歳のとき、おとなの人たちによって絵かきのキャリアをくじかれてしまったので、ぼくは中の見えるボア大蛇と中の見えないボア大蛇を描く以外には、絵の描き方を何も学んでいなかった。

　そこでぼくは、驚きですっかりまるくなった目で、その出現者を見つめた。ぼくがそのとき、人の住んでいる地域から千マイルも離れたところにいたということを忘れないで欲しい。さて、その男の子は、道に迷っているようには見えないし、疲れ切っているようにも、死ぬほどおなかがすいているようにも、死ぬほどのどが渇いているようにも、死ぬほどこわがっているようにもぼくには見えない。人の住んでいる地域から千マイルも離れている砂漠のまんなかで、途方にくれている子供、といった様子が少しもなかった。やっと口がきけるようになると、ぼくは彼に言った。

　「だけど……こんなところで、何してるの」

　すると彼はとても深刻なことのように、実に物静かに繰り返した。

　「どうか……ぼくにおとなしい羊の絵を描いて……」

　神秘というものがあまりにも感銘深いときには、人はあえて従わないわけにはいかない。人が住むすべての地域から、千マイルも離れていて、そのうえ、死の危険にさらされているとき、羊の絵を描くなどということが、どんなにばかげているように見えようと、ぼくはポケットから一枚の紙と万年筆を取り出した。けれどもそのとき、地理と歴史と算数と文法をとりわけ勉強したことを思い出し、その坊やに（少し不機嫌に）絵は描けない、と言った。彼はこう答えた。

　「なんでもないよ。羊を描いて」

Voilà le meilleur portrait que, plus tard, j'ai réussi à faire de lui.
後になって、ぼくが彼を描いたいちばん良い肖像画がこれだ。

Comme je n'avais jamais dessiné un mouton je refis*, pour lui, l'un des deux seuls dessins* dont* j'étais capable. Celui du boa fermé*. Et je fus stupéfait d'entendre* le petit bonhomme me répondre* :

« Non ! Non ! Je ne veux pas d'un éléphant dans un boa*. Un boa c'est très dangereux, et un éléphant c'est très encombrant. Chez moi c'est tout petit. J'ai besoin d'un mouton. Dessine-moi un mouton. »

Alors j'ai dessiné.

Il regarda attentivement, puis* :

« Non ! Celui-là* est déjà très malade. Fais-en un autre*. »

Je dessinai :

Mon ami sourit* gentiment, avec indulgence :

« Tu vois bien... ce n'est pas un mouton, c'est un bélier. Il a des cornes... »

Je refis donc encore mon dessin :

Mais il fut refusé*, comme les précédents :

« Celui-là est trop vieux. Je veux un mouton qui vive* longtemps. »

Alors, faute de patience, comme j'avais hâte de* commencer le démontage de mon moteur, je griffonnai ce dessin-ci* :

Et je lançai :

« Ça c'est la caisse. Le mouton que tu veux est dedans. »

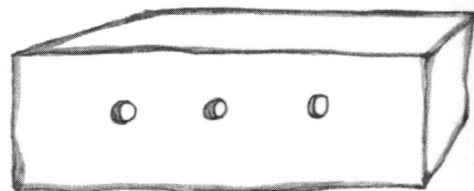

18

Le Petit Prince (II)

　　　　　ぼくは羊の絵を描いたことが一度もなかっ
　　　　たので、ぼくが描くことのできるたった二つ
　　　　の絵のうちの一つを描いた。中の見えないボ
　　　　ア大蛇の絵を。すると坊やがこう言うのを耳
　　　　にして、ぼくは唖然とした。

　「違う、違う！　ボア大蛇に飲まれた象なんか、欲しくないよ。ボア大蛇、それはすごく危険なんだ。それに象、それはすごく場所ふさぎだよ。ぼくんとこは、とっても狭いんだ。羊が必要なんだよ。ぼくに羊を描いて」
　そこでぼくは描いた。
　彼はじっと注意深く眺めてから、こう言った。
　「だめだよ！　これはひどい病気にかかっている。別のを描いて」
　ぼくは描きなおした。
　ぼくの友だちは、寛大げに優しくにっこりした。
　「よく見て……これはおとなしい羊じゃなくて、オスだよ。角がある……」

　　　　　そこでぼくは、また描きなおした。
　　　　でも、それは前作と同じように拒否されて
　　　しまった。
　　　「これは年寄りだよ。うんと長生きする羊
　　　が欲しいんだ」
　ぼくは、エンジンの分解を始めるのを急いでいたので、我慢できなくなって、こんな絵を描きなぐった。
　そして、こう言い放った。
　「これは箱だよ。きみの欲しい
羊は中にいるよ」

19

Mais je fus bien surpris* de voir s'illuminer le visage* de mon jeune juge :

« C'est tout à fait comme ça que* je le voulais ! Crois-tu qu'il faille* beaucoup d'herbe à ce mouton ?

5 — Pourquoi ?

— Parce que chez moi c'est tout petit...

— Ça suffira* sûrement. Je t'ai donné un tout petit mouton. »

Il pencha la tête vers le dessin :

« Pas si petit que* ça... Tiens !* Il s'est endormi... »

10 Et c'est ainsi que* je fis la connaissance du petit prince*.

III

Il me fallut longtemps pour* comprendre d'où il venait*. Le petit prince, qui me posait beaucoup de questions, ne semblait jamais entendre
15 les miennes*. Ce sont des mots prononcés par hasard qui*, peu à peu, m'ont tout* révélé. Ainsi, quand il aperçut* pour la première fois mon avion (je ne dessinerai pas mon avion,
20 c'est un dessin beaucoup trop compliqué pour moi) il me demanda :

« Qu'est-ce que c'est que cette chose-là ?

20

ぼくはわが幼い審査員の顔が、パッと明るくなったのを見て、非常に驚いた。
　「ぼくが欲しかったのは、まったくこんなのだったのさ！　この羊には、草がうんと必要だと思う？」
　「どうして」
　「だって、ぼくんとこはとっても狭いから……」
　「きっと、ちょうどいいよ。実に小さな羊をあげたんだよ」
　彼は絵の方へ顔を傾けた。
　「それほど小さくもないな……おや！　眠っちゃったよ……」
　こうして、ぼくはその王子さまと知りあいになった。

　　　　　　　　　三

　王子さまがどこから来たのかを理解するためには、ぼくには長い時間が必要だった。王子さまはぼくに多くの質問をしたが、ぼくの質問には決して耳を傾けてくれないように見えた。少しずつぼくに全容を明かしたのは、たまたま発せられた言葉だった。こうして、彼がはじめてぼくの飛行機に気づいたとき（ぼくは、飛行機の絵は描かない。ぼくには複雑すぎる絵だ）、彼はこう訊いた。

　「このモノは、いったい何なの」

— Ce n'est pas une chose. Ça vole. C'est un avion. C'est mon avion. »

Et j'étais fier de* lui apprendre que je volais. Alors il s'écria* : « Comment !* tu es tombé du ciel !

5 — Oui, fis-je* modestement.

— Ah ! ça c'est drôle !... »

Et le petit prince eut* un très joli éclat de rire* qui m'irrita beaucoup. Je désire que l'on prenne mes malheurs au sérieux*. Puis il ajouta :

10 « Alors, toi aussi tu viens du ciel ! De quelle planète es-tu ?* »

J'entrevis* aussitôt une lueur, dans le mystère de sa présence*, et j'interrogeai brusquement :

« Tu viens donc d'une autre planète ? »

Mais il ne me répondit pas. Il hochait la tête doucement tout 15 en regardant* mon avion :

« C'est vrai que*, là-dessus, tu ne peux pas venir de bien loin... »

Et il s'enfonça dans une rêverie qui dura longtemps. Puis, sortant* mon mouton de sa poche, il se plongea dans la contemplation de son trésor*.

20 Vous* imaginez combien* j'avais pu être intrigué par* cette demi-confidence sur « les autres planètes ». Je m'efforçai donc d'*en savoir plus long* :

« D'où viens-tu, mon petit bonhomme ? Où est-ce "chez toi" ? Où veux-tu emporter mon mouton ? »

25 Il me répondit après un silence méditatif :

« Ce qui* est bien, avec la caisse que tu m'as donnée*, c'est que*, la nuit*, ça lui servira de maison*. »

Le Petit Prince (III)

「これはモノじゃないよ。これは飛ぶんだ。飛行機だよ。ぼくの飛行機」
　ぼくは、空を飛ぶんだということを教えることができて、誇らしかった。すると、彼は大声で言った。
「なんだって！　じゃあ、きみは空から落っこちたんだ！」
「そうなんだよ」と、ぼくは謙虚に言った。
「ああ、それはおかしいな！」
　そう言って、王子さまは可愛らしくけらけらと笑って、ぼくをひどく苛立たせた。ぼくが出逢った不慮の災難を、ぼくは人にはまじめに受けとって欲しいんだ。それから、彼はこうつけ加えた。
「それじゃあ、きみも空から来たんだ！　きみはどの惑星の人？」
　すぐさま、王子さまが（こんなところに）いるという不思議さのなかに、光のかがよいが垣間見えた。そこでぼくは唐突に尋ねた。
「では、きみはほかの惑星から来たの？」
　しかしながら、彼はぼくに返事をしない。ぼくの飛行機を見ながら、静かに首をふっていた。
「本当に、これだと、そんなに遠くから来られるはずはない……」
　そう言って、彼は夢想にふけり、その夢想は長く続いた。それから、ぼくの描いた羊の絵をポケットから取り出して、彼の宝物の観想にふけった。

　王子さまが「ほかの星」から来たらしいという半ば打ちあけ話に、ぼくがどんなに好奇心をそそられたか、きみたちには想像がつくだろう。だから、ぼくはそれについてもっと詳しく知ろうとした。
「坊や、どこから来たの。ぼくんとこって、どこなの。ぼくの羊をどこへ連れていきたいの」
　黙って考えこんでから、彼はこう答えた。
「きみがくれた箱がよかったのは、夜のあいだ、それが羊の家の役に立つからだよ」

23

Le petit prince sur l'astéroïde B 612.
小惑星 B612 番の王子さま

— Bien sûr. Et si tu es gentil, je te donnerai aussi une corde pour l'attacher* pendant le jour. Et un piquet. »

La proposition parut* choquer le petit prince :

« L'attacher ? Quelle drôle d'idée !*

5 — Mais si tu ne l'attaches pas, il ira* n'importe où*, et il se perdra*. »

Et mon ami eut un nouvel éclat de rire :

« Mais où veux-tu qu'il aille !*

— N'importe où. Droit devant lui... »

10 Alors le petit prince remarqua gravement :

« Ça ne fait rien, c'est tellement* petit, chez moi ! »

Et, avec un peu de mélancolie, peut-être, il ajouta :

« Droit devant soi on ne peut pas aller bien loin... »

IV

J'avais ainsi appris une seconde chose très importante : c'est
15 que* sa planète d'origine* était à peine* plus grande qu'une maison !

Ça ne pouvait* pas m'étonner beaucoup. Je savais bien qu'en dehors des* grosses planètes comme la Terre, Jupiter, Mars, Vénus, auxquelles* on a donné des noms, il y en a des centaines d'autres*
20 qui sont quelquefois si petites qu'*on a beaucoup de mal à* les apercevoir au télescope. Quand un astronome découvre* l'une d'elles*, il lui donne pour nom* un numéro. Il l'appelle par exemple : « l'astéroïde 325 ».

「もちろん、そうさ。それにきみがいい子なら、綱もあげよう。昼のあいだ羊をつないでおくためにさ。それから、棒杭も」

この提案が、王子さまにひどくショックを与えたようだった。

「羊をつないでおく？ おかしな考えだね！」

「でも、つないでおかないと、どこだとかまわず行っちまうよ。そして迷子になっちまう……」

するとぼくの友だちは、またけらけらと笑った。

「羊にどこへ行って欲しいのか！」

「どこへでも、自分の前をまっすぐ……」

すると、王子さまはまじめな顔つきで指摘した。

「大丈夫だよ。ぼくんとこは、ひどく狭いんだから！」

そして、たぶん少し憂鬱な思いで、こうつけ加えた。

「自分の前をまっすぐといっても、そう遠くへ行けるものではない……」

四

こうしてぼくは、二つ目の、非常に大事なことを知った。つまり、王子さまの出身地の惑星が、せいぜい一軒の家より大きいぐらいだということ！

そのことは、ぼくをあまり驚かせはしなかった。地球とか木星とか火星とか金星とかのように、名前のついている大きな惑星のほかに何百という星があって、それらが、時には小さすぎて望遠鏡でもなかなか見えないということを、よく知っていた。それらの(惑星の)一つを発見すると、天文学者はそれに名前代わりに番号をつける。たとえば、それを「小惑星325番」と呼ぶ。

J'ai de sérieuses raisons* de croire que la planète d'où venait le petit prince* est l'astéroïde B 612. Cet astéroïde n'a été aperçu qu'une fois* au télescope, en 1909, par un astronome turc.

Il avait fait alors une grande démonstration de sa découverte à
5 un congrès international d'astronomie. Mais personne ne l'avait cru* à cause de* son costume. Les grandes personnes sont comme ça.

Heureusement* pour la réputation de l'astéroïde B 612, un dictateur turc imposa à* son peuple, sous peine de mort*, de
10 s'habiller à l'européenne*. L'astronome refit sa démonstration en 1920, dans un habit très élégant. Et cette fois-ci* tout le monde fut* de son avis.

Si je vous ai raconté ces détails sur l'astéroïde B 612 et si je vous ai confié son numéro, c'est à cause des* grandes personnes.

15 Les grandes personnes aiment les chiffres. Quand vous leur parlez d'un nouvel ami, elles ne vous questionnent
20 jamais sur l'essentiel. Elles ne vous disent jamais : « Quel est le son de sa voix ? Quels sont les jeux qu'il préfère ?
25 Est-ce qu'il collectionne les papillons ? » Elles vous demandent : « Quel âge a-t-il ? Combien a-

Le Petit Prince (IV)

　ぼくには、王子さまの出身の惑星が小惑星B612番である、と信ずるに足るまじめな理由がある。その小惑星は、1909年に、トルコのある天文学者によって、一度だけしか望遠鏡で観測されたことがない。
　当時、その天文学者は、国際天文学会でその発見を堂々と発表した。ところが着ていた服が理由で、誰も彼を信用しようとしなかった。おとなの人というのは、そんなものなのだ。

　小惑星B612番の評判にとって、ちょうど運が良かったことに、トルコの独裁者が国民にヨーロッパ風の服を着るように命令し、それに違反すれば死罪に処することにした。1920年、その天文学者は、たいへん上品な洋服を着て学会発表をやりなおした。すると今度は、みんなが彼の見解に同意した。
　小惑星B612番について、このように些細なことをきみたちに語ったのは、またその番号を明かしたのは、おとなの人たちが原因。おとなの人というのは、数字が好き。新しい友だちの話をすると、彼らは肝心なことを絶対に訊かない。こんなふうには絶対に言わない。「その人はどんな声。好きな遊びは何。蝶々のコレクションをしているの」。彼らはきまってこう訊く。「その人は何

29

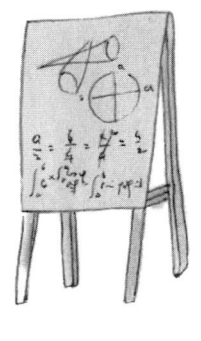

t-il de frères ? Combien pèse-t-il ? Combien gagne son père ? » Alors seulement elles croient le connaître*. Si vous dites aux grandes personnes : « J'ai vu une belle maison en briques roses, avec des géra-
niums aux fenêtres et des colombes sur le toit... », elles ne parviennent pas à* s'imaginer cette maison. Il faut* leur dire : « J'ai vu une maison de cent mille francs*. » Alors elles s'écrient : « Comme c'est joli !* »

Ainsi, si vous leur dites, « La preuve que* le petit prince a existé c'est qu'*il était ravissant, qu'il riait*, et qu'il voulait un mouton. Quand on veut un mouton, c'est la preuve qu'on existe », elles hausseront les épaules et vous traiteront d'enfant* ! Mais si vous leur dites : « La planète d'où il venait est l'astéroïde B 612 », alors elles seront convaincues*, et elles vous laisseront tranquille avec leurs questions. Elles sont comme ça. Il ne faut pas leur en vouloir*. Les enfants doivent* être très indulgents envers les grandes personnes.

Mais, bien sûr, nous qui* comprenons la vie, nous nous moquons bien des numéros* ! J'aurais aimé commencer* cette histoire à la façon des*

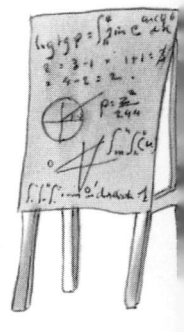

Le Petit Prince (IV)

歳なの。兄弟は何人いるの。体重は何キロ。お父さんの収入はいくら」。そこではじめて、彼を見知っていると思う。おとなの人たちに「窓にジェラニウムがあって、屋根には鳩がいる、バラ色のレンガ造りの美しい家を見たよ……」と言ったとしても、彼らはその家をうまく想像することができない。彼らには、こう言わなければいけない。「十万フランの家を見たよ」。すると、彼らは、「何てすてきなんだろう！」と大声をあげる。

　かくして、もし彼らに「王子さまが存在していたという証拠、それは、王子さまがすてきだった、にこにこしていた、羊を欲しがったということだ。人が羊を欲しがれば、その人が存在している証拠になる」などと言えば、彼らは肩をすくめ、きみたちを子供扱いするだろう！　しかしながら、「王子さまの出身である星は、B612番という小惑星だった」と言えば、おとなたちは納得し、そっとしておいてくれるだろう。おとなたちって、そういうもの。彼らを恨んだりしてはいけない。子供はおとなたちに対して非常に寛大でなければいけない。

　けれども、もちろん、人生を知っているぼくらは、番号をないがしろにする！　ぼくは、できることなら、この話を妖精

contes de fées. J'aurais aimé dire :

« Il était une fois* un petit prince qui habitait une planète à peine plus grande que lui, et qui avait besoin d'un ami… » Pour ceux qui* comprennent* la vie, ça aurait eu l'air beaucoup plus vrai*.

Car je n'aime pas qu'on lise mon livre à la légère*. J'éprouve tant de chagrin à* raconter ces souvenirs. Il y a six ans déjà que* mon ami s'en est allé* avec son mouton. Si j'essaie ici de le décrire, c'est afin de* ne pas l'oublier*. C'est triste d'oublier un ami. Tout le monde n'a pas eu un ami. Et je puis* devenir comme les grandes personnes qui ne s'intéressent plus qu'*aux chiffres. C'est donc pour ça encore que j'ai acheté une boîte de couleurs et des crayons. C'est dur de se remettre au dessin, à mon âge, quand on n'a jamais fait d'autres tentatives que* celle d'un boa fermé et celle d'un boa ouvert, à l'âge de six ans ! J'essaierais, bien sûr, de faire des portraits le plus ressemblants possible*. Mais je ne suis pas tout à fait* certain de réussir. Un dessin va, et l'autre ne ressemble plus. Je me trompe* un peu aussi sur la taille. Ici le petit prince est trop grand. Là il est trop petit. J'hésite aussi sur la couleur de son costume. Alors je tâtonne comme ci et comme ça, tant bien que mal*. Je me tromperai enfin sur certains détails plus importants. Mais ça, il faudra me le* pardonner. Mon ami ne donnait jamais d'explications*. Il me croyait* peut-être semblable à lui. Mais moi, malheureusement, je ne sais pas voir les moutons à travers les caisses. Je suis peut-être un peu comme les grandes personnes. J'ai dû vieillir*.

Le Petit Prince (IV)

物語のように始めたかったのだが。ぼくはこんなふうに話したかった。
「昔むかし、王子さまがいました。彼は、自分よりほんの少し大きい惑星に住んでいました。そして友だちを欲しがっていました……」人生を知っている人たちにとっては、この語り口の方がはるかに本当らしい様子をしていたかもしれない。

なぜなら、ぼくはこの本を軽々しく読んでもらいたくないから。ぼくは王子さまのこうした思い出を語るのが、とても悲しい。ぼくの友だちが羊とともに行ってしまってから、もう六年にもなる。彼のことをここに書こうとしているのは、彼を忘れないため。友だちを忘れるのは、悲しいことだ。誰もが友だちを持ったことがあるわけではないんだ。それに、ぼくも数字にしか興味がないおとなたちと同じような人間になるかもしれない。だからぼくが絵の具箱と鉛筆も買ったのは、そのためなんだ。六歳のとき、中の見えないボア大蛇と中の見えるボア大蛇を描いたほかに、これといった絵を描いたことがなかったぼくが、この歳になってまた絵を描くのは、つらいことなんだ！ もちろん、ぼくは肖像画をかぎりなく本物そっくりに描くようにつとめる。しかし、うまくいくかどうか、まったく自信があるわけではない。ある絵はうまく描けても、ほかのはもう似ても似つかないもの。背丈についても、少し間違っている。こちらの王子さまは大きすぎる。あちらでは彼は小さすぎる。彼の服の色についても、ためらいがある。そこでぼくは手さぐりで、どうにかこうにかこのように描いている。結局、ぼくはもっと大切な細部を間違えてしまいそうだ。でも、その点は許してもらわないといけない。ぼくの友だちは、一度だって説明してくれなかった。ひょっとして、ぼくを自分と同じような人間だと思っていたのかもしれない。けれどもぼくは、不幸にして、箱の中に羊を見ることができない。ぼくも、ちょっとばかり、おとなたちみたいなのかもしれない。歳をとったのに違いない。

33

V

Chaque jour* j'apprenais quelque chose sur la planète, sur le départ, sur le voyage. Ça venait tout doucement, au hasard des réflexions*. C'est ainsi que, le troisième jour, je connus* le drame des baobabs.

Cette fois-ci encore ce fut grâce au mouton*, car brusquement le petit prince m'interrogea, comme pris d'un doute grave* :

« C'est bien vrai, n'est-ce pas*, que les moutons mangent les arbustes ?

— Oui. C'est vrai.

— Ah ! Je suis content ! »

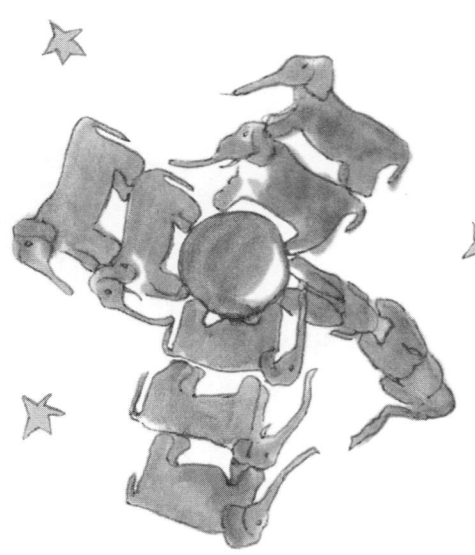

Je ne compris* pas pourquoi il était si important que* les moutons mangeassent* les arbustes. Mais le petit prince ajouta :

« Par conséquent* ils mangent aussi les baobabs ? »

Je fis remarquer au petit prince que* les baobabs ne sont pas des arbustes, mais des arbres grands comme des églises et que*, si même* il emportait avec lui tout un

五

　日ごとに、ぼくは、王子さまの惑星について、旅立ちについて、そして旅行について、何かを知るようになった。(王子さまが)たまたま口にする(思いがけない)考えごとによって、実にゆっくりと話がわかってきた。このようにして、三日目にバオバブの惨事を知った。

　今度もまた、あの羊のおかげだった。それというのは、王子さまが深刻な疑念にとりつかれでもしたように、唐突に、ぼくにこう訊いたのだ。

「羊が低木を食べるって、本当なんでしょう？」

「そう、本当だよ」

「ああ！　それならよかった！」

　羊が低木を食べることが、なぜそんなに大事なのか、ぼくにはわからなかった。しかし、王子さまはつけ加えた。

「したがって、羊はバオバブも食べるんだね」

　ぼくは王子さまに、バオバブは低木ではなくて、教会のように大きな木であること、王子さまが象の群全体を連れて行っても、その群はたった一本のバオバブ

troupeau d'éléphants*, ce troupeau ne viendrait pas à bout d'un seul baobab*.

L'idée du troupeau d'éléphants fit rire le petit prince* :

« Il faudrait les mettre les uns sur les autres... »

Mais il remarqua avec sagesse* :

« Les baobabs, avant de grandir, ça commence par* être petit.

— C'est exact ! Mais pourquoi veux-tu que tes moutons* mangent les petits baobabs ? »

Il me répondit : « Ben !* Voyons !* », comme s'il s'agissait là d'une évidence*. Et il me fallut un grand effort d'intelligence pour comprendre à moi seul* ce problème.

Et en effet, sur la planète du petit prince, il y avait, comme sur

Le Petit Prince (V)

も食べつくせないだろうということを気づかせた。

　象の群という思いつきに、王子さまは笑った。
「(ぼくんとこは狭いから)象を次々に重ねないといけないだろうな」
しかし、賢明にもこう指摘した。
「バオバブでも、大きくなる前は、小さいんだよね」
「そのとおり！　でも、なぜ、小さなバオバブをきみの羊たちが食べるのを望むの」
「あきれたなあ！　何言ってるんだ！」と王子さまは、あたかもそこでは明証性が問題であったかのように答えた。それでぼくは、自分ひとりでその問題を解くのに、大きな努力が必要だった。
　実のところ、王子さまの惑星には、あらゆる惑星と同じように、良い

toutes les planètes, de bonnes herbes et de mauvaises herbes. Par conséquent de bonnes graines de bonnes herbes et de mauvaises graines de mauvaises herbes. Mais les graines sont invisibles. Elles dorment dans le secret de la terre jusqu'à ce qu'*il prenne*
5 fantaisie à l'une d'elles de se réveiller. Alors elle s'étire, et pousse d'abord timidement vers le soleil une ravissante petite brindille inoffensive. S'il s'agit d'une brindille de radis ou de rosier, on peut la laisser pousser* comme elle veut. Mais s'il s'agit d'une mauvaise plante, il faut arracher la plante aussitôt, dès qu'*on a
10 su* la reconnaître. Or il y avait des graines terribles sur la planète du petit prince… c'étaient les graines de baobabs. Le sol de la planète en était infesté*. Or un baobab, si l'on s'y prend* trop tard, on ne peut jamais plus s'en débarrasser*. Il encombre toute la planète*. Il la perfore de ses racines. Et si la planète est trop
15 petite, et si les baobabs sont trop nombreux, ils la font éclater*.

« C'est une question de discipline, me disait plus tard le petit prince. Quand on a terminé sa toilette du matin, il faut faire soigneusement la toilette de la planète. Il faut s'astreindre régulièrement à* arracher les baobabs dès qu'on les distingue
20 d'avec les rosiers* auxquels* ils ressemblent beaucoup quand ils sont très jeunes. C'est un travail très ennuyeux, mais très facile. »

Et un jour il me conseilla de m'appliquer à* réussir un beau dessin, pour bien faire entrer ça dans la tête des enfants de chez moi. « S'ils voyagent un jour, me disait-il, ça pourra leur servir.
25 Il est quelquefois sans inconvénient de* remettre à plus tard* son travail. Mais, s'il s'agit des baobabs, c'est toujours une catastrophe. J'ai connu une planète, habitée par un paresseux. Il avait négligé trois arbustes… »

Le Petit Prince (V)

草と悪い草があった。したがって、良い草の良いたねと、悪い草の悪いたねとがあった。でも、たねというのは目に見えない。土のなかでそのうちのどれか一つのたねが目を覚ます気になるまで、眠っている。それから背伸びをする。そして、はじめはおずおずと、日光の方へ、魅力的な小さな罪のない小枝をのばす。赤カブや薔薇の木の小枝なら、それが芽を出すままにさせておけばよい。しかし、悪い植物なら、気づくやいなやすぐ抜きとらねばならない。ところで王子さまの星には、恐ろしいたねがあった……。バオバブのたねだ。その惑星の地面には、それがはびこっていた。一本のバオバブでも、とりかかるのが遅すぎると、もう絶対に片づけられなくなる。それは惑星全体にはびこる。根でもってそれに穴をあける。そして星が小さすぎてバオバブが多すぎると、それらは星を破裂させてしまうのだ。

「それは几帳面さの問題でね」。後になって、王子さまはぼくに言ったものだ。「朝の自分の身じたくをすませたら、星の身じたくをていねいにしなければいけないんだ。ごく小さいときはとてもよく似ている薔薇の木とバオバブを見分けたら、すぐさま引き抜くようにきちんと努めなければいけないんだ。すごく煩わしい仕事だけど、実にやさしいよ」

そしてある日、王子さまは、ぼくのところの子供たちの頭によく入るように、美しいデッサンを描き上げることに専念するようにすすめた。「彼らがいつか旅行をするような場合、役に立つかもしれないよ。仕事をあとまわしにすることは、ときには差し障りがないこともある。だけど、バオバブに関しては、そんなことをしたらおしまいさ。怠け者が住んでいた星を知っているけど、その人は三本のバオバブを放っておいたんだよ……」

39

Les baobabs.
バオバブの樹

Et, sur les indications du petit prince, j'ai dessiné cette planète-là. Je n'aime guère* prendre le ton d'un moraliste. Mais le danger des baobabs est si peu connu, et les risques courus* par celui qui s'égarerait dans un astéroïde sont si considérables, que*, pour une fois, je fais exception à ma réserve. Je dis : « Enfants ! Faites attention aux baobabs !* » C'est pour avertir mes amis d'*un danger qu'ils frôlaient depuis longtemps, comme moi-même*, sans le connaître*, que* j'ai tant* travaillé ce dessin-là*. La leçon que je donnais en valait la peine*. Vous vous demanderez* peut-être : Pourquoi n'y a-t-il pas, dans ce livre, d'autres dessins aussi grandioses que le dessin des baobabs ? La réponse est bien simple : J'ai essayé mais je n'ai pas pu réussir*. Quand j'ai dessiné les baobabs j'ai été animé par le sentiment de l'urgence*.

Le Petit Prince (V)

　そこで、ぼくは王子さまの指示に従って、その惑星の絵を描いた。道徳家の口調で言うことはあまり好きでないが、バオバブの危険さはあまり知られていないし、小惑星で道に迷った人が冒す危険というのはあまりにも大きいので、一度だけ、ぼくの慎みに例外を設けて、こう言いたい。「おーい、子供たちよ、バオバブには注意するんだよ！」このバオバブの絵をこんなに丹精こめて仕上げたのも、ぼくの友人たちに、ぼくと同様にずいぶん前からそれと知らずにさらされている危険を、知らせてあげるため。ぼくが与えたこの教訓はその苦労に価していた。きみたちは、不思議に思うかもしれない。「なぜ、この本のなかには、バオバブの絵と同じくらい立派な絵がないのだろう」と。その答えはきわめて簡単。試みてはみたけど、うまくいかなかったんだ。バオバブの絵を描いたときは、急を要するという気持ちでぼくは活気づいていたんだよ。

43

VI

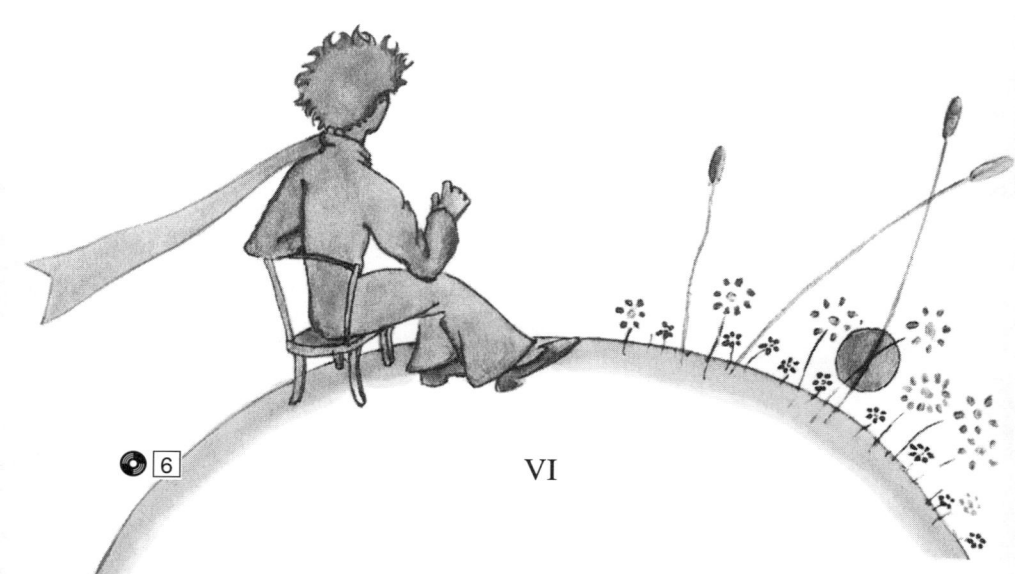

Ah ! petit prince, j'ai compris, peu à peu, ainsi, ta petite vie mélancolique. Tu n'avais eu longtemps pour distraction que la douceur des couchers de soleil. J'ai appris ce détail nouveau, le quatrième jour au matin, quand tu m'as dit :

« J'aime bien les couchers de soleil. Allons voir* un coucher de soleil…

— Mais il faut attendre…

— Attendre quoi ?

— Attendre que le soleil se couche. »

Tu as eu l'air très surpris d'abord, et puis tu as ri de toi-même*. Et tu m'as dit :

« Je me crois* toujours chez moi ! »

Le Petit Prince (VI)

六

　ああ、王子さま、ぼくはこうして、きみの憂鬱な人生が少しずつ理解できるようになった。長いあいだ、穏やかな日の入りしか気晴らしではなかったんだね。四日目の朝、きみが次のように言ったとき、ぼくはこの新しい事実を知った。
　「ぼく、日の入りが大好きなんだ。日の入りを見に行こうよ⋯⋯」

　「でも⋯⋯待たなくては⋯⋯」
　「待つって、何を」
　「日が沈むのを、待たなくては」
　最初、きみは非常に驚いた様子だった。それから自分自身をあざわらって、こう言ったね。
　「ぼく、あいかわらず自分の星にいるものと思っていたんだ！」

En effet. Quand il est midi aux États-Unis, le soleil, tout le monde le sait*, se couche sur la France. Il suffirait de pouvoir* aller en France en une minute pour assister au* coucher du soleil. Malheureusement la France est bien trop éloignée. Mais, sur ta
⁵ si petite planète, il te suffisait de tirer ta chaise de quelques pas. Et tu regardais le crépuscule chaque fois que tu le désirais...

« Un jour, j'ai vu le soleil se coucher quarante-quatre fois ! »

Et un peu plus tard tu ajoutais* :

« Tu sais... quand on est tellement triste on aime les couchers
¹⁰ de soleil...

— Le jour des quarante-quatre fois, tu étais donc tellement triste ? »

Mais le petit prince ne répondit pas.

VII

Le cinquième jour, toujours grâce au mouton, ce secret de la
¹⁵ vie du petit prince me fut révélé*. Il me demanda avec brusquerie, sans préambule, comme le fruit d'un problème longtemps médité en silence :

« Un mouton, s'il mange les arbustes, il mange aussi les fleurs ?

— Un mouton mange tout ce qu'il rencontre*.

²⁰ — Même les fleurs qui ont des épines ?

— Oui. Même les fleurs qui ont des épines.

— Alors les épines, à quoi servent-elles ?* »

Je ne le savais pas*. J'étais alors très occupé à* essayer de

なるほど。アメリカ合衆国で正午のとき、みんなが知っているように、フランスでは日の入り。だから、日の入りを見物するためには、一分でフランスに行ければ充分であろう。しかしそれには、不幸にしてフランスは遠すぎる。けれども、きみの小さな星の上だったら、椅子を二、三歩引っぱるだけで充分だった。だからきみは、見たいと思うたびごとに、たそがれを眺めていたのだよね……
「ある日、ぼくは四十四回も日が沈むのを見たよ」
　そして、少したって、こうつけ加えたものだね。
「ねえ……ひどく悲しいときには、日の入りが好きになるものでしょう……」
「それじゃあ、四十四回も日の入りを見た日は、よっぽど悲しかったんだね」
　けれども、王子さまは、返事をしなかった。

七

　五日目に、やはりあの羊のおかげで、王子さまの人生のあの秘密がぼくに明かされた。黙って長いあいだある問題を考えてきた結果のように、王子さまは前ぶれもなく、いきなりぼくに訊いた。

「羊は、低木を食べるなら、花も食べるんじゃないの？」
「出会うもの何でも食べるよ」
「棘のある花でも？」
「そうだよ、棘のある花でも」
「それじゃあ、棘は何の役に立つの」
　ぼくはそれを知らなかった。そのときは、あまりにも固く締まりすぎ

dévisser* un boulon trop serré de mon moteur. J'étais très soucieux car ma panne commençait de* m'apparaître comme très grave*, et l'eau à boire qui s'épuisait* me faisait craindre le pire*.

5 « Les épines, à quoi servent-elles ? »

Le petit prince ne renonçait jamais à* une question, une fois qu'il l'avait posée*. J'étais irrité par mon boulon et je répondis n'importe quoi* :

« Les épines, ça ne sert à rien, c'est de la pure méchanceté de 10 la part des* fleurs !

— Oh ! »

Mais après un silence* il me lança, avec une sorte de rancune :

« Je ne te crois pas ! Les fleurs sont faibles. Elles sont naïves. Elles se rassurent comme elles peuvent*. Elles se croient terribles 15 avec leurs épines … »

Je ne répondis rien. À cet instant-là je me disais : « Si ce boulon résiste encore, je le ferai sauter* d'un coup de marteau*. » Le petit prince dérangea de nouveau* mes réflexions* :

« Et tu crois, toi, que les fleurs…

20 — Mais non* ! Mais non ! Je ne crois rien ! J'ai répondu n'importe quoi. Je m'occupe, moi, de choses sérieuses* ! »

Il me regarda stupéfait*.

« De choses sérieuses ! »

Il me voyait, mon marteau à la main, et les doigts noirs de 25 cambouis, penché* sur un objet qui lui semblait très laid.

« Tu parles comme les grandes personnes ! »

Ça me fit un peu honte. Mais, impitoyable, il ajouta* :

« Tu confonds tout… tu mélanges tout ! »

48

ているエンジンのボルトをはずすのに、ぼくはおおわらわだった。故障がたいへん深刻だということがわかってきたうえに、飲み水も底をつきかけていたので、最悪の事態がたいへん心配だった。

「棘は何の役に立つの」

王子さまは、いったん質問をしだすと決して諦めなかった。ぼくはボルトに苛立っていたので、いいかげんに答えた。

「棘は、何の役にも立たないね。それはまったく花の意地悪そのものだよ！」

「へえ！」

けれども、ちょっと黙ってから、王子さまは、一種の恨みをこめて、こう言い放った。

「きみは信用できないよ！　花というのはかよわいんだ。無邪気なんだ。できるだけ安心しようとしてるんだ。棘があると、自分はこわいものだと思いこんでいるんだ」

ぼくは何も答えなかった。その瞬間心のなかで思っていた。《このボルトがまだいうことをきかないなら、カナヅチで叩いてふっ飛ばしてやろう》。王子さまは、ぼくの深い思いをまた邪魔した。

「きみ、きみは思っているの？　花というものが……」

「違う、違う！　何とも思っちゃいないよ！　いいかげんに答えただけさ。ぼくはね、まじめなことに関わっているんだよ！」

王子さまは、唖然としてぼくを見つめた。

「まじめなことだって！」

彼はぼくを見ていた。ぼくは片手にカナヅチを持ち、手の指は機械油でよごれ、彼にはたいへん醜く見えるものを覗きこんでいた。

「おとなの人たちみたいな喋り方だ！」

それを聞いて、ぼくはちょっと恥ずかしくなった。しかしなさけ容赦なく、彼はつけ加えた。

「なにもかも、ごっちゃにしてる……なにもかも、ごちゃまぜにしてる！」

Il était vraiment très irrité. Il secouait au vent des cheveux tout dorés :

« Je connais une planète où il y a un monsieur cramoisi. Il n'a jamais respiré une fleur*. Il n'a jamais regardé une étoile. Il n'a ⁵ jamais aimé personne. Il n'a jamais rien fait d'autre que des additions*. Et toute la journée il répète comme toi : "Je suis un homme sérieux ! Je suis un homme sérieux !", et ça le fait gonfler d'orgueil. Mais ce n'est pas un ¹⁰ homme, c'est un champignon !

— Un quoi ?

— Un champignon ! »

Le petit prince était maintenant tout pâle de colère.

¹⁵ « Il y a des millions d'années que* les fleurs fabriquent des épines. Il y a des millions d'années que les moutons mangent quand même* les fleurs. Et ce n'est pas sérieux de chercher à comprendre pourquoi elles se ²⁰ donnent tant de mal* pour se fabriquer des épines qui ne servent jamais à rien ? Ce n'est pas important la guerre des moutons et des fleurs ? Ce n'est pas plus sérieux et plus important que les additions d'un gros ²⁵ monsieur rouge ? Et si je connais, moi, une fleur unique au monde, qui n'existe nulle part*, sauf dans ma planète, et qu'*un petit mouton peut* anéantir d'un seul coup*,

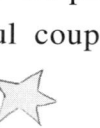

50

Le Petit Prince (VII)

　彼は本当にひどく、苛立っていた。すっかり金色に染まった髪を風になびかせて。
　「ぼく、深紅色さんがいる惑星を知っているんだ。彼はいかなる花の香も嗅いだことが一度もなければ、どんな星も眺めたことが一度もないんだよ。誰も愛したことがないのさ。たし算のほかには、何もしたことがない。そして、一日中、きみのように繰り返しているんだ。自分はまじめな男だ！まじめな男だって！　そして傲慢でふくれあがっている。だけど、あれは、人間じゃない。キノコだよ！」
　「なに」
　「キノコだよ！」
　王子さまは今では青くなって怒っていた。
　「何百万年も前から、花は棘を作っているし、何百万年も前から、羊はそれでも花を食べている。花がなぜ、まったく役に立たない棘を作るのに、あれほど多くの苦労を自らに与えているのかを理解しようとすることが、まじめじゃないというの？　羊と花との戦争なんか、大事じゃないというの？　ふとっちょの深紅色さんのたし算よりも、まじめで大事なことじゃないというの？　そして、ぼくの星以外にはどこにも存在しない、この世でたった一輪の花をぼくが知っていて、その花を小さな羊が、ある朝、何をしているのか気づかないまま、このようにただの一撃で消滅させてしまうかもしれな

51

comme ça, un matin, sans se rendre compte de* ce qu'il fait, ce n'est pas important ça !* »

Il rougit, puis reprit* :

« Si quelqu'un aime une fleur qui n'existe qu'à un exemplaire dans les millions et les millions d'*étoiles, ça suffit pour qu'*il soit* heureux quand il les regarde. Il se dit* : "Ma fleur est là quelque part*..." Mais, si le mouton mange la fleur, c'est pour lui comme si, brusquement, toutes les étoiles s'éteignaient* ! Et ce n'est pas important ça ! »

Il ne put* rien dire de plus*. Il éclata brusquement en sanglots*. La nuit était tombée. J'avais lâché mes outils. Je me moquais bien de mon marteau, de mon boulon, de la soif et de la mort. Il y avait, sur une étoile, une planète, la mienne*, la Terre, un petit prince à consoler* ! Je le pris* dans les bras. Je le berçai. Je lui disais : « La fleur que tu aimes n'est pas en danger... Je lui dessinerai une muselière, à ton mouton*... Je te dessinerai une armure pour ta fleur... Je... » Je ne savais pas trop quoi dire*. Je me sentais très maladroit. Je ne savais* comment l'atteindre, où le rejoindre... C'est tellement mystérieux, le pays des larmes !

VIII

J'appris bien vite à mieux* connaître cette fleur. Il y avait toujours eu*, sur la planète du petit prince, des fleurs très simples, ornées d'un seul rang de pétales, et qui ne tenaient* point* de place, et qui ne dérangeaient personne*. Elles apparaissaient un

いということが、大事じゃないというのか！」
　王子さまは顔を赤らめ、続けて言った。
　「もし誰かが、何百万、何千万とある星のうちの一つにしか存在しない一輪の花を愛しているなら、それだけでその星たちを眺めるときに充分幸福になれる。その人はこう思う、《ぼくの花があそこのどこかにある……》と。でも、羊がもし花を食べてしまえば、その人にとっては、ふいに星という星が消えたみたいになってしまうんだ。それでも、そんなこと大事じゃないというのか！」
　彼はもうそれ以上なにも言うことができなかった。いきなりすすり泣いた。日が暮れていた。ぼくは道具を手ばなしていた。カナヅチも、ボルトも、のどの渇きも、死の恐怖も、もう意に介さなかった。一つの星の上に、惑星の上に、ぼくの星、この地球の上に、慰めてあげなければならない一人の王子さまが存在していた！　ぼくは彼を両腕に抱きあげ、静かに揺らし、そしてこう言った。「きみが愛している花は、大丈夫だよ……きみの羊に口輪を描いてあげる……きみの花にはフェンスを描いてあげる……ぼくは……」その先、何を言えばいいのか、よくわからなかった。自分がとてもぶきっちょに思われた。どうすれば王子さまの心に届くのか、どこで王子さまの心と一つになれるのかわからなかった……それほど不思議なところ、涙の国というのは！

八

　まもなく、ぼくはその花をもっとよく知るようになった。王子さまの惑星の上には、花びらが一重の、少しも場所ふさぎにならない、誰の邪魔もしない、きわめて素朴な花があった。それらの花は、ある朝、草のあいだから現われ、その晩には消えてしまうのだった。ところが王子さ

matin dans l'herbe, et puis elles s'éteignaient le soir*. Mais celle-là* avait germé un jour, d'une graine* apportée d'*on ne sais où*, et le petit prince avait surveillé de très près cette brindille qui ne ressemblait pas aux* autres brindilles. Ça pouvait être un nouveau genre de baobab*. Mais l'arbuste cessa vite de croître*, et commença de préparer une fleur. Le petit prince, qui assistait à l'installation d'un bouton énorme, sentait bien qu'il en sortirait une apparition miraculeuse*, mais la fleur n'en finissait pas de* se préparer à* être belle, à l'abri de* sa chambre verte. Elle choisissait avec soin ses couleurs. Elle s'habillait lentement, elle ajustait un à un* ses pétales. Elle ne voulait pas sortir toute fripée comme les coquelicots. Elle ne voulait apparaître que* dans le plein rayonnement de sa beauté. Eh ! oui. Elle était très coquette ! Sa toilette mystérieuse avait donc duré des jours et des jours. Et puis voici qu'*un matin, justement à l'heure du lever du soleil, elle s'était montrée*.

Et elle, qui avait travaillé avec tant de précision, dit en bâillant* :

« Ah ! je me réveille* à peine... Je vous demande pardon... Je suis encore toute décoiffée... »

Le petit prince, alors, ne put contenir son admiration :

« Que vous êtes belle !*

— N'est-ce pas, répondit doucement la fleur. Et je suis née* en même temps que* le soleil... »

Le petit prince devina* bien qu'elle n'était pas trop modeste, mais elle était si émouvante !*

Le Petit Prince (VIII)

まのその花は、どこからともなく運ばれてきたたねから、ある日芽を出したのだった。それで王子さまは、ほかの芽とは違うその芽をすぐそばで見張っていた。これはバオバブの新種であるかもしれないな(、と彼は思った)。しかし、その低木はすぐに成長が止まって、一つの花をつけはじめた。大きな蕾が育っていくのを目撃していた王子さまは、そこから奇跡が現われてくるのを感じていた。ところが花は、緑の部屋のかげで美しくなるためのお化粧を止めそうにない。念入りに色彩を選んでいた。ゆっくりと、服を着けていた。そして花弁を一枚一枚とのえていた。雛罌粟の花のような、皺々の姿を見せたくなかった。美しさにいっぱい輝いてでなければ、姿を見せたくなかった。そうなのだ！ 彼女は非常におしゃれだったのだ。だから、彼女の神秘的なお化粧は、幾日も幾日も続いた。こうして、ついにある朝、ちょうど日の出の時刻に、彼女は姿を見せた。

　その彼女は、それほど念入りにお化粧をすませて、あくびをしながら言った。
　「ああ！　やっと目があいたわ……ごめんなさいね……まだ髪がすっかり乱れていて……」
　王子さまは、そのとき感嘆の念を禁じえなかった。
　「あなたは何と美しい方だろう！」
　「でしょう？」と花は静かに答えた。「それに、あたくし、太陽と同時に生まれたのよ」
　王子さまは、彼女があまり謙虚でないことを見抜いた。でも、何てうっとりするほど美しいのだろう！(と、彼は思った)

« C'est l'heure, je crois, du petit déjeuner, avait-elle bientôt ajouté*, auriez-vous la bonté de* penser à moi*... »

Et le petit prince, tout confus,* ayant été chercher* un arrosoir d'eau fraîche, avait servi la fleur*.

Ainsi l'avait-elle bien vite tourmenté* par sa vanité un peu ombrageuse. Un jour, par exemple, parlant de ses quatre épines, elle avait dit au petit prince :

« Ils peuvent venir, les tigres*, avec leurs griffes !

— Il n'y a pas de tigres sur ma planète, avait objecté le petit prince, et puis les tigres ne mangent pas d'herbe.

— Je ne suis pas une herbe, avait doucement répondu la fleur.

— Pardonnez-moi...

— Je ne crains rien des tigres*, mais j'ai horreur des courants d'air. Vous n'auriez pas un paravent* ? »

« Horreur des courants d'air... ce n'est pas de chance, pour une plante, avait remarqué le petit prince. Cette fleur est bien compliquée... »

« Le soir vous me mettrez

Le Petit Prince (VIII)

「朝食の時間だと思うわ。恐れ入りますがあたくしのことを考えていただけないでしょうか……」

やがて彼女はそうつけ加えた。

そこで王子さまはすっかり恐縮して、新鮮な水の入った如雨露を取りに行ってから、花に水をかけてあげた。

こうして、彼は早くもやや気難しい彼女の虚栄心に苦しめられはじめたのだった。たとえば、ある日、自分の持っている四つの棘について話しながら、王子さまに言った。

「虎たちが爪を持ってやって来たっていいわ！」

「ぼくの惑星には、虎はいませんよ」と王子さまは反論した。「それに、虎は草を食べない」

「あたくしは、草じゃないのよ」と花は静かに答えた。

「ごめんなさい……」

「虎なんかちっともこわくはないけど、空気の流れがいやなの。ついたて、ひとつもお持ちでなくて？」

《空気の流れが嫌いだとは、……植物なのに、あいにくだな。この花はずいぶん気難し屋だな》と王子さまは思った。

「夕方になったら、覆いを

sous globe. Il fait très froid chez vous. C'est mal installé*. Là d'où je viens... »

Mais elle s'était interrompue. Elle était venue sous forme de graine. Elle n'avait rien pu connaître des autres mondes*. Humiliée de* s'être laissé* surprendre à* préparer un mensonge aussi naïf*, elle avait toussé deux ou trois fois, pour mettre le petit prince dans son tort* :

« Ce paravent ?...
— J'allais le chercher* mais vous me parliez ! »

Alors elle avait forcé sa toux* pour lui infliger quand même des remords*.

Ainsi le petit prince, malgré la bonne volonté de son amour*, avait vite douté d'elle*. Il avait pris au sérieux des mots sans importance, et était devenu* très malheureux.

« J'aurais dû ne pas l'écouter*, me confia-t-il un jour, il ne faut jamais écouter les fleurs. Il faut les regarder et les respirer. La mienne* embaumait ma planète, mais je ne savais pas m'en réjouir*. Cette histoire de griffes, qui m'avait tellement agacé, eût dû m'attendrir*... »

Il me confia encore :

« Je n'ai alors rien su comprendre ! J'aurais dû la* juger sur les actes et non sur

Le Petit Prince (VIII)

かけてください。あなたのとこって、とても寒いのね。居心地が悪いわ。あたくしの出身地のあちらはね……」

しかし、彼女は言うのを中断してしまった。彼女はたねの形で飛んできたのだった。ほかの世界のことは、何も知ることができなかったはずだ。そんな素朴な嘘をつこうとしていたことを見破られ、恥ずかしくなって、彼女は二、三度咳払いをした。その結果、間違っているのは王子さまの方だと思わせた。

「あの……ついたては？」

「それを取りに行こうとしたら、話しかけてきたでしょう！」

すると彼女はわざと咳払いをして、それでも王子さまに良心の呵責を課した。

だから、王子さまは、恋心から由来した善意にもかかわらず、早くも彼女を疑ったのだった。彼はつまらない言葉をまじめにとって、たいへん不幸になったのだった。

「彼女に耳を傾けるべきではなかったのだけど」と、ある日、王子さまは、ぼくに打ち明けた。「花の言うことなんか絶対に聞いちゃいけない。眺めて、香をかぐだけでいいんだ。ぼくの花は、ぼくの惑星をいい香で包んでいたけど、ぼくはその香を楽しむことができなかった。ぼくをひどく苛立たせたあの爪の話だって、あるいはぼくをほろりとさせるはずだったかもしれない……」

それからなおも打ち明けて、こう言った。

「あのとき、ぼくは何も理解できなかったんだよ！ 彼女の言葉ではなく、行為によって彼女を判断するべきだっ

59

les mots. Elle m'embaumait et m'éclairait. Je n'aurais jamais dû m'enfuir* ! J'aurais dû deviner sa tendresse derrière ses pauvres ruses*. Les fleurs sont si contradictoires ! Mais j'étais trop jeune pour* savoir l'aimer. »

IX

Je crois qu'il profita, pour son évasion, d'*une migration d'oiseaux sauvages. Au matin du départ il mit sa planète bien en ordre*. Il ramona soigneusement ses volcans en activité. Il possédait deux volcans en activité. Et c'était bien commode pour faire chauffer le petit déjeuner du matin. Il possédait aussi un volcan éteint. Mais, comme il disait : « On ne sait jamais* ! » Il ramona donc également le volcan éteint. S'ils sont bien ramonés, les volcans brûlent doucement et régulièrement, sans éruptions. Les éruptions volcaniques sont comme des feux* de cheminée. Évidemment sur notre terre nous sommes beaucoup trop petits pour ramoner nos volcans. C'est pourquoi* ils nous causent des tas d'ennuis.

Le petit prince arracha aussi, avec un peu de mélancolie, les dernières pousses de baobabs. Il croyait ne jamais devoir revenir*. Mais tous ces travaux familiers lui parurent, ce matin-là, extrêmement doux. Et, quand il arrosa une dernière fois* la fleur, et se prépara à la mettre à l'abri* sous son globe, il se découvrit l'envie de pleurer*.

« Adieu », dit-il à la fleur.

たのに。彼女はぼくを香で包み、ぼくを照らしてくれていた。決して彼女から逃げ出すべきではなかったんだ！　あわれな企みのかげに隠れていた、彼女の優しさを見抜くべきだった。花って、本当に矛盾しているんだから！　けれども、ぼくは幼すぎて、彼女を愛するすべを知らなかったんだ」

九

　ぼくが思うには、王子さまは逃げ出すために野生の鳥たちの渡りを利用したのだ。出発の朝、彼は自分の星をきちんと整えた。念入りに活火山の煤払いをした。王子さまは活火山を二つ持っていた。それは朝の食事を温めるのに実に便利だった。休火山も一つ持っていた。けれども、王子さまが言っていたように、「どうなるかわかったものではない！」だから休火山も同じように、煤払いをした。煤払いをよくしておけば、火山は静かに、規則正しく煙をはき、爆発を起こさない。火山の爆発は、煙突の火花みたいなもの。いうまでもなく、この地球上では、ぼくら人間は小さすぎて、火山の煤払いをすることはできない。だから火山は、うんとぼくらにやっかいごとをひきおこすのだ。

　王子さまは、ちょっとばかり憂鬱そうに、バオバブの最新の芽を抜くこともした。もう二度と戻ってくるはずはないと思っていた。ところが、こうしたやりなれた仕事が、その朝は、彼にはこの上もなく甘美なものに思われた。そして、これを最後に花に水をかけ、覆いをかけようとしていたとき、王子さまは自分のうちに泣き出したい欲求を見出した。

「さようなら」と王子さまは花に言った。

Il ramona soigneusement ses volcans en activité.
念入りに活火山の煤払いをした。

Mais elle ne lui répondit pas.

« Adieu », répéta-t-il.

La fleur toussa. Mais ce n'était pas à cause de son rhume.

« J'ai été sotte, lui dit-elle enfin. Je te* demande pardon. Tâche
5 d'être heureux*. »

Il fut surpris par* l'absence de reproches*. Il restait là tout déconcerté, le globe en l'air*. Il ne comprenait pas cette douceur calme.

« Mais oui*, je t'aime, lui dit la fleur. Tu n'en as rien su*, par
10 ma faute. Cela n'a aucune* importance. Mais tu as été aussi sot que moi. Tâche d'être heureux… Laisse ce globe tranquille. Je n'en veux plus*.

— Mais le vent…

— Je ne suis pas si enrhumée que ça… L'air frais de la nuit
15 me fera du bien*. Je suis une fleur.

— Mais les bêtes…

— Il faut bien que* je supporte deux ou trois chenilles si je veux connaître les papillons. Il paraît que* c'est tellement beau. Sinon* qui* me rendra visite ? Tu seras* loin, toi. Quant aux*
20 grosses bêtes, je ne crains rien. J'ai mes griffes. »

Et elle montrait naïvement ses quatre épines. Puis elle ajouta :

« Ne traîne pas comme ça, c'est agaçant*. Tu as décidé de partir. Va-t'en*. »

Car elle ne voulait pas qu'il la vît pleurer*. C'était une fleur
25 tellement orgueilleuse…

しかし、彼女は彼に返事をしなかった。
「さようなら」と王子さまは繰り返した。
花は咳をした。けれども、風邪をひいていたからではなかった。
「あたくし、馬鹿だったわ」と彼女はついに口をきいた。「ごめんなさいね。お幸せになってね」
咎めだてる様子が全然ないので、王子さまはびっくりした。そして、覆いガラスを宙に持ったまま、すっかり面食らってそこにじっとしていた。その静かな優しさを彼は理解しなかった。
「そうよ、あたくし、あなたが好きよ」と彼女は言った。「あたくしのせいで、あなたはそのことを何も知らなかったわね。そんなこと、どうでもいい。あなたもあたくし同様に、お馬鹿さんだったのよ。お幸せになってね。……その覆いガラスなんか、放っといてちょうだい。もうそんなもの、いらないわ」
「だけど、風が……」
「そんなに風邪をひいているわけではないの……夜の涼しい風があたくしに元気をもたらすでしょう。あたくし、花なんだから」
「だけど、けものが……」
「蝶々と知りあいになりたかったら、二、三匹の毛虫には我慢しなくちゃ。蝶々って本当にきれいに思われる。蝶々でなかったら、誰があたくしを訪ねてくれるのかしら。あなたは遠いところに行ってしまうのでしょう？ 大きなけものに関しては、何もこわくない。あたくし棘を持ってるんだから」
そう言って、無邪気にも花は四つの棘を見せた。それからこうつけ加えた。
「そんなにぐずぐずしてないで。いらいらしてくるわ。出発することに決めたんでしょう。行ってしまいなさいよ」
彼女は泣いているところを彼に見られたくなかったからそう言った。それはそんなにも勝気な花だった……

X

Il se trouvait dans la région des astéroïdes 325, 326, 327, 328, 329 et 330. Il commença donc par les visiter* pour y* chercher une occupation et pour s'instruire.

Le premier* était habité par un roi*. Le roi siégeait, habillé de pourpre et d'hermine, sur un trône très simple et cependant majestueux.

« Ah ! Voilà un sujet ! », s'écria le roi quand il aperçut le petit prince. Et le petit prince se demanda* :

« Comment peut-il me reconnaître* puisqu'il ne m'a encore jamais vu* ! »

Il ne savait pas que, pour les rois, le monde est très simplifié. Tous les hommes* sont des sujets.

« Approche-toi* que* je te voie* mieux », lui dit le roi qui était tout fier d'être enfin roi* pour quelqu'un.

Le petit prince chercha des yeux* où s'asseoir*, mais la planète était tout encombrée par le magnifique manteau d'hermine. Il resta donc debout, et, comme il était fatigué, il bâilla.

« Il est contraire à l'étiquette de bâiller en présence d'*un roi, lui dit le monarque. Je te l'interdis*.

— Je ne peux pas m'en empêcher*, répondit le petit prince tout confus*. J'ai fait un long voyage et je n'ai pas dormi…

— Alors, lui dit le roi, je t'ordonne de* bâiller. Je n'ai vu personne bâiller* depuis des années. Les bâillements sont pour

十

　王子さまは、小惑星325、326、327、328、329、330の圏内にきた。そこでまず、これらの小惑星を訪ねてみることからはじめた。ここで仕事を見つけて、勉強するために。
　最初の小惑星には、一人の王さまが住んでいた。その王さまは、深紅の服と白貂の毛皮を着て、たいへん簡素だが威厳のある玉座に腰かけていた。
　「やあ！　家来がきた！」
　王さまは王子さまに気づくと、大声で言った。王子さまは自問した。
　「ぼくに一度も会ったことがないのに、どうして、ぼくだとわかったのかな」
　王さまたちにとっては、世の中がきわめて単純であるということを、彼は知らなかった。すべての人間が家来なのである。
　「もっとよく見えるように、近う寄れ」誰かに対してついに王さまになることができて非常に鼻が高くなった王さまは、そう言った。
　王子さまは、腰かける場所を目で探したが、星全体がみごとな白貂のコートですっかりふさがれてしまっていた。だから立ったままでいた。そして疲れていたので、あくびをしてしまった。
　「王さまの面前であくびをするとは、エチケットに反する。きみにあくびを禁止する」とその君主は彼に言った。
　「あくびを我慢できなかったのです。長旅をして、眠っていないのです……」と王子さまは、すっかり恐縮して、答えた。
　「それなら、あくびをするように命令する。ここ数年来、あくびをする人間を一人も見たことがない。あくびは、わしにとっては興味津々じゃ

67

moi des curiosités. Allons !* bâille encore. C'est un ordre.

— Ça m'intimide... je ne peux plus..., fit* le petit prince tout rougissant*.

— Hum ! Hum ! répondit le roi. Alors je... je t'ordonne tantôt de bâiller et tantôt* de... »

Il bredouillait* un peu et paraissait vexé.

Car le roi tenait essentiellement à ce que* son autorité fût respectée*. Il ne tolérait pas la désobéissance. C'était un monarque absolu. Mais, comme il était très bon, il donnait des ordres raisonnables.

« Si j'ordonnais, disait-il couramment, si j'ordonnais à un général de se changer en* oiseau de mer, et si le général n'obéissait pas, ce ne serait* pas la faute du général. Ce serait ma faute. »

« Puis-je* m'asseoir ? s'enquit* timidement le petit prince.

— Je t'ordonne de t'asseoir », lui répondit le roi, qui ramena majestueusement un pan de son manteau d'hermine.

Mais le petit prince s'étonnait. La planète était minuscule. Sur quoi le roi pouvait-il bien régner ?*

« Sire, lui dit-il... je vous demande pardon de vous interroger...

— Je t'ordonne de m'interroger, se hâta de* dire le roi.

— Sire... sur quoi régnez-vous ?

— Sur tout, répondit le roi, avec une grande simplicité.

— Sur tout ? »

Le roi d'un geste discret désigna sa planète, les autres planètes et les étoiles.

« Sur tout ça ? dit le petit prince.

— Sur tout ça... », répondit le roi.

Car non seulement c'était un monarque absolu mais* c'était un

よ。さあ！　もう一度、あくびをしたまえ。これは命令だ」

「その命令ではおじけづいて……もう二度とできませんよ……」

王子さまはすっかり顔を赧らめて、そう言った。

「えへん、えへん！　それでは、わしが……命令する、あるときは、あくびをし、あるときは……」

王さまはちょっと早口に口ごもり、気にさわったように見えた。

なぜなら、自分の権威が尊重されることに何よりも執着していたから。命令に従わないと、容赦しなかった。彼は絶対君主だった。しかし、たいへんお人よしだったので、分別のある命令をくだしていた。

王さまは、日頃から、こう言っていたものだ。「もしわしが、ある将軍に海鳥に変身しろと命令し、将軍がそれに従わない場合、その将軍が悪いのではあるまい。それはわしの過ちだろう」

「腰かけてもいいでしょうか」と王子さまはおずおずと訊いた。

「腰かけるよう命じる」と王さまは答えた。そして白貂の毛皮のマントの垂れを、もったいぶって引き寄せた。

しかし、王子さまは意外に思っていた。その星はきわめて小さかったのだ。王さまはいったい何を支配できてるのだろう？（と、彼は思った）

「陛下……質問することをお許し願いたいのですが……」

「質問をするように命じる」と王さまはいそいで言った。

「陛下……何を支配していらっしゃるのですか」

「いっさいじゃよ」と王さまは、きわめて明快に答えた。

「いっさい？」

王さまは、控えめな身振りで自分の惑星とほかの惑星とほかの星たちを指さした。

「あれらをみんな？」と王子さまは言った。

「あれらをみんなじゃ……」と王さまは答えた。

それというのも、絶対君主であったばかりか、宇宙の君主でもあったから。

monarque universel.

« Et les étoiles vous obéissent ?

— Bien sûr, lui dit le roi. Elles obéissent aussitôt. Je ne tolère pas l'indiscipline. »

⁵ Un tel pouvoir émerveilla le petit prince. S'il l'avait détenu*

Le Petit Prince (X)

「それで、星たちは陛下に従っているのですか」
「もちろん。みんなすぐ従う。わしは規則違反を容赦せん」と王さまは彼に言った。
　たいした権力だな、と王子さまは驚嘆した。もし自分がそのような権力を持っていたら、もう一度も椅子を動かすこともなく、同じ日のう

lui-même, il aurait pu* assister, non pas à* quarante-quatre, mais* à soixante-douze, ou même à cent, ou même à deux cents couchers de soleil dans la même journée, sans avoir jamais à* tirer sa chaise ! Et comme il se sentait un peu triste à cause du souvenir
⁵ de sa petite planète abandonnée, il s'enhardit à* solliciter une grâce du roi* :

« Je voudrais* voir un coucher de soleil… Faites-moi plaisir*… Ordonnez au soleil de se coucher…

— Si j'ordonnais à un général de voler d'une fleur à l'autre*
¹⁰ à la façon d'un papillon, ou d'écrire une tragédie, ou de se changer en oiseau de mer, et si le général n'exécutait pas l'ordre reçu, qui, de lui ou de moi*, serait dans son tort ?

— Ce serait vous*, dit fermement le petit prince.

— Exact. Il faut exiger de* chacun ce que chacun peut donner*,
¹⁵ reprit le roi. L'autorité repose d'abord sur la raison. Si tu ordonnes à ton peuple d'aller se jeter à la mer, il fera la révolution. J'ai le droit d'exiger l'obéissance parce que mes ordres sont raisonnables.

— Alors mon coucher de soleil ? rappela le petit prince qui jamais n'oubliait une question* une fois qu'il l'avait posée*.
²⁰ — Ton coucher de soleil, tu l'auras*. Je l'exigerai*. Mais j'attendrai, dans ma science du gouvernement, que* les conditions soient* favorables.

— Quand ça sera-t-il ?* s'informa* le petit prince.

— Hem !* hem ! lui répondit le roi, qui consulta d'abord un
²⁵ gros calendrier, hem ! hem ! ce sera, vers… vers… ce sera ce soir vers sept heures quarante ! Et tu verras comme* je suis bien obéi*. »

Le petit prince bâilla. Il regrettait son coucher de soleil manqué*. Et puis il s'ennuyait* déjà un peu :

Le Petit Prince (X)

ちに、日の入りを四十四回どころか七十二回、いや百回も二百回も眺めることができたのに！ そして、遠くに見はなしてきた自分の小さな惑星のことを思い出して、少し悲しくなり、思いきって王さまに力添えをお願いしてみた。

「ぼく、日の入りを眺めたいのですが……喜ばせてください……太陽に、沈むように命令してください……」

「もし将軍に、蝶々のように花から花へ飛ぶよう命じたり、悲劇を書くよう、あるいは海鳥に変身するよう命じたりして、将軍が命令に従わない場合、間違っているのは、将軍とわしのどちらかね？」

「陛下でしょうね」と王子さまは、きっぱりと言った。

「そのとおり。誰であれ、それぞれ自分でできることをするように要請しなければいけない。権威というものはまず道理にもとづいている。もし国民に向かって、海に身投げをするよう命令したりしたら、革命が起こるよ。わしは自分の命令が道理にかなっているから、それに従うよう要請する権利があるのじゃ」と王さまは言った。

「それじゃあ、ぼくの日の入りのことは？」と王子さまはまた言った。彼は、いったん言い出した質問は、絶対に忘れなかった。

「きみの日の入りは、見させてあげる。そのように要請する。だが、統治上、状況が都合よくなるのを待つとしよう」

「それは、いつになりそうですか」と王子さまは訊いた。

「さあ、どうかな！」と王さまは言い、まず大きなカレンダーに当たった。「さあ、どうかな！ それは……おおよそ……おおよそ今晩七時四十分ころだ！ 今にわかる、どんなにわしの命令どおりになるかということが」

王子さまはあくびをした。見そこなった日の入りをくやんでいた。それに、もうすでにいくらか退屈していた。

「ここではもう何もすることがありません。また出発します」と彼は王さまに言った。

73

« Je n'ai plus rien à faire* ici, dit-il au roi. Je vais repartir* !

— Ne pars pas, répondit le roi qui était si fier d'avoir un sujet. Ne pars pas, je te fais ministre !

— Ministre de quoi ?

— De... de la Justice !

— Mais il n'y a personne à juger !

— On ne sait pas, lui dit le roi. Je n'ai pas fait encore* le tour de* mon royaume. Je suis très vieux, je n'ai pas de place pour un carrosse, et ça me fatigue de marcher.

— Oh ! Mais j'ai déjà vu, dit le petit prince qui se pencha pour jeter encore un coup d'œil* sur l'autre côté de la planète. Il n'y a personne là-bas non plus*...

— Tu te jugeras donc toi-même*, lui répondit le roi. C'est le plus difficile. Il est bien plus difficile de* se juger soi-même que* de juger autrui. Si tu réussis à bien te juger, c'est que* tu es un véritable sage.

— Moi, dit le petit prince, je puis me juger moi-même n'importe où. Je n'ai pas besoin d'habiter ici.

— Hem ! hem ! dit le roi, je crois bien que sur ma planète il y a quelque part* un vieux rat. Je l'entends la nuit*. Tu pourras juger ce vieux rat. Tu le condamneras* à mort de temps en temps. Ainsi, sa vie dépendra de* ta justice. Mais tu le gracieras chaque fois pour l'économiser*. Il n'y en a qu'un*.

— Moi, répondit le petit prince, je n'aime pas condamner à mort, et je crois bien que je m'en vais.

— Non », dit le roi.

Mais le petit prince, ayant achevé ses préparatifs,* ne voulut* point peiner le vieux monarque :

Le Petit Prince (X)

「発ってはいけない」と王さまは言った。家来ができて、たいへん鼻が高かったのだ。「発ってはいけない、きみを大臣にしてあげる！」

「何の大臣に？」

「法……法務大臣に」

「でも、裁判にかけるような人は一人もいませんよ」

「それは、わからん」と王さまは言った。「まだ、わが国を一巡りしていないのじゃ。たいへん歳をとったのに、馬車を置く場所がないのじゃ。歩くのは疲れるよ」

「おお！　でも、さっき見たんですけど……」と王子さまは身をかがめて、惑星の向こう側を、もう一度ちらりと見やった。「あちらにも、誰もいませんよ……」

「では、自分で自分を裁くがいい」と王さまは言った。「それがいちばん難しいことだ。他人を裁くよりも、自分自身を裁く方がはるかに難しい。もし、自分を立派に裁くことができたとしたら、それはおまえが本当に賢い人間だからだよ」

「ぼくはね」と王子さまは言った。「どこにいたって自分で自分を裁くことができるんです。ここに住む必要はありません」

「えへん、えへん！」と王さまは言った。「この星のどこかに、歳をとったネズミがいると思う。夜、ネズミの音が聞こえるんだ。そのネズミの裁判をしてくれないかね。ときどき、死刑を宣告してくれないかね。そうすれば、あのネズミの命は、おまえの判決しだいとなる。しかし、裁判するたびに、彼の命を大切にするために、恩赦を与えるのだ。ネズミは一匹しかいないのだから」

「ぼくは」と王子さまは答えた。「死刑にするのはいやです。立ち去ろうと思います」

「それは、いかん」と王さまは言った。

しかし、王子さまは、支度をしてしまっていたし、歳をとった君主をもう煩わせたくなかった。

« Si votre Majesté* désirait être obéie ponctuellement, Elle pourrait* me donner un ordre raisonnable. Elle pourrait m'ordonner, par exemple, de partir avant une minute. Il me semble que* les conditions sont favorables... »

5 Le roi n'ayant rien répondu, le petit prince hésita d'abord*, puis, avec un soupir, prit le départ...

« Je te fais mon ambassadeur », se hâta alors de crier le roi*. Il avait un grand air d'autorité.

« Les grandes personnes sont bien étranges », se dit le petit
10 prince, en lui-même*, durant son voyage.

XI

La seconde planète était habitée par un vaniteux : « Ah ! Ah ! Voilà la visite d'un admirateur ! » s'écria de loin le vaniteux dès qu'il aperçut le petit prince.

Car, pour les vaniteux, les autres hommes sont des admirateurs.
15 « Bonjour, dit le petit prince. Vous avez un drôle de chapeau*.

— C'est pour saluer, lui répondit le vaniteux. C'est pour saluer quand on m'acclame. Malheureusement il ne passe jamais personne* par ici.

— Ah oui ? dit le petit prince qui ne comprit pas.
20 — Frappe tes mains l'une contre l'autre* », conseilla donc le vaniteux.

Le petit prince frappa ses mains l'une contre l'autre. Le vaniteux salua modestement en soulevant son chapeau.

「もし陛下がきちんと命令に従って欲しいとお望みなら、分別のある命令をおくだしになりますように。たとえば、すぐに出発しなさい、とか、ぼくにおっしゃるのです。状況は都合よくなっているように思えますが……」

王さまが何も答えないので、王子さまは、初めためらっていたが、やがて溜め息をつき、出発した……

「きみを大使に任命してやるぞ」と王さまはいそいで大声で言った。

王さまは威厳があるように、もったいぶっていた。

《おとなって、とっても変だな》と王子さまは、旅のあいだ、心のなかで思った。

十一

二番目の惑星には、見栄張り男が住んでいた。

「やあ！ やあ！ おれのファンの来訪だな！」。見栄張り男は、王子さまに気がつくや、遠くから大声で言った。

それというのも、見栄っ張りたちにとっては、他人は賞賛者なのだ。

「こんにちは」と王子さまは言った。「おかしな帽子をかぶってますね」

「挨拶するためなんだよ」と見栄張り男は答えた。「拍手喝采を送られたときに、挨拶するためなんだよ。あいにく、決っして誰もここを通りかからなくてね」

「あ、そう？」と王子さまは言ったがよくわからない。

「拍手しなさい」と見栄張り男はすすめた。

王子さまは手を叩いた。見栄張り男は、帽子を持ちあげて、うやうやしく挨拶した。

« Ça, c'est plus amusant que la visite au roi », se dit en lui-même le petit prince. Et il recommença de frapper ses mains l'une contre l'autre. Le vaniteux recommença de saluer en soulevant son chapeau.

5   Après cinq minutes d'exercice le petit prince se fatigua de* la monotonie du jeu :

« Et, pour que le chapeau tombe, demanda-t-il, que faut-il faire ? »

Mais le vaniteux ne l'entendit pas. Les vaniteux n'entendent jamais que les louanges.

10 « Est-ce que tu m'admires vraiment beaucoup ? demanda-t-il au petit prince.

— Qu'est-ce que
15 signifie "admirer" ?

— "Admirer" signifie reconnaître que je suis l'homme le plus beau, le mieux* habillé, le plus
20 riche et le plus intelligent de* la planète.

— Mais tu es seul sur ta planète !

— Fais-moi ce plaisir.
25 Admire-moi quand même !

— Je t'admire, dit le petit prince, en haussant un peu les épaules, mais en quoi

Le Petit Prince (XI)

　《これは、王さまを訪ねるより、面白いや》と王子さまは心のなかで思った。それで、また手を叩きはじめた。見栄張り男は、また帽子を持ちあげて、挨拶を再開した。

　五分間の実習のあと、王子さまは遊びの単調さに疲れてしまった。
「帽子を下におろしてもらうには、何をしなくてはいけないの」と王子さまは訊いた。
　しかし、見栄張り男は彼の話を聞いていなかった。見栄っ張りたちというのは、ほめ言葉だけにしか耳を貸さないんだ。
「本当にほめたたえてくれているのかね」と彼は王子さまに訊いた。
「ほめたたえるって、どういう意味？」
「ほめたたえるというのは、おれがこの星でいちばん美しく、いちばん身なりがよく、いちばん金持ちで、いちばん利口だっていうことを認めることさ」
「でも、この星にはあんたひとりしかいないよ！」
「おれを喜ばせておくれよ。それでも、ほめたたえておくれよ！」
「ほめたたえてあげるよ」と王子さまは、ちょっと両肩をすくめて、そう言った。

cela peut-il bien t'intéresser ?* »

Et le petit prince s'en fut*.

« Les grandes personnes sont décidément bien bizarres », se dit-il simplement en lui-même durant son voyage.

XII

La planète suivante était habitée par un buveur. Cette visite fut très courte mais elle plongea* le petit prince dans une grande mélancolie :

« Que fais-tu là ? dit-il au buveur, qu'il trouva installé* en silence devant une collection de bouteilles vides et une collection de bouteilles pleines.

— Je bois*, répondit le buveur, d'un air lugubre*.

Le Petit Prince (XII)

「でも、そんなこと、きみにとっていったいどんないいことがあるの」
　そう言って、王子さまはそこから立ち去った。
　《おとなって、本当に、とっても奇妙だな》と王子さまは、旅のあいだ、単純にそう思った。

十二

　次の惑星には、飲み助が住んでいた。この訪問はほんの短いものだったが、王子さまを大きな憂鬱のなかに陥れた。

　「そんなところで、何をしているの」と王子さまは飲み助に言った。その飲み助は、空の瓶と酒のいっぱい入った瓶の寄せ集めの前に、黙ってすわっていた。
　「飲んでるんだ」と飲み助は陰気な様子で答えた。

— Pourquoi bois-tu ? lui demanda le petit prince.

— Pour oublier, répondit le buveur.

— Pour oublier quoi ? s'enquit le petit prince qui déjà le plaignait*.

5 — Pour oublier que j'ai honte, avoua le buveur en baissant la tête.

— Honte de quoi ? s'informa le petit prince qui désirait le secourir*.

— Honte de boire ! » acheva le buveur qui s'enferma* 10 définitivement* dans le silence.

Et le petit prince s'en fut, perplexe*.

« Les grandes personnes sont décidément très très bizarres », se disait-il en lui-même durant le voyage.

XIII

La quatrième planète était celle du businessman. Cet homme 15 était si occupé qu'*il ne leva même pas la tête à l'arrivée du petit prince.

« Bonjour, lui dit celui-ci*. Votre cigarette est éteinte*.

— Trois et deux font* cinq. Cinq et sept douze. Douze et trois quinze. Bonjour. Quinze et sept vingt-deux. Vingt-deux et six 20 vingt-huit. Pas le temps de la rallumer*. Vingt-six et cinq trente et un. Ouf !* Ça fait* donc cinq cent* un millions six cent vingt-deux mille sept cent trente et un.

— Cinq cents millions de quoi ?

Le Petit Prince (XIII)

「なぜ、飲んでいるの」と王子さまは訊いた。
「忘れるためだよ」と飲み助は答えた。
「何を忘れるためなの」と王子さまは訊いた。王子さまは、もうすでに彼を哀れんでいた。
「恥ずかしいということを忘れるためだよ」と飲み助は、うつむいて打ち明けた。
「何が恥ずかしいの」と王子さまは、彼を助けてあげたいと思って、訊いた。
「酒を飲むのが恥ずかしいのさ」。そう言い終って、飲み助は決定的に沈黙のなかに閉じこもってしまった。
そこで、王子さまは当惑して、そこから立ち去った。
《おとなって、本当に、実に実に奇妙だなあ》と王子さまは、旅のあいだ、心のなかで思った。

十三

四番目の惑星は、事業家の星だった。その人はあまりの忙しさに、王子さまがやってきても、顔をあげさえしなかった。

「こんにちは」と王子さまは言った。「タバコの火が消えてますよ」
「三たす二は五。五たす七は十二。十二たす三は十五。こんにちは。十五たす七は二十二。二十二たす六は二十八。タバコに火をつけ直しているヒマがない。二十六たす五は三十一。やれやれ！　これで五億百六十二万二千七百三十一になった」

「何が五億なの」

— Hein ?* Tu es toujours là ? Cinq cent un millions de... je ne sais plus... j'ai tellement de travail ! Je suis sérieux, moi, je ne m'amuse pas à* des balivernes ! Deux et cinq sept...

— Cinq cent un millions de quoi ? », répéta le petit prince qui jamais de sa vie* n'avait renoncé à* une question, une fois qu'il l'avait posée.

Le businessman leva la tête :

« Depuis cinquante-quatre ans que j'habite cette planète-ci, je n'ai été dérangé que trois fois. La première fois ç'a été*, il y a

Le Petit Prince (XIII)

「えっ？　相変わらずそこにいるのかい。五億百万……もうわからない……こんなに山ほどの仕事がある！　おれはまじめなんだ。おれは無駄話で暇をつぶしたりなんかしないよ！　二たす五は七……」
「何が五億百万なの」と王子さまは繰り返して言った。彼はいったん質問をしだしたら絶対に諦めなかった。

事業家は、顔をあげた。
「この惑星に住んで五十四年になるが、ただ三回しか邪魔されたことがない。最初は、二十二年前のこと、どこからか黄金虫が落ちてきた。

vingt-deux ans, par un hanneton qui était tombé dieu sait d'où*. Il répandait un bruit épouvantable, et j'ai fait quatre erreurs dans une addition. La seconde fois ç'a été, il y a onze ans, par une crise de rhumatisme*. Je manque d'*exercice. Je n'ai pas le temps de
5 flâner. Je suis sérieux, moi. La troisième fois… la voici !* Je disais donc cinq cent un millions…

— Millions de quoi ? »

Le businessman comprit qu'il n'était point d'*espoir de paix* :

10 « Millions de ces petites choses que l'on voit quelquefois dans le ciel.

— Des mouches ?

— Mais non, des petites choses* qui brillent.

— Des abeilles ?

15 — Mais non. Des petites choses dorées qui font rêvasser les fainéants*. Mais je suis sérieux, moi ! Je n'ai pas le temps de rêvasser.

— Ah ! des étoiles ?

— C'est bien ça. Des étoiles.

20 — Et que fais-tu de* cinq cents millions d'étoiles ?

— Cinq cent un millions six cent vingt-deux mille sept cent trente et un. Je suis sérieux, moi, je suis précis.

— Et que fais-tu de ces étoiles ?

— Ce que j'en fais ?*

25 — Oui.

— Rien. Je les possède.

— Tu possèdes les étoiles ?

— Oui.

そいつはいやな雑音をたてた。それで、たし算を四回も間違えてしまった。二度目は、十一年前。リュウマチの発作だった。運動不足なんだ。ぶらぶら歩きをする時間がないんだ。おれは、まじめなんだ、おれは。三度目……それが今度だ！　たしか、五億百万……と言っていたよな……」

「何が百万なの」
　事業家は、もう平安の望みがぜんぜんないことを悟った。

「ときどき空に見えるあの無数の小さなものだよ」

「蠅？」
「違うよ、きらきらする小さなものだよ」
「蜂？」
「違うよ、怠け者たちを夢想にふけらせる、あの小さな金色のものだよ。だけど、おれ、まじめなんだ。夢想にふけっておるヒマがないのだ」

「ああ！　星？」
「そうなんだ。星だよ」
「それで、五億の星をどうするの」
「五億百六十二万二千七百三十一だ。おれはまじめなんだ。おれは正確なんだ」
「で、それらの星をどうするの」
「おれがそれらをどうするかって」
「そう」
「なんにもしやしない。それらを所有している」
「星たちを所有してるんだって？」
「そうだよ」

— Mais j'ai déjà vu un roi qui…

— Les rois ne possèdent pas. Ils "règnent" sur. C'est très différent.

— Et à quoi cela te sert-il de posséder les étoiles ?*

— Ça me sert à être riche*.

— Et à quoi cela te sert-il d'être riche ?

— À acheter d'autres étoiles, si quelqu'un en trouve. »

« Celui-là*, se dit en lui-même le petit prince, il raisonne un peu comme mon ivrogne*. »

Cependant il posa encore des questions :

« Comment peut-on posséder les étoiles ?

— À qui sont-elles ?* riposta, grincheux, le businessman*.

— Je ne sais pas. À personne*.

— Alors elles sont à moi, car j'y ai pensé* le premier*.

— Ça suffit ?

— Bien sûr. Quand tu trouves un diamant qui n'est à personne, il est à toi. Quand tu trouves une île qui n'est à personne, elle est à toi. Quand tu as une idée le premier, tu la fais breveter* : elle est à toi. Et moi je possède les étoiles, puisque jamais personne avant moi n'a songé à* les posséder.

— Ça c'est vrai, dit le petit prince. Et qu'en fais-tu ?

— Je les gère*. Je les compte et je les recompte, dit le businessman. C'est difficile. Mais je suis un homme sérieux ! »

Le petit prince n'était pas satisfait encore.

« Moi, si je possède un foulard, je puis le mettre autour de* mon cou et l'emporter. Moi, si je possède une fleur, je puis cueillir ma fleur et l'emporter. Mais tu ne peux pas cueillir les étoiles !

Le Petit Prince (XIII)

「だけど、以前に会った王さまは……」

「王さまは所有しない。『支配する』んだ。これは、大違いだよ」

「では星たちを所有していると、何の役に立つの」

「おれが金持ちになるのに役立つ」

「ではきみが金持ちになると、何の役に立つの」

「誰かがほかの星を見つけたら、買うことができる」

《この男は、あの酔っぱらいさんみたいな理屈を言っているな》と王子さまは心のなかで思った。

けれども、さらに質問を続けた。

「どうすれば、星を所有することができるの」

「星は、誰のものかね」と事業家は、気難しげに言い返した。

「知らないよ。誰のものでもないさ」

「それなら、おれのものだよ。だって、おれが最初に所有することを思いついたんだから」

「それで充分なの？」

「もちろんさ。きみが誰のものでもないダイヤモンドを見つけたら、それはきみのものだよ。誰のものでもない島を一つ見つけたら、それはきみのものだ。最初にあることを考えついたら、その特許をとる、そうすればその考えはきみのものだ。で、おれはどうかというと、おれは星を所有している。なぜなら、誰もおれよりも早く星を所有することを思いつかなかったからね」

「それはそうだ」と王子さまは言った。「で、それをどうするの」

「管理するんだ。星を数え、また数えなおすんだ」と事業家は言った。「これは難しいよ。だけど、おれはまじめな人間なんだ！」

王子さまは、まだ満足しなかった。

「ぼくはマフラーを持っている。それを首にまきつけたり、持ち歩いたりできる。ぼくがもし一輪の花を持っていたら、それを摘んで、持ち歩けるよ。だけどきみは星を摘むことはできないよ！」

89

— Non, mais je puis les placer en banque.

— Qu'est-ce que ça veut dire ?*

— Ça veut dire que j'écris sur un petit papier le nombre de mes étoiles. Et puis j'enferme à clef* ce papier-là dans un tiroir.

5 — Et c'est tout ?

— Ça suffit ! »

« C'est amusant, pensa le petit prince. C'est assez poétique. Mais ce n'est pas très sérieux. »

Le petit prince avait sur* les choses sérieuses des idées* très
10 différentes des idées des grandes personnes*.

« Moi, dit-il encore, je possède une fleur que j'arrose tous les jours. Je possède trois volcans que je ramone toutes les semaines. Car je ramone aussi celui* qui est éteint. On ne sait jamais*. C'est utile à* mes volcans, et c'est utile à ma fleur, que* je les
15 possède. Mais tu n'est pas utile aux étoiles… »

Le businessman ouvrit la bouche mais ne trouva rien à répondre*, et le petit prince s'en fut.

« Les grandes personnes sont décidément tout à fait extraordinaires », se disait-il simplement en lui-même durant le
20 voyage.

XIV

La cinquième planète était très curieuse. C'était la plus petite de toutes*. Il y avait là juste* assez de place pour* loger* un réverbère et un allumeur de réverbères. Le petit prince ne parvenait

「できないね。だけど、それを銀行にあずけることができる」

「それ、どういう意味」

「小さな紙きれに星の数を記入するってことだよ。それから、その紙を抽き出しのなかに、鍵をかけてしまっておくのさ」

「それだけ？」

「それで充分さ！」

《これは面白い》と王子さまは考えた。《かなり詩的だけど、あまりまじめな話じゃないな》

王子さまはまじめということについて、おとなたちとたいへん異なる考えを持っていた。

「ぼくはね」と王子さまはなおも言った。「ぼくは一輪の花を持っていて、毎日水をやっていたんだ。三つの火山を持っていて、毎週煤払いをしていた。休火山の煤払いもしていた。いつ火を噴くか誰にもわからないんだ。ぼくが持っているってことは、火山にとって役に立つし、ぼくの花にとっても役に立つんだ。だけど、きみは星たちにとって役に立ってないよ……」

事業家は口をあけたが、答えるべきことが何も見つからなかった。そこで、王子さまはそこから立ち去った。

《おとなって、本当に、まったくどうかしているな》と王子さまは、旅のあいだ、心のなかで単純にそう思った。

十四

五番目の惑星は、たいへん興味深いものだった。すべての星のうちで、いちばん小さな星。そこには、ちょうど一本の街灯と一人の点灯夫が占める(に足る)だけの場所があった。王子さまは、空中のどこかの、

pas à* s'expliquer* à quoi pouvaient servir*, quelque part dans le ciel, sur une planète sans maison ni population, un réverbère et un allumeur de réverbères. Cependant il se dit en lui-même :

« Peut-être bien que* cet homme est absurde. Cependant il est
⁵ moins absurde que* le roi, que le vaniteux, que le businessman et que le buveur. Au moins son travail a-t-il un sens*. Quand il allume son réverbère, c'est comme s'*il faisait naître une étoile de plus*, ou une fleur. Quand il éteint son réverbère, ça endort la fleur ou l'étoile. C'est une occupation très jolie. C'est
¹⁰ véritablement utile puisque c'est joli. »

Lorsqu'il aborda* la planète, il salua respectueusement l'allumeur :

« Bonjour. Pourquoi viens-tu d'éteindre* ton réverbère ?

— C'est la consigne, répondit l'allumeur. Bonjour.

¹⁵ — Qu'est-ce que la consigne ?

— C'est d'éteindre* mon réverbère. Bonsoir. »

Et il le* ralluma.

« Mais pourquoi viens-tu de le rallumer ?

— C'est la consigne, répondit l'allumeur.

²⁰ — Je ne comprends pas, dit le petit prince.

— Il n'y a rien à comprendre, dit l'allumeur. La consigne c'est la consigne. Bonjour. »

Et il éteignit* son réverbère.

Puis il s'épongea le front* avec un mouchoir à carreaux rouges.

²⁵ « Je fais là* un métier terrible. C'était raisonnable autrefois. J'éteignais le matin et j'allumais le soir. J'avais le reste du jour pour me reposer, et le reste de la nuit pour dormir...

— Et, depuis cette époque, la consigne a changé ?

Le Petit Prince (XIV)

　家もないし住む人もいない星の上で、街灯と点灯夫とがいったいどんな役に立つのか、なかなかうまく理解できなかった。それでも、彼は心のなかで思った。
　《この男は理屈にあわないかもしれない。それでも、王さまや見栄張り男や事業家や飲み助よりは、理屈にあわないわけではないな。少なくとも、彼の仕事には意味がある。街灯に火をともすとき、あたかも星をさらに一つ、それとも花をさらに一輪、この世にもたらすようなものだ。街灯の火を消すときは、花や星を眠らせるんだ。これはたいそうきれいな仕事だ。きれいだから、本当に役に立つ仕事なんだ》

　この星に着いたとき、王子さまは点灯夫にうやうやしく挨拶をした。

「おはよう。どうしていま街灯の火を消したの」
「指示があったんだよ。おはよう」と点灯夫は答えた。
「指示って、何」
「街灯の火を消すことだよ。こんばんは」
　そう言って、彼はまたそれに火をつけた。
「でも、なぜ、いままたそれに火をつけたの」
「指示だよ」
「理解できないな」と王子さまは言った。
「理解することなんて何もないさ」と点灯夫は言った。「指示は指示。おはよう」
　そう言って、彼は街灯の火を消した。
　それから、赤いチェックのハンケチで自分の額を拭いた。
「こんなところでおそるべき仕事をしてるのさ。昔は理に適っていた。朝、火を消して、夕方、火をつける。残りの昼間は休み、残りの夜間は眠ったものだよ……」
「では、それ以来、指示が変わったの」

« Je fais là un métier terrible. »
「こんなところでおそるべき仕事をしてるのさ」

— La consigne n'a pas changé, dit l'allumeur. C'est bien là le drame !* La planète d'année en année a tourné de plus en plus vite, et la consigne n'a pas changé !

— Alors ? dit le petit prince.

— Alors maintenant qu'*elle fait un tour par minute*, je n'ai plus une seconde de repos. J'allume et j'éteins une fois par minute !

— Ça c'est drôle ! Les jours chez toi durent* une minute !

— Ce n'est pas drôle du tout*, dit l'allumeur. Ça fait déjà un mois que* nous parlons ensemble.

— Un mois ?

— Oui. Trente minutes. Trente jours ! Bonsoir. »

Et il ralluma son réverbère.

Le petit prince le regarda et il aima cet allumeur qui était tellement fidèle à la consigne. Il se souvint* des couchers de soleil que lui-même* allait autrefois chercher*, en tirant sa chaise. Il voulut aider son ami :

« Tu sais... je connais un moyen de te reposer quand tu voudras*...

— Je veux toujours », dit l'allumeur.

Car on peut être, à la fois, fidèle et paresseux.

Le petit prince poursuivit* :

« Ta planète est tellement petite que* tu en fais le tour* en trois enjambées. Tu n'as qu'à marcher* assez lentement pour rester toujours au soleil. Quand tu voudras te reposer tu marcheras*... et* le jour durera aussi longtemps que tu voudras.

— Ça ne m'avance pas à grand-chose*, dit l'allumeur. Ce que j'aime dans la vie, c'est dormir.

— Ce n'est pas de chance, dit le petit prince.

Le Petit Prince (XIV)

「指示は変わっちゃいないさ」と点灯夫は言った。「そこに悲劇があるんだ！　星は年々少しずつ速く回転するようになっているのに、指示は変わっていないんだよ！」

「それで？」と王子さまは言った。

「それで、いまでは一分につき一回転するので、もう一秒も休めない。一分おきに、火をつけたり消したりしてるってわけだよ！」

「それは、おかしい！　この星では、一日が一分間だなんて！」

「ちっともおかしいことなんかない。ぼくたちが話を始めてから、もう一か月にもなる」

「一か月？」

「そう。三十分。つまり、三十日！　こんばんは」

そう言って、点灯夫はまた街灯に火をつけた。

王子さまは彼をじっと見た。そして、こんなにも指示に忠実なその点灯夫を好きになった。昔、自分で椅子を移動させて、日の入りを何度も見ようとしていたことを思い出した。そして、友だちを助けたいと思った。

「ね……きみが休みたいときに休める方法を知ってるよ……」

「いつだって休みたいよ」と点灯夫は言った。

それというのも、人は誰でも、仕事熱心であると同時に怠け者でもあるから。

王子さまは、続けて言った。

「きみの星はこんなに小さいので、三またぎすれば一周できちゃうね。非常にゆっくり歩いても、いつも太陽を眺められるよね。休みたいときには、歩きさえすればいい……そうすれば、昼間が自分の好きなだけ、続くことになるよ」

「そんなことしても、たいして役に立たないね」と点灯夫は言った。「この世で好きなこと、それは眠ることなんだよ」

「それはあいにくだね」と王子さまは言った。

— Ce n'est pas de chance, dit l'allumeur. Bonjour. »

Et il éteignit son réverbère.

« Celui-là*, se dit le petit prince, tandis qu'il poursuivait plus loin son voyage, celui-là serait méprisé par* tous les autres, par le roi, par le vaniteux, par le buveur, par le businessman. Cependant c'est le seul qui ne me paraisse pas ridicule*. C'est, peut-être, parce qu'il s'occupe d'autre chose que de soi-même*. »

Il eut* un soupir de regret et se dit encore :

« Celui-là est le seul dont j'eusse pu* faire mon ami*. Mais sa planète est vraiment trop petite. Il n'y a pas de place pour deux… »

Ce que le petit prince n'osait pas s'avouer*, c'est qu'il regrettait cette planète bénie* à cause, surtout, des* mille quatre cent quarante couchers de soleil par vingt-quatre heures !

XV

La sixième planète était une planète dix fois plus vaste. Elle était habitée par un vieux monsieur qui écrivait d'énormes livres*.

« Tiens ! voilà un explorateur ! » s'écria-t-il, quand il aperçut le petit prince.

Le petit prince s'assit* sur la table et souffla un peu. Il avait déjà tant* voyagé !

« D'où viens-tu ? lui dit le vieux monsieur.

— Quel est ce gros livre ? dit le petit prince. Que faites-vous ici ?

— Je suis géographe, dit le vieux monsieur.

Le Petit Prince (XV)

「あいにくだよ」と点灯夫は言った。「おはよう」

そして、街灯を消した。

《あの人は、ほかの人たちみんなから軽蔑(けいべつ)されるだろうな、王さまからも、見栄張り男からも、飲み助からも、事業家からも》と王子さまは、さらに遠くへ旅を続けながら思った。《でも、滑稽(こっけい)に見えない唯一(ゆいいつ)の人だな。たぶんそれは、自分以外のことに従事(じゅうじ)しているからだろう》

王子さまは哀惜(あいせき)の溜め息(ためいき)をつき、さらにこう思った。

《あの人だけは、ぼくの友だちにできたかもしれないな。だけど、あの星は、本当に小さすぎる。二人分のスペースがないんだもの……》

王子さまがあえて自分に認(みと)めたくなかったこと、それは、とりわけ二十四時間に千四百四十回も日の入りを眺められるがゆえに祝福(しゅくふく)されたその星に、未練(みれん)を感(かん)じていた、ということだった！

十五

六番目の惑星は、十倍(ばい)も大きな星。そこには、老紳士(ろうしんし)が住んでいて、並(なみ)はずれて大きな書物(しょもつ)を書いていた。

「おや！　探検家(たんけんか)が現(あら)われたな！」と、彼は王子さまに気づくと、大声で言った。

王子さまは机(つくえ)の上に腰かけ、ほっと一息(ひといき)ついた。もうすでに、それほど大きな旅行をしてきたのだった！

「どこから来たのかね」と老紳士が言った。

「その分厚(ぶあつ)い本は何ですか」と王子さまは言った。「ここで、何をしているのですか」

「わしは地理学者(ちりがくしゃ)じゃよ」と、老紳士が言った。

— Qu'est-ce qu'un géographe ?

— C'est un savant qui connaît où se trouvent* les mers, les fleuves, les villes, les montagnes et les déserts.

— Ça c'est bien intéressant, dit le petit prince. Ça c'est enfin un véritable métier ! » Et il jeta un coup d'œil* autour de lui sur la planète du géographe. Il n'avait jamais vu encore une planète aussi majestueuse.

« Elle est bien belle, votre planète*. Est-ce qu'il y a des océans ?

— Je ne puis pas le savoir*, dit le géographe.

— Ah ! (Le petit prince était déçu*.) Et des montagnes ?

— Je ne puis pas le savoir, dit le géographe.

— Et des villes et des fleuves et* des déserts ?

— Je ne puis pas le savoir non plus, dit le géographe.

— Mais vous êtes géographe !

Le Petit Prince (XV)

「地理学者って何ですか」

「海や河や街や山や砂漠がどこにあるかを知っている学者のことじゃよ」

「それはとても興味深いですね」と王子さまは言った。「それこそ、本当の仕事だ！」

そう言って、王子さまは、地理学者の惑星の上をちらっと見まわした。彼はこんなにも威厳のある惑星を、それまでに一度も見たことがなかった。

「とても美しいですね、あなたの惑星は。大洋がありますか」

「それを知ることができないのじゃ」と地理学者は言った。

「へええ！（王子さまはがっかりした。）じゃあ、山は？」

「それを知ることができないのじゃ」と地理学者は言った。

「じゃあ、街や河や砂漠は？」

「それも知ることができない」と地理学者は言った。

「だって、あなたは地理学者でしょう！」

— C'est exact, dit le géographe, mais je ne suis pas explorateur. Je manque absolument d'*explorateurs. Ce n'est pas le géographe qui* va faire le compte des* villes, des fleuves, des montagnes, des mers, des océans et des déserts. Le géographe est trop important pour* flâner. Il ne quitte pas son bureau. Mais il y* reçoit* les explorateurs. Il les interroge, et il prend en note* leurs souvenirs. Et si les souvenirs de l'un d'entre eux* lui paraissent intéressants, le géographe fait faire une enquête sur* la moralité de l'explorateur.

— Pourquoi ça ?*

— Parce qu'un explorateur qui mentirait* entraînerait* des catastrophes dans les livres de géographie. Et aussi un explorateur qui boirait* trop.

— Pourquoi ça ? fit le petit prince.

— Parce que les ivrognes voient double. Alors le géographe noterait deux montagnes, là où* il n'y en a qu'une seule*.

— Je connais quelqu'un, dit le petit prince, qui serait* mauvais explorateur.

— C'est possible. Donc, quand la moralité de l'explorateur paraît bonne, on fait une enquête sur sa découverte.

— On va voir ?

— Non. C'est trop compliqué. Mais on exige* de l'explorateur qu'il fournisse* des preuves. S'il s'agit par exemple de* la découverte d'une grosse montagne, on exige qu'il en* rapporte de grosses pierres. »

Le géographe soudain s'émut*.

« Mais toi, tu viens de loin ! Tu es explorateur ! Tu vas me décrire ta planète !* »

Et le géographe, ayant ouvert* son registre, tailla son crayon.

Le Petit Prince (XV)

「そのとおり」と地理学者は言った。「だが、わしは探検家ではない。探検家がいなくて、本当に困っていたのじゃ。街や河や山や海や大洋や砂漠を数えに行くのは、地理学者ではない。地理学者はとても大事な仕事をしているので、ぶらぶら歩いたりできんのだ。仕事部屋を離れたりしない。だけど、探検家たちを部屋に入れて、いろいろ尋ねて、その見聞をノートにとったりする。そして、そのうちの一人の見聞が興味深いと思われたら、地理学者はその探検家の品行を調査させる」

「なぜ、そんなことを？」
「嘘をつくような探検家は、地理学の本を台なしにしてしまう。また、大酒を飲むような探検家も、同じことじゃ」

「なぜ、そんなことに？」と王子さまは言った。
「なぜかっていうと、酔っぱらいはものが二重に見えるからじゃよ。そうすると、地理学者は、山が一つしかないところに、二つも記入してしまう」
「ある人を知ってるけど、その人は悪い探検家かもしれない」
「そうかもしれない。だから、探検家の品性がよいように見えるときには、彼の発見したことを調査するのじゃ」
「見に行くんですか」
「いや、行かない。それはあまりにも複雑だからね。だけど、探検家に証拠の提出を求める。たとえば大きな山が見つかったような場合、その山の大きな岩を持ってきてもらうよう要求する」

地理学者は、急に、興奮して言った。
「だけどきみ、きみは遠くから来たんだ。探検家だろう！ きみの星の様子を話してくれ！」
そう言って、地理学者は登録簿をひらいて、鉛筆を削った。まず鉛筆

103

On note d'abord au crayon* les récits des explorateurs. On attend, pour noter à l'encre, que* l'explorateur ait fourni* des preuves.
« Alors ? interrogea le géographe.
— Oh ! chez moi, dit le petit prince, ce n'est pas très intéressant, c'est tout petit. J'ai trois volcans. Deux volcans en activité, et un volcan éteint. Mais on ne sait jamais.
— On ne sait jamais, dit le géographe.
— J'ai aussi une fleur.
— Nous ne notons pas les fleurs, dit le géographe.
— Pourquoi ça ! c'est le plus joli !
— Parce que les fleurs sont éphémères.
— Qu'est-ce que signifie : "éphémère" ?
— Les géographies, dit le géographe, sont les livres les plus sérieux de tous les livres. Elles ne se démodent* jamais. Il est très rare qu'une montagne change de place. Il est très rare qu'un océan se vide de son eau*. Nous écrivons des choses éternelles.
— Mais les volcans éteints peuvent se réveiller, interrompit le petit prince. Qu'est-ce que signifie : "éphémère" ?
— Que les volcans soient éteints ou soient éveillés*, ça revient au même* pour nous autres*, dit le géographe. Ce qui compte pour nous*, c'est la montagne. Elle ne change pas.
— Mais qu'est-ce que signifie "éphémère" ? répéta le petit prince qui, de sa vie*, n'avait renoncé à une question, une fois qu'il l'avait posée.
— Ça signifie "qui* est menacé de disparition prochaine*".
— Ma fleur est menacée de disparition prochaine ?
— Bien sûr. »
« Ma fleur est éphémère, se dit le petit prince, et elle n'a que

Le Petit Prince (XV)

で探検家たちの話をノートし、探検家が証拠を提供してくれるのを待って、それをインキで清書するのだ。
「では？」と地理学者はうながした。
「そうですね、ぼくのところは、あまり面白くありませんよ。ちっぽけなんです。火山が三つあって、そのうちの二つは活火山で、一つは休火山です。でも、いつ火を噴くかは絶対にわかりません」
「絶対にわからないさ」と地理学者は言った。
「花も一輪あります」
「花は記録しないよ」と地理学者は言った。
「なぜ！　それはいちばんきれいなのに！」
「なぜって、花ははかないからね」
「『はかない』って、どういう意味ですか」
「地理学書というのは、あらゆる書物のなかでいちばん信用がおけるものなんだ。流行おくれには絶対ならない。山の位置が移動するってことはめったにない。大洋の水が空になることもめったにない。われわれは永遠のものを記入しているんだよ」
「でも、休火山は目を覚ますこともありますよ」と王子さまは口をはさんだ。「『はかない』って、どういう意味なんですか」
「火山が休んでいようが目を覚ましていようが、われわれにとっては同じことだよ」と地理学者は言った。「われわれにとって大切なのは、山なんだ。山は変化しないよ」
「だけど、『はかない』って、どういう意味なんですか」と王子さまは繰り返した。彼はこれまで、いったん質問しだしたら決して諦めたことがなかった。
「それは、『近く消滅する危機におびやかされている』という意味だ」
「ぼくの花は、近く消滅する危機におびやかされているんですか」
「もちろんさ」
《ぼくの花ははかないんだ》と王子さまは思った。《それなのに、世

quatre épines pour se défendre contre le monde ! Et je l'ai laissée toute seule* chez moi ! »

Ce fut là* son premier mouvement de regret. Mais il reprit courage :

5 « Que me conseillez-vous d'aller visiter ? demanda-t-il.

— La planète Terre, lui répondit le géographe. Elle a une bonne réputation… »

Et le petit prince s'en fut, songeant à sa fleur.

XVI

La septième planète fut donc la Terre.

10 La Terre n'est pas une planète quelconque* ! On y* compte cent onze rois (en n'oubliant pas*, bien sûr, les rois nègres), sept mille géographes, neuf cent mille businessmen, sept millions et demi d'ivrognes, trois cent onze millions de vaniteux, c'est-à-dire environ deux milliards de* grandes personnes.

15 Pour vous donner une idée des dimensions de la Terre je vous dirai* qu'avant l'invention de l'électricité on* y devait* entretenir, sur l'ensemble des six continents, une véritable armée* de quatre cent soixante-deux mille cinq cent onze allumeurs de réverbères.

Vu d'un peu loin* ça faisait un effet splendide. Les mouvements 20 de cette armée étaient réglés comme ceux* d'un ballet d'opéra. D'abord venait le tour* des allumeurs de réverbères de* Nouvelle-Zélande et d'Australie. Puis ceux-ci*, ayant allumé* leurs lampions, s'en allaient dormir*. Alors entraient* à leur tour* dans

Le Petit Prince (XVI)

間から身を護るのに四つの棘しかもっていないなんて！ それなのに、ぼくは彼女をぼくの星に、たったひとりに置き去りにしたんだ！》

　それは、彼の最初の後悔の念の発動だった。でも、また気を取り直した。

　「今度は、何を訊ねたらいいでしょうか」と王子さまは訊いた。

　「地球という惑星がいいよ」と地理学者は答えた。「地球は評判がいいし……」

　そこで王子さまは、自分の花のことを思いながら、そこから立ち去った。

十六

　七番目の惑星は、だから、地球だった。

　地球はありふれた惑星ではない！ そこには、百十一人の王さま（もちろん、それには黒人の王さまも入る）、七千人の地理学者、九十万人の事業家、七百五十万人の酔っぱらい、三億一千百万人の見栄っ張りたち、つまり約二十億のおとなたちが住んでいる。

　地球の広さについておよその見当をきみたちに与えるために、ぼくは次のように言いたい。それは、電気が発見される以前には、六大陸あわせて、一つの本物の軍隊ほどの四十六万二千五百十一人の点灯夫を保持する必要があったということだ。

　少し離れて見ると、それはすばらしい効果をあげていた。この一軍の点灯夫たちの動きは、オペラのバレエ団の動きのように、規律が保たれていた。まず最初が、ニュージーランドとオーストラリアの点灯夫たちの番。彼らは、登場して街灯に火をつけると、寝に行った。すると今度は、中国とシベリアの点灯夫たちの番で、彼らが（起きあがって）踊りはじ

la danse les allumeurs de réverbères de Chine et de Sibérie. Puis eux aussi s'escamotaient* dans les coulisses*. Alors venait le tour des allumeurs de réverbères de Russie et des Indes. Puis de ceux d'Afrique* et d'Europe. Puis de ceux d'Amérique du Sud. Puis de ceux d'Amérique du Nord. Et* jamais ils ne se trompaient* dans leur ordre d'entrée en scène. C'était grandiose.

Seuls*, l'allumeur de l'unique réverbère* du pôle Nord, et son confrère de l'unique réverbère du pôle Sud, menaient* des vies d'oisiveté et de nonchalance : ils travaillaient deux fois par an.

XVII

Quand on veut faire de l'esprit, il arrive que* l'on mente* un peu. Je n'ai pas été très honnête en vous parlant des allumeurs de réverbères. Je risque de* donner une fausse idée de notre planète à ceux qui* ne la connaissent* pas. Les hommes occupent très peu de place* sur la Terre. Si les deux milliards d'habitants qui peuplent la Terre se tenaient* debout et un peu serrés, comme pour un meeting, ils logeraient aisément sur une place publique de vingt milles de long sur* vingt milles de large. On pourrait* entasser l'humanité sur* le moindre petit îlot* du Pacifique.

Les grandes personnes, bien sûr, ne vous croiront* pas. Elles s'imaginent* tenir beaucoup de place. Elles se voient* importantes comme des baobabs. Vous leur conseillerez* donc de faire le calcul. Elles adorent les chiffres : ça leur plaira*. Mais ne perdez pas votre temps à ce pensum. C'est inutile. Vous avez confiance

めた。それから、彼らも舞台裏へ姿を消した。すると今度は、ロシアとインドの点灯夫たちの番。それから、アフリカとヨーロッパの点灯夫たちの番。それから南アメリカの点灯夫たち、それから北アメリカの点灯夫たちの番。しかも彼らは、登場の順番を絶対に間違えないのだった。それは、壮大な眺めだった。

北極のただ一つの街灯の点灯夫と、南極のただ一つの街灯の点灯夫だけは、ひまでのんきな生活を送っていた。彼らは一年に二度、仕事をしていた。

十七

　才気をひけらかそうとすると、人はちょっとばかし嘘をつくことがある。街灯の点灯夫についてきみたちに話しながら、ぼくはあまり正直ではなかった。ぼくたちの惑星を知らない人に、間違ったイメージを与える危険がある。人間たちは、地球上でほんのわずかなスペースを占めているにすぎない。地球に住んでいる二十億の人々が、集会をするときのように少々つめあって立った状態のままでいたら、長さ二十マイルに対して、幅二十マイルの公共広場に、たやすく収まってしまう。太平洋のごくごく小さな小島に、人類をつめこむこともできるだろう。

　おとなたちはもちろん、きみたちを信用しないだろう。彼らは、自分たちがたくさんの場所を占めていると思いこんでいる。彼らは、自分たちがバオバブのようにたいそうなものだと思っているのだ。だから彼らに、計算をするよう助言してみてごらんなさい。彼らは数字が大好きだから、その助言はきっと彼らの気に入るだろう。でも、そんなうんざりすることで貴重な時間を費やしてはいけない。それは無駄なこと。きみ

en moi.

Le petit prince, une fois sur Terre, fut donc bien surpris* de ne voir personne. Il avait déjà peur de* s'être trompé* de planète, quand* un anneau couleur de lune remua dans le sable.

5 « Bonne nuit, fit le petit prince à tout hasard*.

— Bonne nuit, fit le serpent.

— Sur quelle planète suis-je tombé ? demanda le petit prince.

— Sur la Terre, en Afrique, répondit le serpent.

— Ah !... Il n'y a donc personne sur la Terre ?

Le Petit Prince (XVII)

たちはぼくの言うことを信用してくれるよね。

　王子さまは、いったん地球に着(つ)いてみると、誰にも会わないので、たいへんびっくりした。星を間違えたのではないかともう心配(しんぱい)していた。するとそのとき、月色(つきいろ)の環(リング)が一つ、砂のなかで動いた。

「こんばんは」と王子さまはもしかしたら(誰かいる)と思って言った。

「こんばんは」と蛇(へび)が言った。

「どの惑星に、ぼくは降(お)り立ったんだろう」と王子さまは訊(き)いた。

「地球だよ、アフリカだよ」と蛇が答えた。

「えっ！　……じゃあ、地球には誰もいないの」

— Ici c'est le désert. Il n'y a personne dans les déserts. La Terre est grande », dit le serpent.

Le petit prince s'assit sur une pierre et leva les yeux vers le ciel :

5 « Je me demande, dit-il, si* les étoiles sont éclairées afin que* chacun puisse* un jour retrouver la sienne*. Regarde ma planète. Elle est juste au-dessus de nous... Mais comme elle est loin !

— Elle est belle, dit le serpent. Que viens-tu faire ici ?

— J'ai des difficultés* avec une fleur, dit le petit prince.

10 — Ah ! » fit le serpent.

Et ils se turent*.

« Où sont les hommes ? reprit enfin le petit prince. On est un peu seul* dans le désert...

— On est seul aussi chez les hommes* », dit le serpent.

15 Le petit prince le regarda longtemps :

« Tu es une drôle de bête, lui dit-il enfin, mince comme un doigt...

— Mais je suis plus puissant que le doigt d'un roi », dit le serpent.

20 Le petit prince eut un sourire :

« Tu n'est pas bien puissant... tu n'as même pas de pattes... tu ne peux même pas voyager...

— Je puis t'emporter plus loin qu'un navire », dit le serpent.

Il s'enroula* autour de la cheville du petit prince, comme un 25 bracelet d'or :

« Celui que je touche*, je le rends à la terre* dont* il est sorti, dit-il encore. Mais tu es pur et tu viens d'une étoile... »

Le petit prince ne répondit rien.

Le Petit Prince (XVII)

「ここは、砂漠だよ。砂漠には誰もいないよ。地球は広いのさ」と蛇は言った。

王子さまは、石に腰をかけ、空の方を見あげた。

「誰もが、いつかは自分の星に戻ることができるように、星たちはきらめいているのかな、と思うことがある。見てごらん、ぼくの星を。ちょうどぼくたちの真上にある……でも、何て遠いんだろう！」

「あの星は美しいね」と蛇は言った。「ここへ何しに来たの」

「ある花と困ったことがあってね」と王子さまは言った。

「あ、そう」と蛇は言った。

そして、彼らは口をつぐんだ。

「人間たちは、どこにいるの」と王子さまがとうとうまた言った。「砂漠では、人はちょっと独りぼっちだね……」

「人間たちとまじわっていても、独りぼっちだよ」と蛇が言った。

王子さまは、蛇を長いこと見つめていた。そして、ついにこう言った。

「きみは、おかしな動物だなあ、指みたいに細くて……」

「でも、王さまの指より強いぜ」と蛇が言った。

王子さまは、にっこりした。

「そんなに強くないよ……手足さえ持ってないじゃないか……旅行だって、できやしない」

「船よりも、遠くへあんたを運ぶことができるぜ」と蛇は言った。

蛇は、金の腕輪のように、王子さまの足首のまわりに巻きついた。

「おれはおれがさわった者を、彼が出てきた土のなかへ戻らせるんだよ」と蛇はなおも言った。「だけど、あんたは純粋で、星から来たんだし……」

王子さまは、何も答えなかった。

« Tu me fais pitié*, toi si faible, sur cette Terre de granit*. Je puis t'aider un jour si tu regrettes* trop ta planète. Je puis…

— Oh ! J'ai très bien compris, fit le petit prince, mais pourquoi parles-tu toujours par énigmes ?*

5   — Je les résous toutes* », dit le serpent.

Et ils se turent.

« Tu es une drôle de bête, lui dit-il enfin,
mince comme un doigt… »
そして、ついにこう言った。
「きみは、おかしな動物だなあ、指みたいに細くて……」

114

Le Petit Prince (XVII)

「あんたのように、そんなにかよわい者が、花崗岩のこの地球にいるんじゃ、哀れを催すよ。いつの日か、もし自分の星がなつかしくてたまらなくなったら、おれ、あんたを助けてやれる。おれ、できるんだ……」

「ああ、よくわかったよ」と王子さまは言った。「だけどどうしてずっと謎をかけるの」

「謎はぜんぶおれが解く」と蛇は言った。

そして彼らは口をつぐんだ。

XVIII

Le petit prince traversa le désert et ne rencontra qu'une fleur. Une fleur à trois pétales*, une fleur de rien du tout*…

« Bonjour, dit le petit prince.

— Bonjour, dit la fleur.

⁵ — Où sont les hommes ? » demanda poliment le petit prince.

La fleur, un jour, avait vu passer une caravane :

« Les hommes ? Il en existe, je crois, six ou sept*. Je les ai aperçus il y a des années. Mais on ne sait jamais où les trouver*. Le vent les promène*. Ils manquent de racines, ça les gêne* ¹⁰ beaucoup.

— Adieu, fit le petit prince.

— Adieu », dit la fleur.

Le Petit Prince (XVIII)

十八

　王子さまは砂漠を横断した。それでも、一輪の花にしか出会わなかった。花びらが三片の花。まったく、つまらない花……

　「こんにちは」と王子さまは言った。

　「こんにちは」と花が言った。

　「人間たちはどこにいますか」と王子さまはていねいに訊いた。

　花はある日、一つのキャラバンが通り過ぎるのを見たことがあった。

　「人間たち？　六人か七人はいると思います。何年も前に、彼らを見かけました。でも、彼らをどこで見つけられるか、まったくわかりません。彼らは風向きしだいに歩くのです。根がないのです。そのために彼らはたいへん困っているのです」

　「さようなら」と王子さまは言った。

　「さようなら」と花が言った。

XIX

Le petit prince fit l'ascension d'une haute montagne. Les seules montagnes qu'il eût jamais connues* étaient les trois volcans qui lui arrivaient au genou*. Et il se servait du volcan éteint comme d'un tabouret*. « D'une montagne haute comme celle-ci, se dit-
5 il donc, j'apercevrai d'un coup* toute la planète et tous les hommes... » Mais il n'aperçut rien que des aiguilles de roc bien aiguisées.

« Bonjour, dit-il à tout hasard.

— Bonjour... Bonjour... Bonjour..., répondit l'écho.

10 — Qui êtes-vous ? dit le petit prince.

— Qui êtes-vous... qui êtes-vous... qui êtes-vous..., répondit l'écho.

— Soyez mes amis*, je suis seul, dit-il.

— Je suis seul... je suis seul... je suis seul... », répondit l'écho.

15 « Quelle drôle de planète ! pensa-t-il alors. Elle* est toute sèche*, et toute pointue* et* toute salée*. Et les hommes manquent d'imagination. Ils répètent ce qu'on leur dit... Chez moi j'avais une fleur : elle parlait toujours la première*... »

十九

　王子さまは、一つの高い山に登った。彼が知っていた山は、彼の膝に達する三つの火山だけ。そして、休火山を腰かけとして使っていた。だから、王子さまは思った。《この山のように高い山からなら、地球全体とあらゆる人たちが一挙に見えるだろう……》。けれども、よくとがった岩の針のほかには、何も、見えなかった。

　「こんにちは」と王子さまはもしかしたらと思って言った。
　「こんにちは……こんにちは……こんにちは……」とこだまが応えた。
　「きみたちは誰なの」と王子さまは訊いた。
　「誰なの……誰なの……誰なの……」とこだまが応えた。
　「ぼくの友だちになってよ。ぼくは独りぼっちなんだよ」と王子さまは言った。
　「独りぼっち……独りぼっち……独りぼっち……」とこだまが応えた。
　《おかしな惑星だなあ！》と彼は考えた。《すっかり干からびて、とんがっていて、塩っからそうだ。それに、人間たちには想像力が欠けている。彼らは、言われたことをおうむ返しに言うだけだ……ぼくの星では、ぼくは一輪の花を持っていた。彼女は、いつも先に話しかけてきたものだった……》

« Cette planète est toute sèche, et toute pointue et toute salée. »
《この惑星はすっかり干からびて、とんがっていて、塩っからそうだ》

XX

Mais il arriva que* le petit prince, ayant longtemps marché à travers les sables, les rocs et les neiges, découvrit enfin une route. Et les routes vont toutes chez les hommes*.

« Bonjour », dit-il.

C'était un jardin fleuri de roses.

« Bonjour », dirent les roses.

Le petit prince les regarda. Elles ressemblaient toutes à sa fleur.

« Qui êtes-vous ? leur demanda-t-il, stupéfait.

— Nous sommes des roses, dirent les roses.

— Ah ! » fit le petit prince…

Le Petit Prince (XX)

二十

　けれども、たまたまある日、砂と岩と雪の上を長時間歩いたあと、ついに王子さまは一本の道を見つけることになった。そして、道というものはすべて人間たちのところに通じているもの。
　「こんにちは」と王子さまは言った。
　そこは、花ざかりの薔薇園だった。
　「こんにちは」と薔薇の花たちが言った。
　王子さまは、薔薇の花たちをじっと見た。それらの花はみんな王子さまの花によく似ていた。
　「きみたちは誰なの？」と王子さまは愕然として、訊いた。
　「わたしたちは薔薇の花よ」と薔薇たちは言った。
　「ああ！」と王子さまは言った……

Et il se sentit très malheureux. Sa fleur lui avait raconté* qu'elle était seule de son espèce dans l'univers. Et voici qu'*il en était cinq mille*, toutes semblables*, dans un seul jardin !

« Elle serait bien vexée*, se dit-il, si elle voyait ça... elle
⁵ tousserait énormément et ferait semblant de mourir* pour échapper au ridicule. Et je serais bien obligé de* faire semblant de la soigner, car, sinon, pour m'humilier moi aussi*, elle se laisserait vraiment mourir*... »

Puis il se dit encore : « Je me croyais riche d'une fleur unique,
¹⁰ et* je ne possède qu'une rose ordinaire. Ça* et mes trois volcans qui m'arrivent au genou, et dont l'un*, peut-être, est éteint pour toujours, ça ne fait pas de moi un bien grand prince*... » Et, couché dans l'herbe*, il pleura.

Et, couché dans l'herbe, il pleura.
そして、草の上に伏せって、王子さまは泣いた。

Le Petit Prince (XX)

　そして彼は、たいへん惨めな思いをした。王子さまの花は、自分がこの宇宙でその種の唯一の花だと、王子さまに語っていた。それなのに、ほら、たった一つの庭に、まったくよく似た薔薇の花が五千本もあるじゃないか！

　《もしこれを見たら、彼女はひどく傷つくだろうな……》と王子さまは思った。《彼女は大きな咳をして、笑いものになるのを避けるために、死んだふりをするだろうな。そして、ぼくは、彼女を介抱するふりをするはめになるだろう。だって、もしそうしなかったら、ぼくをも辱めるために、本当に死んでしまうだろうから……》

　それから、王子さまはさらにこう思った。《この世でたった一本の花を持っているので、自分は豊かだと思っていたのに、普通の薔薇の花を一本持っているにすぎなかったとは！　あの花と膝までの高さの三つの火山（そのうちの一つは永久に休火山かもしれない）、これでは、ぼくを立派な王子にすることはできない……》そして、草の上に伏せって、王子さまは泣いた。

XXI

C'est alors qu'apparut le renard* :
« Bonjour, dit le renard.
— Bonjour, répondit poliment le petit prince, qui* se retourna mais ne vit rien.
— Je suis là*, dit la voix, sous le pommier…
— Qui es-tu ? dit le petit prince. Tu es bien joli…
— Je suis un renard, dit le renard.
— Viens jouer avec moi, lui proposa le petit prince. Je suis tellement triste…
— Je ne puis pas jouer avec toi, dit le renard. Je ne suis pas apprivoisé*.
— Ah ! Pardon », fit le petit prince.

Le Petit Prince (XXI)

二十一

　狐(きつね)が現(あら)われたのは、そのとき。

「こんにちは」と狐が言った。

「こんにちは」と王子さまはていねいに答え、振り返ったが、何も見えない。

「ここだよ」と声がした。「リンゴの木の下だよ……」

「誰なの」と王子さまは言った。「きみは可愛(かわい)いね……」

「ぼくは狐だよ」と狐が言った。

「ぼくと遊ぼうよ」と王子さまは提案(ていあん)した。「ぼくはこんなにも悲しいんだよ……」

「きみと一緒(いっしょ)に遊ぶことはできないよ」と狐は言った。「飼(か)いならされていないから」

「ふうん、ごめんね」と王子さまは言った。

Mais, après réflexion, il ajouta :

« Qu'est-ce que signifie "apprivoiser" ?

— Tu n'es pas d'ici*, dit le renard, que cherches-tu ?

— Je cherche les hommes, dit le petit prince. Qu'est-ce que
signifie "apprivoiser" ?

— Les hommes, dit le renard, ils ont des fusils et ils chassent.
C'est bien gênant ! Il élèvent* aussi des poules. C'est leur seul
intérêt*. Tu cherches des poules ?

— Non, dit le petit prince. Je cherche des amis. Qu'est-ce que
signifie "apprivoiser" ?

— C'est une chose trop oubliée*, dit le renard. Ça signifie
"créer des liens…"*.

— Créer des liens ?

— Bien sûr, dit le renard. Tu n'es encore pour moi qu'*un
petit garçon tout semblable à cent mille petits garçons. Et je
n'ai pas besoin de toi. Et tu n'as pas besoin de moi non plus.
Je ne suis pour toi qu'un renard semblable à cent mille renards.
Mais, si tu m'apprivoises, nous aurons besoin l'un de l'autre*.
Tu seras pour moi unique au monde. Je serai pour toi unique
au monde…

— Je commence à comprendre*, dit le petit prince. Il y a une
fleur… je crois qu'elle m'a apprivoisé…

— C'est possible, dit le renard. On voit sur la Terre toutes
sortes de* choses…

— Oh ! ce n'est pas sur la Terre », dit le petit prince.

Le renard parut très intrigué* :

« Sur une autre planète ?

— Oui.

Le Petit Prince (XXI)

けれども、じっと考えてから、こうつけ加えた。
「『飼いならす』って、どういう意味なの」
「きみはここの人じゃないね」と狐が言った。「なに探してるの」
「人間たちを探してるんだ」と王子さまは言った。「『飼いならす』って、どういう意味なの」
「人間たちか」と狐が言った。「彼らは鉄砲を持っていて、狩りをするんだよね。あれはまったく困りものだよ！　彼らは雌鶏も飼ってる。（ぼくにとっては）それが彼らの唯一いいところなんだ。きみは雌鶏を探さないの？」
「探さないね」と王子さまは言った。「ぼくは友だちを探してるんだ。『飼いならす』って、どういう意味なの」
「それはみんなが忘れすぎていることだよ」と狐が言った。「それは『絆を創る……』っていう意味だよ」
「絆を創る？」
「そうさ」と狐は言った。「きみはまだぼくにとっては、十万人の少年と変わらない一人の少年にすぎない。だから、ぼくはきみを必要としていない。それにきみだって、ぼくを必要としていない。ぼくはきみにとって、十万匹の狐と変わらない一匹の狐にすぎない。しかし、きみがぼくを飼いならせば、ぼくたちはお互いに相手が必要になる。きみはぼくにとって、この世で唯一の存在になるだろう。ぼくもきみにとって、この世で唯一の存在になるだろう……」
「話がわかってきたよ」と王子さまは言った。「一輪の花があってね……その花がぼくを飼いならした……」
「ありうることだ」と狐は言った。「地球の上では、あらゆることが見られるんだ……」
「ああ、それ、地球の上での話じゃないんだ」と王子さまは言った。
狐はたいへん好奇心をそそられたようだった。
「ほかの惑星でのこと？」
「そうなんだ」

— Il y a des chasseurs, sur cette planète-là ?
— Non.
— Ça, c'est intéressant ! Et des poules ?
— Non.
5   — Rien n'est parfait* », soupira le renard.

Mais le renard revint* à son idée :

« Ma vie est monotone. Je chasse les poules, les hommes me chassent. Toutes les poules se ressemblent, et tous les hommes se ressemblent. Je m'ennuie* donc un peu. Mais, si tu m'apprivoises,
10 ma vie sera comme ensoleillée*. Je connaîtrai* un bruit de pas qui sera différent de tous les autres. Les autres pas me font rentrer sous terre. Le tien* m'appellera hors du terrier, comme une musique. Et puis regarde ! Tu vois, là-bas, les champs de blé ? Je ne mange pas de pain. Le blé pour moi est inutile. Les champs
15 de blé ne me rappellent rien. Et ça, c'est triste ! Mais tu a des cheveux couleur d'or*. Alors ce sera merveilleux quand tu m'auras apprivoisé* ! Le blé, qui est doré, me fera souvenir de toi*. Et j'aimerai le bruit du vent dans le blé... »

Le renard se tut* et regarda longtemps le petit prince :
20 « S'il te plaît... apprivoise-moi ! dit-il.

— Je veux bien, répondit le petit prince, mais je n'ai pas beaucoup de temps. J'ai des amis à découvrir et beaucoup de choses à connaître*.

— On ne connaît que les choses que l'on apprivoise, dit le
25 renard. Les hommes n'ont plus le temps de rien connaître*. Ils achètent des choses toutes faites* chez les marchands. Mais comme il n'existe point de marchands d'amis*, les hommes n'ont plus d'amis. Si tu veux un ami, apprivoise-moi !

Le Petit Prince (XXI)

「その惑星にも、狩人がいるの？」

「いないね」

「ああ、それはいいな！ 雌鶏はいるの？」

「いないね」

「何ごとも完璧ではないね」と狐は溜め息をついた。

けれども、狐はまた自分の考えに戻った。

「ぼくの生活は単調なんだ。ぼくが雌鶏を追いかけると、人間たちがぼくを追いかける。すべての雌鶏はよく似ているし、すべての人間たちもよく似ている。だから、いささかうんざりしているんだ。けれども、きみがぼくを飼いならしてくれたら、ぼくの生活は陽が当たったみたいになるだろう。ほかの足音とは違う足音にぼくは気づくようになるだろう。ほかの足音はぼくを穴のなかへ戻らせてしまう。きみの足音は、まるで音楽のように、ぼくを土のなかから呼び出すだろう。そしてそれから、ほら見てごらん！ あそこに、麦畑が見えるね？ ぼくはパンを食べないから、麦はぼくにとって役に立たない。麦畑はぼくに何も思い出させてはくれない。そのこと、それは悲しいことさ！ けれども、きみは金色の髪をしている。そこで、きみがぼくを飼いならせば、すてきなことになるよ！ 黄金色の麦は、ぼくにきみのことを思い出させてくれるだろう。そのうえぼくは麦のなかの風の音が好きになるだろう……」

狐は黙った。そして王子さまを長いこと見つめた。

「頼むから……ぼくを飼いならしてよ！」と狐は言った。

「そうしたいよ」と王子さまは答えた。「だけど、あまり時間がない。友だちを見つけたり、多くのことを知らなければならないんだ」

「ものごとは、飼いならして初めて知ることができるんだよ」と狐が言った。「人間たちは、もういちいちものを識別しているヒマがない。商人のところで、すっかり出来たものを買ってくるだけだ。だけど、友だちを売る商人というのはいないから、人間たちはもう友だちを持っちゃいない。友だちが欲しかったら、ぼくを飼いならしてよ！」

— Que faut-il faire ? dit le petit prince.

— Il faut être très patient, répondit le renard. Tu t'assoiras* d'abord un peu loin de moi, comme ça, dans l'herbe. Je te regarderai du coin de l'œil* et tu ne diras rien. Le langage est source de malentendus*. Mais, chaque jour, tu pourras t'asseoir un peu plus près... »

Le lendemain revint le petit prince.

« Il eût mieux valu revenir à la même heure*, dit le renard. Si tu viens, par exemple, à quatre heures de l'après-midi, dès trois heures je commencerai d'être heureux. Plus l'heure avancera, plus* je me sentirai heureux. À quatre heures, déjà, je m'agiterai et m'inquiéterai : je découvrirai le prix du bonheur* ! Mais si tu viens n'importe quand, je ne saurai* jamais à quelle heure m'habiller le cœur*... Il faut des rites*.

— Qu'est-ce qu'un rite ? dit le petit prince.

— C'est aussi quelque chose de trop oublié*, dit le renard. C'est ce qui fait qu'*un

Le Petit Prince (XXI)

「それには、何をしなければいけないの」と王子さまは訊いた。

「非常に忍耐強くなければいけないね」と狐が答えた。「初めは、ぼくからちょっと離れて、こんなふうに、草のなかに腰をおろすんだ。ぼくは、横目できみをこっそり見る。きみは何も言ってはいけないよ。言葉というものは、誤解のもとなんだ。だけど、毎日、少しずつだんだん近くに腰をおろすことができるようになる……」

翌日、王子さまがまたやって来た。

「昨日と同じ時刻に来た方がよかったね」と狐が言った。「たとえば、きみが午後四時に来るとすると、ぼくは三時になるともう嬉しくなりはじめる。そして、時間がたつにつれて、幸福感が増してくる。四時には、もうそわそわして、気をもんでしまう。ぼくは幸福の代価に気づくことになるだろうな！けれども、いつと決めずにきみがやって来ると、何時に心の準備をしたらよいか、さっぱりわからないことになる。節目というものが必要なんだ」

「節目って、何」と王子さまが言った。

「これも、みんなが忘れすぎている何かだよ」と狐が言った。

« Si tu viens, par exemple, à quatre heures de l'après-midi, dès trois heures je commencerai d'être heureux. »

「たとえば、きみが午後四時に来るとすると、
ぼくは三時になるともう嬉しくなりはじめる」

jour est différent des autres jours, une heure, des autres heures*. Il y a un rite, par exemple, chez mes chasseurs. Ils dansent le jeudi* avec les filles du village. Alors le jeudi est jour merveilleux !* Je vais me promener jusqu'à la vigne. Si les chasseurs dansaient n'importe quand, les jours se ressembleraient tous, et je n'aurais point de vacances. »

Ainsi, le petit prince apprivoisa le renard. Et quand l'heure du départ fut proche :

« Ah ! dit le renard... Je pleurerai.

— C'est ta faute, dit le petit prince, je ne te souhaitais point de mal, mais tu as voulu* que je t'apprivoise...

— Bien sûr, dit le renard.

— Mais tu vas pleurer* ! dit le petit prince.

— Bien sûr, dit le renard.

— Alors tu n'y gagnes rien* !

— J'y gagne*, dit le renard, à cause de la couleur du blé. » Puis il ajouta :

« Va revoir les roses. Tu comprendras que la tienne* est unique au monde. Tu reviendras me dire adieu, et je te ferai cadeau d'un secret*. »

Le petit prince s'en fut revoir les roses :

« Vous n'êtes pas du tout semblables à ma rose, vous n'êtes rien encore, leur dit-il. Personne ne vous a apprivoisées et vous n'avez apprivoisé personne. Vous êtes comme était mon renard. Ce n'était qu'un renard semblable à cent mille autres. Mais j'en ai fait mon ami*, et il est maintenant unique au monde. »

Le Petit Prince (XXI)

「ある一日をほかの日と違うものにするものだよ。ある時間をほかの時間と違うものにするものだよ。たとえば、狩人たちのところには、一つの節目がある。彼らは村の娘たちと、木曜日にダンスをする。すると、木曜日はすてきな日となるのさ！ ぼくは葡萄畑まで散歩に行く。もし狩人たちが日を決めないでダンスをすると、毎日が変わりばえしないし、ぼくには全然ヴァカンスがなくなってしまう」

　このようにして、王子さまは狐を飼いならした。そして、旅立ちのときが近づくと、狐が言った。

「ああ、泣けてくるなあ……」

「ぼくのせいじゃないよ」と王子さまは言った。「きみに悪いようになどとは、全然願ってもいなかったんだからね。飼いならして欲しいと言ったのは、きみの方だよ……」

「まったく、そのとおりさ」と狐が言った。

「だけど、きみは今にも泣けてくるんだろう！」と王子さまは言った。

「まったく、そのとおりさ」と狐が言った。

「それじゃ、それによって何の得もしなかったね！」

「得したさ」と狐は言った。「麦の色のおかげでね」

　それから、こうつけ加えた。

「薔薇の花たちのところに、また行ってごらん。きみの薔薇がこの世で唯一のものだということがわかるよ。それから、さようならを言いに戻ってきてよ。そうしたら一つの秘密をきみにプレゼントしよう」

　王子さまは、薔薇の花たちのところに、また行ってみた。

「きみたちは、ぼくの薔薇の花に少しも似ていないね。まだ、何ものでもないんだ。きみたちを飼いならした人は一人もいないし、きみたちが飼いならした人も一人もいない。きみたちは、かつてのあの狐みたいだ。あれは最初はほかの十万匹の狐と変わらない一匹の狐にすぎなかったけど、ぼくは彼と友だちになった。だからいまでは、彼はこの世で唯一の存在なのさ」

137

Et les roses étaient bien gênées*.

« Vous êtes belles, mais vous êtes vides, leur dit-il encore. On ne peut pas mourir pour vous. Bien sûr, ma rose à moi*, un passant ordinaire croirait* qu'elle* vous ressemble. Mais à elle seule* elle est plus importante que vous toutes, puisque c'est elle que j'ai arrosée. Puisque c'est elle que j'ai mise* sous globe. Puisque c'est elle que j'ai abritée par le paravent. Puisque c'est elle dont* j'ai tué les chenilles (sauf les deux ou trois pour les papillons). Puisque c'est elle que j'ai écoutée se plaindre*, ou se vanter, ou même quelquefois se taire. Puisque c'est ma rose. »

Et il revint vers le renard :
« Adieu, dit-il…
— Adieu, dit le renard. Voici mon secret. Il est très simple : on ne voit bien qu'avec le cœur. L'essentiel est invisible pour les yeux.
— L'essentiel est invisible pour les yeux, répéta le petit prince, afin de se souvenir.
— C'est le temps que tu as perdu* pour ta rose qui* fait ta rose si importante.
— C'est le temps que j'ai perdu pour ma rose…, fit le petit prince, afin de se souvenir.
— Les hommes ont oublié cette vérité, dit le renard. Mais tu ne dois* pas l'oublier. Tu deviens responsable* pour toujours de ce que tu as apprivoisé. Tu es responsable de ta rose…
— Je suis responsable de ma rose… », répéta le petit prince, afin de se souvenir.

Le Petit Prince (XXI)

　薔薇の花たちは、たいへん気づまりな思いをした。
　「きみたちは美しいけれど、意味がない」と王子さまは花たちになおも言った。「きみたちのためには、誰も死ぬことができない。もちろん、ぼくのあの薔薇の花だって、普通の通りすがりの人が見たなら、きみたちと変わらないと思うだろうさ。でも、あの花だけは、きみたちみんなよりも大切なんだ。だって、ぼくが水をかけてあげたのは、あの花なんだから。だって、ぼくが覆いをかけてあげたのは、あの花なんだから。だって、ぼくがついたてで風から護ってあげたのは、あの花なんだから。(蝶々になる二、三匹をのこして)ぼくが毛虫を除いてあげたのは、あの花なんだから。ぼくが不平や空威張りや沈黙にさえも耳を傾けてあげたのは、あの花なんだから。あれはぼくの薔薇の花なんだから」
　それから、王子さまは狐の方に戻ってきた。
　「さようなら」と王子さまが言った。
　「さようなら」と狐が言った。「ほら、ぼくの秘密。これはいとも単純なものだよ。心で見ないかぎり、ものごとはよく見えない。ものごとの本質は、眼では見えない」
　「ものごとの本質は、眼では見えない」と王子さまはよく覚えておくために、繰り返した。
　「きみの薔薇の花がそんなにも大切なものになったのは、きみがその薔薇の花のために時間を費やしてしまったからなんだよ」
　「ぼくがぼくの花のために時間を費やしてしまったから……」と王子さまはよく覚えておくために、言った。
　「人間たちはこの真理を忘れてしまったんだよ」と狐は言った。「けれども、きみはこの真理を忘れちゃいけないよ。きみは、きみが飼いならしたものに対して、永久に責任があるんだ。きみは、きみの薔薇の花に責任があるんだよ……」
　「ぼくは、ぼくの薔薇の花に責任がある……」と王子さまはよく覚えておくために、繰り返した。

XXII

« Bonjour, dit le petit prince.
— Bonjour, dit l'aiguilleur*.
— Que fais-tu ici ? dit le petit prince.
— Je trie les voyageurs, par paquets de mille, dit l'aiguilleur.
J'expédie les trains qui les emportent, tantôt vers la droite, tantôt vers la gauche. »

Et un rapide illuminé, grondant comme le tonnerre, fit trembler la cabine d'aiguillage.

二十二

「こんにちは」と王子さまは言った。
「こんにちは」と転轍手(てんてつしゅ)は言った。
「ここで何をしてるの」と王子さまは言った。
「旅行者たちを、千人ずつパックにして、入(い)れ替(か)えているんだよ」と転轍手が言った。「旅行者たちを運ぶ列車(れっしゃ)を、右の方へ送ったり、左の方へ送ったりしているのさ」
すると、明(あ)かりのついた特急(とっきゅう)列車が、雷(かみなり)のような轟音(ごうおん)をあげながら、転轍手のキャビンをゆらして通過(つうか)した。

« Ils sont bien pressés, dit le petit prince. Que cherchent-ils ?

— L'homme de la locomotive l'ignore* lui-même », dit l'aiguilleur.

Et gronda, en sens inverse, un second rapide illuminé.

5 « Ils reviennent déjà ? demanda le petit prince...

— Ce ne sont pas les mêmes, dit l'aiguilleur. C'est un échange.

— Ils n'étaient pas contents, là où ils étaient* ?

— On n'est jamais content là où l'on est », dit l'aiguilleur.

Et gronda le tonnerre d'un troisième rapide illuminé.

10 « Ils poursuivent les premiers voyageurs ? demanda le petit prince.

— Ils ne poursuivent rien du tout, dit l'aiguilleur. Ils dorment là-dedans, ou bien ils bâillent. Les enfants seuls* écrasent leur nez contre les vitres.

— Les enfants seuls savent ce qu'ils cherchent, fit le petit prince.
15 Ils perdent du temps pour une poupée de chiffons, et elle devient très importante, et si on la leur enlève*, ils pleurent...

— Ils ont de la chance », dit l'aiguilleur.

Le Petit Prince (XXII)

「彼らはとても急いでいるんだね。何を探してるの」と王子さまは言った。
「機関士自身、それを知らないんだよ」と転轍手は言った。
　すると、明かりのついた二番目の特急列車が、反対の方向へ、轟音をあげながら通過していった。
「もう、戻ってきたの？」と王子さまは訊いた……
「あれは同じ旅客じゃないんだよ。すれ違ったんだよ」と転轍手は言った。
「彼らがいた場所が気に入らなかったのかな」
「誰だって自分のいるところには決して満足しないよ」と転轍手は言った。
　すると、明かりのついた三番目の特急列車が、轟音をあげながら通っていった。
「最初の旅行者たちを追いかけてるんだろうか」と王子さまは訊いた。
「なんにも追いかけてなんかいないね。みんな車中で眠ってるんだ。さもなければ、あくびをしている。子供たちだけが窓ガラスに鼻をおしつけて、外を見ている」
「子供たちだけが、何を求めているか知ってるんだね」と王子さまは言った。「子供たちは、ぼろきれ人形に時間を費やすから、その人形がとても大切になるんだ。だから、人形を取り上げられると、泣けてくるんだ……」
「子供たちは、幸運だよ」と転轍手は言った。

XXIII

« Bonjour, dit le petit prince.

— Bonjour », dit le marchand.

C'était un marchand de pilules perfectionnées* qui apaisent la soif. On en avale une par semaine* et l'on n'éprouve plus le besoin de boire*.

« Pourquoi vends-tu ça ? dit le petit prince.

— C'est une grosse économie de temps, dit le marchand. Les experts ont fait des calculs. On épargne cinquante-trois minutes pas semaine.

— Et que fait-on de ces cinquante-trois minutes ?

— On en fait ce que l'on veut... »

« Moi, se dit le petit prince, si j'avais cinquante-trois minutes à dépenser, je marcherais tout doucement vers une fontaine... »

XXIV

Nous en étions au* huitième jour de* ma panne dans le désert, et j'avais écouté l'histoire du marchand en buvant* la dernière goutte de ma provision d'eau :

« Ah ! dis-je au petit prince, ils sont bien jolis, tes souvenirs*, mais je n'ai pas encore réparé mon avion*, je n'ai plus rien à

二十三

「こんにちは」と王子さまが言った。
「こんにちは」と商人は言った。
それは、のどの渇きを癒す改良された丸薬の商人だった。一週間につき一錠飲むと、もう水を飲みたいとは思わなくなる。

「なぜ、そんなものを売るの」と王子さまは訊いた。
「これは、すごい時間の節約だよ」と商人は言った。「専門家が計算したんだ。一週間に五十三分の節約になる」

「では、その五十三分をどうするの」
「したいことをするのさ……」
《ぼくなら》と王子さまは思った。《もし余分に使える五十三分があったら、泉の方へゆっくり歩いて行くのにな……》

二十四

砂漠でのぼくの飛行機の故障から、一週間目になっていた。水の貯えの最後の一滴を飲みながら、ぼくは丸薬売りの話に耳を傾けていた。ぼくは王子さまに言った。
「ああ、実にすてきだね、きみの思い出は！　でも、ぼくは飛行機をまだ修理してないし、飲み水がもう一滴もない。だからぼくもまた、

boire, et je serais heureux, moi aussi, si je pouvais marcher tout doucement vers une fontaine !

— Mon ami le renard*, me dit-il...

— Mon petit bonhomme, il ne s'agit plus du renard* !

5 — Pourquoi ?

— Parce qu'on va mourir de soif... »

Il ne comprit pas mon raisonnement, il me répondit :

« C'est bien d'avoir eu un ami, même si l'on va mourir. Moi, je suis bien content d'avoir eu un ami renard... »

10 « Il ne mesure* pas le danger, me dis-je. Il n'a jamais ni faim ni soif. Un peu de soleil lui suffit... »

Mais il me regarda et répondit à ma pensée :

« J'ai soif aussi... cherchons un puits... »

J'eus un geste de lassitude* : il est absurde de chercher un 15 puits, au hasard*, dans l'immensité du désert. Cependant nous nous mîmes en marche*.

Quand nous eûmes marché*, des heures, en silence, la nuit tomba, et les étoiles commencèrent de s'éclairer. Je les apercevais comme en rêve, ayant un peu de fièvre, à cause de ma soif. Les 20 mots* du petit prince dansaient dans ma mémoire :

« Tu as donc soif, toi aussi ? » lui demandai-je.

Mais il ne répondit pas à ma question. Il me dit simplement :

« L'eau peut aussi être bonne pour le cœur... »

Je ne compris pas sa réponse mais je me tus... Je savais bien 25 qu'il ne fallait* pas l'interroger.

Il était fatigué. Il s'assit. Je m'assis auprès de* lui. Et, après un silence, il dit encore :

146

Le Petit Prince (XXIV)

泉の方へゆっくり歩いて行くことができたら、どんなにいいだろう！」

「ぼくの友だちの狐がね……」と彼はぼくに言った。

「ねえ、坊や、もう狐どころではないよ！」

「どうして」

「のどが渇けば、もう死んでしまうんだよ……」

彼はぼくの言っていることが理解できず、ぼくにこう答えた。

「たとえこれから死んでいくとしても、友だちを得たということはいいことだね。ぼくはどうかというと、ぼくは狐という友だちを得て、本当に満足している……」

《彼には、危険を推し量ることができないんだ》とぼくは思った。《飢えも渇きも決して知らないんだ。少しの日光で充分なんだ……》

しかし、彼はぼくをじっと見つめ、それからぼくの思っていることに対してこう答えた。

「ぼくも、のどが渇いた……井戸を探そう……」

ぼくはうんざりの身ぶりをした。広大な砂漠のなかを、当てもなく、井戸を探すなんて、ばかげている。それでも、ぼくたちは歩きはじめた。

何時間も黙って歩いていると、日が暮れて、星がまたたきはじめた。ぼくはのどの渇きが原因で少し熱が出て、まるで夢のなかでのように、星たちを感知していた。王子さまのあの言葉が、ぼくの記憶のなかで踊っていた。

「じゃあ、きみも、のどが渇いているんだね」とぼくは彼に訊いた。

しかし、彼はぼくの問いには答えない。ただ簡単に、こう言った。

「水は心にとっても、良いのかもしれない……」

ぼくには彼の応えの意味が理解できなかったが、ぼくは口を閉ざした……。彼に尋ねてはいけないということを、よく知っていたから。

彼は疲れていた。腰をおろした。ぼくは彼のすぐそばに腰をおろした。彼は、しばらく黙っていたあとで、またこう言った。

« Les étoiles sont belles, à cause d'une fleur que l'on ne voit pas... »

Je répondis « bien sûr » et je regardai, sans parler, les plis du sable sous la lune.

5 « Le désert est beau », ajouta-t-il...

Et c'était vrai*. J'ai toujours aimé* le désert. On* s'assoit sur une dune de sable. On ne voit rien. On n'entend rien. Et cependant quelque chose rayonne en silence...

« Ce qui embellit le désert, dit le petit prince, c'est qu'il cache
10 un puits quelque part... »

Je fus surpris de comprendre soudain ce mystérieux rayonnement du sable. Lorsque j'étais petit garçon, j'habitais une maison ancienne, et la légende racontait qu'un trésor y* était enfoui. Bien sûr, jamais personne n'a su* le découvrir, ni peut-être même ne
15 l'a cherché. Mais il enchantait toute cette maison*. Ma maison cachait un secret au fond de son cœur...

« Oui, dis-je au petit prince, qu'il s'agisse de* la maison, des étoiles ou du désert, ce qui fait leur beauté est invisible !

— Je suis content, dit-il, que tu sois* d'accord avec mon renard. »
20 Comme le petit prince s'endormait, je le pris dans mes bras, et me remis en route*. J'étais ému*. Il me semblait porter un trésor fragile. Il me semblait même qu'*il n'y eût rien de plus fragile* sur la Terre. Je regardais, à la lumière de la lune, ce front pâle, ces yeux clos, ces mèches de cheveux qui tremblaient au
25 vent, et je me disais : « Ce que je vois là* n'est qu'une écorce. Le plus important est invisible... »

Comme ses lèvres entrouvertes ébauchaient un demi-sourire je me dis encore : « Ce qui m'émeut* si fort de ce petit prince

Le Petit Prince (XXIV)

「星たちは美しいね、見えない一輪の花のおかげで……」

「もちろん」とぼくは答えた。そして話すのを止めて、月光の下の砂の皺を眺めた。

「砂漠は美しいね……」と王子さまはつけ加えた。

まさしくそれは本当だった。ぼくはずっと砂漠が好きだった。砂山の上に腰をおろす。何も見えない。何も聞こえない。それなのに、何かが、黙って光っている……

「砂漠を美しくしているもの、それは砂漠がどこかに井戸を隠しているということだよ……」と王子さまが言った。

ぼくは、砂の放つあの神秘的な光の意味がふいにわかったので、びっくりした。小さいころ、ぼくは古い家に住んでいた。そして、言い伝えによると、ある宝物がその家に埋まっているということだった。もちろん、誰もそれを見つけることができなかったし、それを探そうともしなかった。しかし、その宝物が家全体に魔法をかけていた。ぼくの家は、その核心部の奥に一つの秘密を隠していた……

「そうなんだ。家でも星でも砂漠でも、その美しさを成り立たせているものは、眼に見えないのさ！」とぼくは王子さまに言った。

「きみがぼくの狐と考え方が一致しているので、ぼくは嬉しいよ」と彼は言った。

王子さまが眠っていたので、両腕でかかえ、また歩きはじめた。ぼくは感激で胸がいっぱいだった。ぼくには壊れやすい宝物を運んでいるように思われた。地球の上で、これ以上に壊れやすいものはないようにさえ思われた。ぼくは月光をたよりに、王子さまのあの蒼白い額、あの閉じた眼、風になびいているあの髪の房を見つめていた。そして心のなかで思った。《いまここに見えているものは、外見にすぎない。いちばん大切なものは、眼に見えないんだ……》と。

王子さまの半ば開いた唇から、ほんのりと微笑が洩れていたので、ぼくはまた、こう思った。《この眠っている王子さまのことで、いちばん

endormi, c'est sa fidélité pour une fleur, c'est l'image d'une rose qui rayonne en lui comme la flamme d'une lampe, même quand il dort… » Et je le devinai* plus fragile encore. Il faut bien protéger les lampes : un coup de vent peut les éteindre…

5   Et, marchant ainsi, je découvris le puits* au lever du jour.

XXV

« Les hommes, dit le petit prince, ils s'enfournent dans les rapides, mais ils ne savent plus ce qu'ils cherchent. Alors ils s'agitent et tournent en rond… »

Et il ajouta :

10 « Ce n'est pas la peine…* »

Le puits que nous avions atteint* ne ressemblait pas aux puits sahariens. Les puits sahariens sont de simples trous creusés dans le sable. Celui-là ressemblait à un puits de village. Mais il n'y avait là aucun village, et je croyais rêver.

15 « C'est étrange, dis-je au petit prince, tout est prêt : la poulie, le seau et la corde… »

Il rit, toucha la corde, fit jouer* la poulie.

Et la poulie gémit comme gémit une vieille girouette quand le vent a longtemps dormi*.

20 « Tu entends, dit le petit prince, nous réveillons* ce puits et il chante… »

Je ne voulais pas qu'il fît* un effort :

150

胸を打たれたのは、一輪の花に対する彼の誠実さなんだ。それは、眠っているときでさえ、彼のなかで、ランプの焔のように光を放っている、薔薇の花の姿なんだ……》。そして、彼がなおもいっそう壊れやすい、ということをぼくは見抜いた。ランプは、大事に保護しなければいけない。風のひとそよぎでも、ランプの灯は消えかねないのだ……

　そして、このように歩いていって、ぼくは夜明けにその井戸を見つけた。

二十五

　「人々は」と王子さまは言った。「みんな特急列車に無理に乗りこむけれども、自分が何を求めているのか、もうわからないんだ。そこで、動きまわったり、どうどう巡りをしたりするんだ……」
　そう言って、こうつけ加えた。
　「それには及ばないんだよね……」
　ぼくたちが辿りついた井戸は、サハラ砂漠の井戸とは似ていなかった。サハラ砂漠の井戸というのは、砂地に掘られた単なる穴にすぎない。ぼくたちの見つけた井戸は、村の井戸に似ていた。けれども、その辺りにはどんな村もなかった。だからぼくは夢を見ているように思った。
　「これは変だなあ」とぼくは王子さまに言った。「全部ととのっている。滑車も釣瓶も綱も……」
　彼は笑い、綱に触れ、滑車を動かした。
　すると、長いあいだ風が眠っていたときに古い風見がきしむように、滑車がきしった。
　「ほら、聞こえた？　ぼくたちが目を覚まさせたので、井戸が歌っているんだ……」と王子さまは言った。
　ぼくは、彼に骨折らせたくなかった。

Il rit, toucha la corde, fit jouer la poulie.
彼は笑い、綱に触れ、滑車を動かした。

« Laisse-moi faire, lui dis-je, c'est trop lourd pour toi. »

Lentement je hissai le seau jusqu'à la margelle. Je l'y installai bien d'aplomb*. Dans mes oreilles durait le chant de la poulie et, dans l'eau qui tremblait encore, je voyais trembler le soleil.

5 « J'ai soif de* cette eau-là*, dit le petit prince, donne-moi à boire*... »

Et* je compris ce qu'il avait cherché !

Je soulevai le seau jusqu'à ses lèvres. Il but, les yeux fermés*. C'était doux comme une fête. Cette eau était bien autre chose 10 qu'un aliment*. Elle était née* de la marche sous les étoiles, du chant de la poulie, de l'effort de mes bras. Elle était bonne pour le cœur, comme un cadeau. Lorsque j'étais petit garçon, la lumière de l'arbre de Noël, la musique de la messe de minuit, la douceur des sourires faisaient, ainsi, tout le rayonnement* du cadeau de 15 Noël que je recevais.

« Les hommes de chez toi, dit le petit prince, cultivent cinq mille roses dans un même jardin... et ils n'y trouvent pas ce qu'ils cherchent...

— Ils ne le* trouvent pas, répondis-je...

20 — Et cependant ce qu'ils cherchent pourrait être trouvé dans une seule rose ou un peu d'eau...

— Bien sûr », répondis-je.

Et le petit prince ajouta :

« Mais les yeux sont aveugles. Il faut chercher avec le cœur. »

25 J'avais bu. Je respirais* bien. Le sable, au lever du jour, est couleur de miel*. J'étais heureux aussi de cette couleur de miel. Pourquoi fallait-il que j'eusse de la peine...*

Le Petit Prince (XXV)

「ぼくにやらせて欲しい。きみには重すぎるよ」とぼくは言った。

ぼくは、ゆっくりと釣瓶を縁石にまで引きあげた。そしてそこにしっかりと据えた。ぼくの耳のなかでは、滑車の歌が続いていた。なおもふるえている水のなかに、太陽光線がうちふるえているのが見えた。

「その水こそ、ほんとに欲しかったんだ」と王子さまは言った。「飲ませてよ……」

そこで初めて、ぼくは、彼が何を求めていたかがわかった！

ぼくは釣瓶を彼の唇のところまで持ちあげた。彼は眼をつぶって、飲んだ。それは祭のように嬉しい情景だった。その水は、食物とはまったくの別物だった。その水は、星空の下の歩行から、滑車の歌から、ぼくの腕の力から湧き出たのだった。その水は、プレゼントのように、心に良いものだった。小さいころ、クリスマス・ツリーの明かりや深夜ミサの音楽や人々の優しい微笑が、同じように、ぼくがもらったクリスマス・プレゼントの輝きのすべてを作っていたんだ。

「きみのところの人たちは」と王子さまは言った。「一つの同じ庭園で、五千本もの薔薇の花を栽培しているけど……自分たちが求めているものが、見つからないんだね……」

「見つからないんだね……」とぼくは答えた。

「でも、求めているものは、たった一本の薔薇の花とか、わずかな水のなかに見つかるはずなのに……」

「そのとおりだとも」とぼくは答えた。

すると、王子さまはつけ加えた。

「だけど、眼というものは盲目なんだ。心で探し求めなければいけないんだよ」

ぼくは水を飲んで、ほっとしていた。砂は、夜明けには、蜜の色。その蜜の色によっても、ぼくは幸せだった。思い煩う必要など、どこにあろう……（、とぼくは思った）

155

« Il faut que tu tiennes* ta promesse, me dit doucement le petit prince, qui, de nouveau*, s'était assis* auprès de moi.

— Quelle promesse ?

— Tu sais... une muselière pour mon mouton... je suis responsable de cette fleur ! »

Je sortis de ma poche mes ébauches de dessin. Le petit prince les aperçut et dit en riant :

« Tes baobabs, ils ressemblent un peu à des choux...

— Oh ! »

Moi qui étais si fier des baobabs !*

« Ton renard... ses oreilles... elles ressemblent un peu à des cornes... et elles sont trop longues ! »

Et il rit encore.

« Tu es injuste, petit bonhomme, je ne savais rien dessiner que les boas fermés et les boas ouverts.

— Oh ! ça ira*, dit-il, les enfants savent. »

Je crayonnai donc une muselière. Et j'eus le cœur serré en la* lui donnant :

« Tu as des projets que j'ignore... »

Mais il ne me répondit pas. Il me dit :

« Tu sais, ma chute sur la Terre... c'en sera demain l'anniversaire*... »

Puis, après un silence il dit encore :

« J'étais tombé tout près d'ici... »

Et il rougit.

Et de nouveau, sans comprendre pourquoi*, j'éprouvai un chagrin bizarre. Cependant une question me vint* :

« Alors ce n'est pas par hasard que, le matin où je t'ai connu*,

Le Petit Prince (XXV)

「約束はちゃんと守ってくれなくちゃね」と王子さまはぼくに静かに言った。彼はまたぼくのそばに腰をおろしていた。
「何の約束だっけ？」
「ほら……ぼくの羊用の口輪だよ……ぼくはあの花に責任があるんだ！」
　ぼくはポケットから、デッサンのいろいろな下書きを取り出した。王子さまはそれらを見て、笑いながら言った。
「きみのバオバブは、ちょっとキャベツみたいだね……」
「ああ、やれやれ！」
　ぼくはバオバブの絵ではあんなに鼻が高かったのに！
「きみの狐……耳が……ちょっと角みたい……長すぎるんだよ！」

　そう言って、彼はまた笑った。
「きみは公正じゃないよ、坊や、ぼくは中の見えないボア大蛇と中の見えるボア大蛇のほかには、何も描くことができなかったんだから」
「うん、まあいいよ。子供たちは知ってる」
　そこで、ぼくは口輪を鉛筆で描いた。そして、それを彼にあげるとき、胸が締めつけられる思いがした。
「ぼくの知らない計画を持ってるんだろう……」
　けれども、彼はそれには答えず、こう言った。
「ねえ、ぼくが地球に降り立って……明日はその記念日なんだ……」

　それから、ふと黙ったあとで、さらにこう言った。
「ここのすぐ近くに、ぼくは降り立ったんだ……」
　そして、彼は顔を赧らめた。
　そこでぼくは、なぜだかわからないまま、また奇妙な胸苦しさを感じた。けれども、一つの問いが思い浮かんだ。
「では、一週間前、ぼくがきみと知りあった朝、きみが人の住んでい

il y a huit jours, tu te promenais comme ça, tout seul, à mille milles de toutes les régions habitées ! Tu retournais vers le point de ta chute ? »

Le petit prince rougit encore.

⁵ Et j'ajoutai, en hésitant :

« À cause, peut-être, de l'anniversaire ?... »

Le petit prince rougit de nouveau. Il ne répondait jamais aux questions, mais, quand on rougit, ça signifie « oui », n'est-ce pas ?

« Ah ! lui dis-je, j'ai peur... »

¹⁰ Mais il me répondit :

« Tu dois maintenant travailler. Tu dois repartir vers ta machine. Je t'attends ici. Reviens demain soir... »

Mais je n'étais pas rassuré*. Je me souvenais du renard. On risque de pleurer un peu si l'on s'est laissé apprivoiser*...

XXVI

¹⁵ Il y avait, à côté du puits, une ruine de vieux mur de pierre. Lorsque je revins de mon travail, le lendemain soir, j'aperçus de loin mon petit prince assis là-haut, les jambes pendantes*. Et je l'entendis qui parlait* :

« Tu ne t'en souviens donc pas ? disait-il. Ce n'est pas tout à ²⁰ fait ici ! »

Une autre voix lui répondit sans doute, puisqu'il répliqua :

« Si ! Si ! c'est bien le jour, mais ce n'est pas ici l'endroit*... »

Je poursuivis ma marche* vers le mur. Je ne voyais ni n'entendais

る土地から千マイルも離れたところを、あのようにたったひとりで散歩していたのは、偶然ではなかったんだ！　きみは降り立った地点に戻るところだったんだね？」

　王子さまは、また顔を赧らめた。

　そこで、ぼくはためらいながら、つけ加えた。

「たぶん……記念日だからだろうね？」

　王子さまはまた顔を赧らめた。彼は質問には決して答えない。けれども、顔を赧らめるのは、「そうです」を意味するんだよね。

「ああ！　心配だよ……」とぼくは言った。

　しかし、彼はぼくにこう言った。

「さて、きみは仕事をしなくちゃあ。飛行機のところへまた戻らなくちゃね。ぼくはここで待ってる。あしたの夕方、ここに戻ってきてよ……」

　けれども、ぼくは気持ちが落ちつかなかった。ぼくは狐のことを思い出した。飼いならされると、人はちょっぴり泣き出しかねない……

二十六

　井戸のそばに、古い石の壁の残骸があった。翌日の夕方、ぼくが仕事から戻ると、わが王子さまが壁の上に腰かけて、両脚をたらしているのが、遠くから見えた。しかも、彼が話している声が聞こえた。

「では、覚えてないんだね？　場所はここじゃ全然違うよ！」と彼は言った。

　おそらく、別の声がそれに答えた。彼はまたこう言い返した。

「そう！　そう！　たしかに日にちはそうだけど、場所はここじゃない……」

　ぼくは壁の方へ歩行を続けた。相変わらず誰ひとり見当たらないし、

toujours personne. Pourtant le petit prince répliqua de nouveau :
« ... Bien sûr. Tu verras* où commence ma trace dans le sable. Tu n'as qu'à m'y attendre*. J'y serai cette nuit*. »
J'étais à vingt mètres du mur et je ne voyais toujours rien.
5 Le petit prince dit encore, après un silence :
« Tu as du bon venin* ? Tu es sûr de ne pas me faire souffrir longtemps ? »
Je fis halte, le cœur serré*, mais je ne comprenais toujours pas.
« Maintenant, va-t'en*, dit-il... Je veux redescendre ! »
10 Alors j'abaissai moi-même les yeux vers le pied du mur, et je fis un bond* ! Il* était là, dressé* vers le petit prince, un de ces serpents jaunes* qui vous exécutent en trente secondes. Tout en fouillant* ma poche pour en* tirer mon revolver, je pris le pas de course*, mais, au bruit que je fis, le serpent se laissa doucement
15 couler dans le sable, comme un jet d'eau qui meurt*, et, sans trop se presser, se faufila entre les pierres avec un léger bruit de métal.
Je parvins* au mur juste à temps* pour y recevoir dans les bras mon petit bonhomme de prince, pâle comme la neige.
« Quelle est cette histoire-là !* Tu parles maintenant avec les
20 serpents ! »
J'avais défait* son éternel cache-nez d'or*. Je lui avais mouillé les tempes et l'avais fait boire. Et maintenant je n'osais plus rien lui demander. Il me regarda gravement et m'entoura le cou de ses bras*. Je sentais battre son cœur comme celui d'un oiseau qui
25 meurt, quand on l'a tiré à la carabine*. Il me dit :
« Je suis content que tu aies trouvé* ce qui manquait à ta machine*. Tu vas pouvoir rentrer chez toi...
— Comment sais-tu !* »

Le Petit Prince (XXVI)

　誰の声も聞こえなかった。けれども、王子さまは、また言い返した。
　「……そうだとも。砂のなかのどこからぼくの足跡がはじまっているか、わかるよ。そこでぼくを待ちさえすればいい。今夜、そこへ行く」
　ぼくは石の壁から二十メートルのところにいた。それなのに、やはり何も見えなかった。
　王子さまは、しばらく黙りこんだあと、なおもこう言った。
　「良い毒、持ってるんだろう？　長い時間苦しめないって、確かだね？」
　ぼくは胸が締めつけられて、立ち止まったが、相変わらず何のことかわからなかった。
　「さあ、あっちへ行って……ぼくは降りたいんだよ！」
　そのとき、ぼくはぼくで、壁の足もとの方へ視線をさげて、（驚きのあまり）飛びあがった！　そこにいたのだ、三十秒で人を処刑するあの黄色い蛇が一匹、王子さまの方へまっすぐ起きあがって。ポケットをひっくり返してピストルを取り出しながら、ぼくは駆け出した。しかし蛇は、ぼくのたてた足音で、まるで噴水が止まるように、静かに砂のなかへ滑り込んでいった。そしてあまり急ぎもせず、金属性の軽い音をたてながら、石と石とのあいだへ巧みに入り込んでしまった。
　ちょうど石の壁に辿りついたとき、雪のように蒼ざめたわが王子さまを、かろうじてぼくは両腕のなかに受けとめることができた。
　「これは、何ということかね！　今度は蛇と話すとは！」
　ぼくは王子さまがいつも首にまいていた黄金色のマフラーをほどいた。彼のこめかみを湿布し、水を飲ませた。そしていまでは、もう何も訊く気になれなかった。彼は深刻そうにぼくを見つめ、それから両腕をぼくの首にまきつけてきた。彼の心臓が、カービン銃で撃たれて死んでいく小鳥のように、動悸をうっているのが感じられた。彼はぼくにこう言った。
　「きみの機械の欠陥が見つかって、ぼく嬉しいよ。いよいよ、きみのところへ戻ることができるね……」
　「どうして、わかったの！」

« Maintenant, va-t'en, dit-il… Je veux redescendre ! »
「さあ、あっちへ行って……ぼくは降りたいんだよ!」

Je venais justement lui annoncer que, contre toute espérance*, j'avais réussi mon travail !

Il ne répondit rien à ma question, mais il ajouta :

« Moi aussi, aujourd'hui, je rentre chez moi... »

5 Puis, mélancolique :

« C'est bien plus loin... c'est bien plus difficile... »

Je sentais bien qu'il se passait quelque chose d'extraordinaire*. Je le serrais dans les bras comme un petit enfant, et cependant il me semblait qu'il coulait verticalement dans un abîme sans que 10 je puisse rien* pour le retenir...

Il avait le regard sérieux, perdu très loin* :

« J'ai ton mouton. Et j'ai la caisse pour le mouton. Et j'ai la muselière... »

Et il sourit avec mélancolie.

15 J'attendis longtemps. Je sentais qu'il se réchauffait peu à peu :

« Petit bonhomme, tu as eu peur... »

Il avait eu peur, bien sûr ! Mais il rit doucement :

« J'aurai bien plus peur ce soir... »

De nouveau je me sentis glacé par le sentiment de l'irréparable*. 20 Et je compris que je ne supportais pas l'idée de* ne plus jamais entendre ce rire*. C'était pour moi comme une fontaine dans le désert.

« Petit bonhomme, je veux encore t'entendre rire... »

Mais il me dit :

25 « Cette nuit, ça fera un an. Mon étoile se trouvera juste au-dessus de l'endroit où je suis tombé l'année dernière...

— Petit bonhomme, n'est-ce pas que c'est un mauvais rêve cette histoire de serpent et de rendez-vous et d'étoile*... »

164

Le Petit Prince (XXVI)

　ぼくは、奇跡的にもとうとう故障を直すことができた、ということを、ちょうど彼に知らせに来たところだった！
　彼はぼくの質問には何も答えず、こうつけ加えた。
「ぼくも、今日、ぼくのところへ戻るんだよ……」
　それから、沈んだ顔で、
「きみのところよりはるかに遠いんだよ……はるかに困難なんだよ……」
　何かただならぬことが起こっているということが、よくわかった。
　ぼくは幼児を抱くように、彼を抱きしめた。ところが、ぼくには引きとめるすべもなく、彼がまっさかさまに深い淵のなかへ落ちていくように思われた……
　彼のきまじめな視線は、きわめて遠いところに注がれていた。
「きみの羊、持ってるよ。羊用の箱も、持ってる。それに口輪も……」
　そう言って、彼は憂鬱そうに、微笑んだ。
　ぼくは、長いこと待っていた。彼が少しずつ元気を回復してくるのが感じられた。
「坊や、こわかったんだろう……」
　もちろん、彼はこわかった！　けれども、静かに笑った。
「今夜は、もっともっとこわいだろうな……」
　もう取り返しがつかないという気持ちから、ぼくはあらためて寒気を覚えた。そして、王子さまのあの笑い声をもう二度と聞けなくなると思うこと自体が耐えられない、とわかった。王子さまのあの笑い声は、ぼくにとっては、砂漠のなかの泉のようなものだった。
「坊や、ぼくはきみの笑い声をもっと聞きたいよ……」
　けれども、彼はぼくにこう言った。
「今夜で、一年になる。ぼくの星は、去年ぼくが降り立った場所の、ちょうど真上にくるだろう……」
「坊や、蛇とか待ち合わせの場所とか星とかのあの話は、悪い夢なのじゃないのかね……」

Mais il ne répondit pas à ma question. Il me dit :

« Ce qui est important, ça ne se voit pas...

— Bien sûr...

— C'est comme pour la fleur*. Si tu aimes une fleur qui se
5 trouve dans une étoile, c'est doux, la nuit, de regarder le ciel.
Toutes les étoiles sont fleuries.

— Bien sûr...

— C'est comme pour l'eau. Celle que tu m'as donnée à boire
était comme une musique, à cause de la poulie et de la corde...
10 tu te rappelles... elle était bonne.

— Bien sûr...

— Tu regarderas, la nuit, les étoiles. C'est trop petit chez moi
pour que* je te montre où se trouve la mienne. C'est mieux comme
ça*. Mon étoile, ça sera pour toi une des étoiles. Alors, toutes les
15 étoiles, tu aimeras les regarder... Elles seront toutes tes amies. Et
puis je vais te faire un cadeau... »

Il rit encore.

« Ah ! petit bonhomme, petit bonhomme, j'aime entendre ce
rire !
20 — Justement ce sera mon cadeau... ce sera comme pour l'eau...

— Que veux-tu dire ?*

— Les gens ont des étoiles qui ne sont pas les mêmes. Pour les
uns*, qui voyagent, les étoiles sont des guides. Pour d'autres*
elles ne sont rien que de petites lumières. Pour d'autres, qui sont
25 savants, elles sont des problèmes. Pour mon businessman elles
étaient de l'or*. Mais toutes ces étoiles-là se taisent*. Toi, tu
auras des étoiles comme personne n'en a...

— Que veux-tu dire ?

Le Petit Prince (XXVI)

　しかし、彼はぼくの質問には答えず、こう言った。
「大切なこと、それは眼に見えないんだよ……」
「もちろんさ……」
「それは、あの花についてと同じみたいだね。星にある花が好きになったら、夜、空を眺めることが楽しくなる。あらゆる星が、花ざかりになる」
「もちろんさ……」
「それは、水についてと同じみたいだね。ぼくが飲ませてもらったあの水は、滑車や綱のおかげで音楽のようなものだった。……ほら、覚えているね……あの水は美味しかった」
「もちろんさ……」
「夜になったら、星を眺めてよ。ぼくのところは小さすぎて、どこにぼくの星があるか教えられない。けれどもその方がいいんだ。ぼくの星が、星々のうちの一つとなるだろうからね。そうすれば、あらゆる星を眺めるのが好きになるだろう……星がみんなきみの友だちになるだろう。それから、プレゼントを一つ、あげよう……」
　彼はまた笑った。
「ああ、坊や、坊や、ぼくはその笑い声を聞くのが好きなんだよ！」
「まさに、これがぼくのプレゼントなんだ……あの水みたいになるだろう……」
「それ、どういう意味」
「人々はさまざまな星を持っているんだよ。ある旅行者にとっては、星はガイドだし、ほかの人たちにとっては、小さな光にすぎない。また別の学者たちにとっては、星は難問だし、あの事業家にとっては、黄金だった。けれども、どの星も、みんな口をきかないんだ。だけど、きみ、きみは誰も持たないような星を持つことになるんだ……」

「それ、どういう意味」

— Quand tu regarderas le ciel, la nuit, puisque j'habiterai dans l'une d'elles, puisque je rirai dans l'une d'elles, alors ce sera pour toi comme si riaient toutes les étoiles. Tu auras, toi, des étoiles qui savent rire ! »

5 Et il rit encore.

« Et quand tu seras consolé* (on se console* toujours) tu seras content de m'avoir connu. Tu seras toujours mon ami. Tu auras envie de rire* avec moi. Et tu ouvriras* parfois ta fenêtre, comme ça, pour le plaisir*... Et tes amis seront bien étonnés de* te voir
10 rire en regardant le ciel. Alors tu leur diras : "Oui, les étoiles, ça me fait toujours rire !" Et ils te croiront fou*. Je t'aurai joué un bien vilain tour*... »

Et il rit encore.

« Ce sera comme si je t'avais donné, au lieu d'étoiles, des tas
15 de petits grelots qui savent rire... »

Et il rit encore. Puis il redevint sérieux :

« Cette nuit... tu sais... ne viens pas.

— Je ne te quitterai pas.

— J'aurai l'air d'avoir mal*... j'aurai un peu l'air de mourir.
20 C'est comme ça. Ne viens pas voir ça, ce n'est pas la peine...

— Je ne te quitterai pas. »

Mais il était soucieux.

« Je te dis ça... c'est à cause aussi du serpent. Il ne faut pas qu'il te morde... Les serpents, c'est méchant. Ça peut mordre
25 pour le plaisir...

— Je ne te quitterai pas. »

Mais quelque chose le rassura :

« C'est vrai qu'ils n'ont plus de venin pour la seconde

Le Petit Prince (XXVI)

「ぼくは、無数の星のうちの一つに住むんだ。無数の星のうちの一つで笑うんだ。だから、きみが夜、空を見あげると、さながらあらゆる星が笑ってるみたいだろう。きみは、笑うことのできる星を持つことになるんだ！」

そう言って、王子さまはまた笑った。

「悲しみがやがて和らぐとき（和らがないなんてことはないよ）、ぼくと知りあったことを嬉しく思うよ。きみはいつでもぼくの友だちなんだ。きみはぼくと一緒に笑いたくなるよ。そして、ときにはこんなふうに気晴らしに窓を開けてよ……するときみの友人たちは、きみが空を眺めて笑うのを見て、とてもびっくりするだろう。そのときには、《そうなんだ、星を見るといつも笑いたくなるんだよ！》と言うのさ。すると、友人たちはきみがおかしくなったと思うだろう。ぼくはきみに、ひどい悪戯をしたことになるだろうね……」

そう言って、彼はまた笑った。

「そうすると、ぼくは、星の代わりに、笑うことのできる小さな鈴をたくさんあげたようなものだね……」

そう言って、彼はなおも笑った。それから、真顔に戻って、こう言った。

「今夜は……ね……来ないでね……」

「ぼくはきみから離れないよ」

「ぼく、病人みたいになるよ……ちょっと死んでいくみたいになるよ。こんなふうにね。見に来ないでね。それには及ばないよ……」

「ぼくはきみから離れないよ」

そう言っても、彼は気がかりだった。

「こんなこと言うのは……蛇が原因でもあるんだ。きみが蛇に噛まれてはいけないのでね……蛇というのは、たちが悪いんだよ。面白半分に噛むこともあるからさ……」

「ぼくはきみから離れないよ」

けれども、何かが、彼を安心させた。

「そうだ、本当なんだ、二度目に噛みつくとき、蛇にはもう毒がないっ

morsure… »

Cette nuit-là je ne le vis pas se mettre en route. Il s'était évadé sans bruit. Quand je réussis à le joindre il marchait décidé, d'un pas rapide. Il me dit seulement :

⁵ « Ah ! tu es là… »

Et il me prit par la main. Mais il se tourmenta encore :

« Tu as eu tort*. Tu auras de la peine. J'aurai l'air d'être mort et ce ne sera pas vrai… »

Moi je me taisais.

¹⁰ « Tu comprends. C'est trop loin. Je ne peux pas emporter ce corps-là. C'est trop lourd. »

Moi je me taisais.

« Mais ce sera comme une vieille écorce abandonnée*. Ce n'est pas triste les vieilles écorces*… »

¹⁵ Moi je me taisais.

Le Petit Prince (XXVI)

てことは……」

　その夜、彼が出かけるのを、ぼくは見なかった。彼は、こっそり、抜け出したのだ。彼に追いつくことができたとき、彼は肝を決めて、足早に歩いていた。そして、ただこう言った。
　「ああ！　ついてきたの……」
　王子さまはぼくの手を取った。けれども、また苦しんだ。
　「きみは間違えたね。つらい思いをするよ。ぼくは死んだようになるけど、それは本当じゃないんだよ……」
　ぼくは、黙っていた。
　「わかるね。遠すぎるんだ。ぼくはこの身体を持ち運ぶことができない。重すぎるんだ」
　ぼくは、黙っていた。
　「でも、これは、見捨てられた古い皮のようなものになるんだ。古い皮なんて、悲しくもないよ……」
　ぼくは、黙っていた。

Il se découragea un peu. Mais il fit encore un effort :

« Ce sera gentil*, tu sais. Moi aussi, je regarderai les étoiles. Toutes les étoiles seront des puits avec une poulie rouillée. Toutes les étoiles me verseront à boire... »

⁵ Moi je me taisais.

« Ce sera tellement amusant ! Tu auras cinq cents millions de grelots, j'aurai cinq cents millions de fontaines... »

Et il se tut aussi, parce qu'il pleurait...

« C'est là*. Laisse-moi faire un pas* tout seul. »

¹⁰ Et* il s'assit parce qu'il avait peur. Il dit encore :

« Tu sais... ma fleur... j'en suis responsable ! Et elle est tellement faible ! Et elle est tellement naïve. Elle a quatre épines de rien du tout* pour la protéger contre le monde... »

Le Petit Prince (XXVI)

彼はやや気落ちした。けれどもまた気をしっかり持とうとした。

「ね、すてきだろうな。ぼくも、星を眺める。すると、星という星が、さびついた滑車のある井戸になるだろう。星という星が、ぼくに飲み水を注いでくれるだろう……」

ぼくは、黙っていた。

「すごく面白いだろうな！ きみが五億の鈴を持つことになり、ぼくが五億の泉を持つことになるなんて……」

そして、彼も口をつぐんだ。それというのは、泣いていたから……

「ここだ。たったひとりで一歩踏み出させてね」

そう言いつつも、彼は腰を落としてしまった。なぜならこわくなったから。彼はさらに、こう言った。

「ねえ……ぼくの花……ぼく、あの花に責任があるんだ！ あの花、本当に弱いんだ！ それに、本当に純朴なんだ。世間から身を護るのに、本当につまらない四つの棘があるだけなんだから……」

Moi je m'assis parce que je ne pouvais plus me tenir debout. Il dit :

« Voilà*... C'est tout*... »

Il hésita encore un peu, puis se releva. Il fit un pas. Moi je ne pouvais pas bouger.

Il n'y eut rien qu'*un éclair jaune près de sa cheville. Il demeura un instant immobile. Il ne cria pas. Il tomba doucement comme tombe un arbre. Ça ne fit même pas de bruit, à cause du sable.

XXVII

Et maintenant bien sûr, ça fait six ans déjà... Je n'ai jamais encore raconté cette histoire. Les camarades qui m'ont revu ont été bien contents de me revoir vivant. J'étais triste mais je leur disais : « C'est la fatigue... »

Maintenant je me suis un peu consolé. C'est-à-dire... pas tout à fait*. Mais je sais bien qu'il est revenu à sa planète, car, au lever du jour, je n'ai pas retrouvé son corps. Ce n'était pas un corps tellement lourd... Et j'aime la nuit écouter les étoiles. C'est comme cinq cents millions de grelots...

Mais voilà qu'il se passe* quelque chose d'extraordinaire. La muselière que j'ai dessinée pour le petit prince, j'ai oublié d'y* ajouter la courroie de cuir ! Il n'aura jamais pu* l'attacher au mouton. Alors je me demande : « Que s'est-il passé sur sa planète ? Peut-être bien que le mouton a mangé la fleur... »

Le Petit Prince (XXVII)

　ぼくも腰をおろした。もう立っていることができなかったから。彼は言った。
「さあ……もう言うことはない……」
　彼はなおもちょっとためらった。それから起きあがり、一歩踏み出した。ぼくはといえば、動くこともできなかった。
　彼の踝（くるぶし）の辺（へん）には、黄色い一条（ひとすじ）の光のほかには、何もなかった。彼は一瞬（いっしゅん）、身じろぎをしないでいた。大声もあげなかった。彼は一本の樹（き）が倒（たお）れるように静かに倒れた。砂のために物音（ものおと）ひとつしなかった。

二十七

　こうして、いまではもちろん、もう六年が経（た）った……ぼくはまだこの話を、一度も語ったことがない。ぼくに再会した同僚（どうりょう）たちは、ぼくが生きているのを見て、たいへん喜んだ。ぼくは気落ちしていたが、「疲れのせいなんだ……」と彼らに言ったものだ。
　いまでは、いくらか悲しみが和（やわ）らいだ。つまり……完全には、和らいでいない。けれども、王子さまが自分の惑星に帰ったということは、よく知っている。それというのも、夜が明けたとき、彼の身体（からだ）が見つからなかったから。あれは、そんなに重い身体ではなかったのだ……だから夜、ぼくは星たちに耳をすますのが好きだ。星たちは、五億の鈴みたいに鳴（な）っている……
　ところが、ここでたいへんなことが発生（はっせい）した。ぼくが王子さまのために描いたあの口輪に、革（かわ）バンドをつけるのを忘れてしまったのだ！　王子さまは、羊に口輪をつけることが絶対できなかったであろう。そこでぼくは思う。《王子さまの惑星では、何が起こったんだろうか。ひょっとして、あの羊が花を食べてしまったのではなかろうか……》

Il tomba doucement comme tombe un arbre.
彼は一本の樹が倒れるように静かに倒れた。

Tantôt je me dis : « Sûrement non ! Le petit prince enferme sa fleur toutes les nuits sous son globe de verre, et il surveille bien son mouton… » Alors je suis heureux. Et toutes les étoiles rient doucement.

5 Tantôt je me dis : « On est distrait une fois ou l'autre*, et ça suffit !* Il a oublié, un soir, le globe de verre, ou bien le mouton est sorti sans bruit pendant la nuit… » Alors les grelots se changent tous en larmes !…

C'est là* un bien grand mystère. Pour vous qui aimez aussi le
10 petit prince, comme pour moi, rien de l'univers n'est semblable* si* quelque part, on ne sait où, un mouton que nous ne connaissons pas a, oui ou non, mangé une rose…

Regardez le ciel. Demandez-vous* : « Le mouton oui ou non a-t-il mangé la fleur ? » Et vous verrez* comme tout change…
15 Et aucune grande personne ne comprendra jamais que ça a tellement d'importance !

Le Petit Prince (XXVII)

　またあるときは、こうも思う。《違うにきまってる！　王子さまは、毎晩、自分の花をガラスの覆(おお)いのなかに入れて、羊をよく見張(は)っている……》。すると、ぼくは嬉しくなる。そして、星という星が静かに笑う。

　またあるときは、こうも思う。《人は一度や二度はついうっかりするものだ。それでもう万事休(ばんじきゅう)すだ！　王子さまは、ある晩ガラスの覆いをかけ忘れたか、それとも羊が夜のあいだにそっと外へ抜け出してしまったか……》。そう思うと、鈴がみんな涙に変わってしまう！

　そこに、実に大きな神秘がある。王子さまを愛しているきみたちにとって、ぼくにとってと同じように、この宇宙では何一つ同じ状態ではなくなってしまう。もしかしてどこかわからないある場所で、ぼくたちの知らない羊が薔薇の花を食べてしまったかどうかによって……
　空をよく見て欲しい。自問してみて欲しい。《あの羊は、花を食べてしまったのだろうか、それとも食べなかったのだろうか》と。そうすれば、どんなに一切(いっさい)が変化することか、わかるはず……
　それなのに、おとなは誰一人として、それがこんなにも大切なことだということが、絶対わからないだろう！

179

Ça c'est, pour moi, le plus beau et le plus triste paysage du monde. C'est le même paysage que celui de la page précédente, mais je l'ai dessiné une fois encore* pour bien vous le montrer*. C'est ici que le petit prince a apparu sur terre, puis disparu.

Regardez attentivement ce paysage afin d'être sûrs* de le reconnaître*, si vous voyagez un jour en Afrique, dans le désert. Et, s'il vous arrive de passer par là*, je vous en supplie, ne vous pressez pas*, attendez un peu juste sous l'étoile ! Si alors un enfant vient à vous, s'il rit, s'il a des cheveux d'or, s'il ne répond pas quand on l'interroge, vous devinerez bien qui il est*. Alors soyez gentils* ! Ne me laissez pas tellement triste : écrivez-moi vite qu'il est revenu...

Le Petit Prince

　これは、ぼくにとってはこの世でいちばん美しい、そしていちばん悲しい景色。前ページのと同じ景色です。しかしきみたちによく示すために、もう一度だけ描きました。王子さまが地上に現われ、それから消えたのは、ここです。

　もしいつかアフリカの砂漠を旅行するような場合、たしかにここだとわかるように、この景色を注意深くごらんなさい。そして、たまたまここを通りかかるようなことがあれば、どうか急がないで、ちょうどこの星の下でちょっと待ってごらんなさい！　もしそのとき、一人の子供がきみたちのところにきて、笑ったり、金髪をしていたり、質問には答えなかったりしたら、彼が誰であるかわかるでしょう。そのときには、親切にしてください！　ぼくをこんなに悲しんでいるままにしておかないでください。すぐさま、ぼくに便りをください、彼が戻ってきたよ、と……

注 解

頁数・行数は本文中に「＊」印のある箇所を示します．
丸数字は巻末「フランス語文法のおさらい」の項目番号です．

頁	行	
6	1	**Léon Werth :** レオン・ヴェルト（1878–1955）．ユダヤ人童話作家．サンテグジュペリ（1900–44）より22歳年上の親友．日本人は年齢をひどく気にするが，フランス人はほとんど無視する．友人関係，夫婦関係においても．第二次大戦中，ナチス・ドイツの占領下におかれたフランスでは，ユダヤ人はゲシュタポという秘密警察のお尋ねびとだった．
	2	**Je :** この一人称主語は作者サンテグジュペリ自身．彼はサンテックス（Saint-Ex）という愛称で親しまれている．
Je demande pardon aux enfants d'avoir dédié : demander pardon à（人）de＋不定詞 （人）に…することを謝る．aux : 前置詞àと定冠詞lesの縮約形．avoir dédié : dédier（捧げる）の不定詞複合形で完了をあらわす．
	5	**le meilleur ami que j'ai au monde :** 私がこの世で持っている最良の友．le meilleur : bonの最上級．que : 先行詞が直接目的補語になる関係代名詞．⇨ ⑪ p.264　au : 前置詞àと定冠詞leの縮約形．
	6	**peut tout comprendre :** すべてを理解することができる．peux : pouvoir（できる）の直説法現在形．pouvoir＋不定詞 …することができる．tout :（不定代名詞）すべて．⇨ ㉒ p.268
même : …でさえも．強調をあらわす副詞．⇨ ㉑ p.267
	8	**où :** 場所・時が先行詞になる関係代名詞．先行詞はla France. ⇨ ⑪ p.264
elle : cette grande personne（女性名詞）を受ける主語人称代名詞．
elle a faim et froid : avoir faim お腹がすいている，avoir froid 寒い，こごえている．avoir soif のどが渇いている．
	9	**Elle a bien besoin d'être consolée :** avoir besoin de＋不定詞 …を必要とする．être consolée : consoler（慰める）の受動態（不定詞形）．

184

consolée は consoler の過去分詞．elle の性に一致させるため語尾に女性をあらわす e がついている．⇨ ⑦ *p.262*　bien：強調をあらわす副詞．⇨ ㉑ *p.267*

9　**toutes ces excuses :**　これらのすべての言いわけ．⇨ ㉒ *p.268*
　ne suffisent pas :　suffire（充分である）の直説法現在形．ne... pas：…ない．⇨ ⑭ *p.265*

10　**je veux bien :**　vouloir（…を望む）の直説法現在形．vouloir bien ＋不定詞　…することに同意する．

11　**l'enfant qu'a été autrefois cette grande personne :**　< cette grande personne a été autrefois un enfant この大人は昔子供であった → この大人がかつてあった子供 → 子供のころのこの大人．qu'：＝que．属詞 l'enfant にかかる関係代名詞．主語と動詞が倒置されている．⇨ ⑩ *p.263*　a été：être（…である）の直説法複合過去形（12 行目の ont été も同様）．⇨ ① *p.254*

12　**peu d'entre elles :**　彼らのなかにはほとんどいない．d'entre...：…のうちで．elles：＝ les grandes personnes．⇨ 訳し方の手引き「3. 主語を代えて訳す」*p.250*

13　**s'en souviennent :**　（代名動詞）se souvenir（覚えている）の直説法現在形．se souvenir de...　…のことを覚えている．en：＝ de cela そのことを（前の文 Toutes les grandes personnes ont d'abord été des enfants をさす）．中性代名詞．⇨ ⑬ *p.264*

15　**il était :**　être の直説法半過去形．⇨ ① *p.255*

【 I 】

（I はローマ数字の 1．フランスでは古代ローマの数字（ラテン語数字）を用いてきた．ラテン語はリセで教えていた．V は 5，X は 10，L は 50，C は 100，M は 1000）

8　1　**Lorsque :**　（接続詞）…のとき．文章語．すべての言葉づかいで用いられる quand よりも改まった表現．
　j'avais :　avoir（持つ）の直説法半過去形．⇨ ① *p.255*　j'：＝ je．この一人称主語は登場人物の一人である語り手（飛行士）であり，作者サンテグジュペリではない．

8　1　**j'ai vu :**　　voir（見る）の直説法複合過去形．⇨ ① *p.254*

　　2　**qui s'appelait :**　（代名動詞）s'appeler（…という名前である）の直説法半過去形．⇨ ① *p.255*　qui：先行詞が主語になる関係代名詞．先行詞は un livre sur la forêt vierge．⇨ ⑪ *p.264*

　　3　*Histoires vécues :*　　vécues は vivre（生きる）の過去分詞．受け身の形容詞として用いられている．女性複数名詞 histoires の性数に一致させるため語尾に女性複数をあらわす es がついている．⇨ ⑥ *p.262*　「体験された話」がもとの意味．しかし日本語は能動表現の言語なので「体験した話」とか「実話」と訳すのがよい．⇨ 訳し方の手引き「6. 過去分詞の形容詞的用法」*p.251*

　　　Ça :　　指示代名詞 cela（それ，あれ）の省略形．話し言葉で多用される．
　　　serpent boa :　　boa はラテン語．熱帯地方の無毒の大蛇．ボア蛇，大蛇．日本では大昔から巨大な蛇をウワバミと呼んできた．

　　4　**la copie du dessin :**　du は前置詞 de と定冠詞 le の縮約形．

　　5　**On disait :**　　dire（言う）の直説法半過去形．⇨ ① *p.255*　on：不定代名詞．文法上は単数形だが，「人々」という複数の意味．on は主語を明示する必要がないときに用いる．日本語は主語を省略できるが，フランス語はできないので on を用いる．受け身的に訳すとよい．人々は言っていた → …と言われていた．

　　6　**leur proie tout entière :**　彼らの獲物まるごと．entière：entier（全体の）の女性形．tout：強調をあらわす副詞．⇨ ㉑ *p.267*　tout（toute, tous, toutes）には形容詞，副詞，不定代名詞，名詞があるので注意する必要がある．⇨ ㉒ *p.268*

　　　sans la mâcher :　　それを噛むことなしに．la：(直接目的補語人称代名詞) それを (leur proie をさす)．女性名詞の代り．

　　　ils ne peuvent plus :　　pouvoir（…することができる）の直説法現在形．ne… plus：もう…ない．⇨ ⑭ *p.265*

　　7　**pendant les six mois de leur digestion :**　⇨ 訳し方の手引き「1. 名詞を動詞や形容詞に訳す」*p.249*

　　8　**J'ai alors beaucoup réfléchi :**　　réfléchir（よく考える）の直説法複合過去形．⇨ ① *p.254*　alors beaucoup（副詞）は助動詞と過去分詞の間

注解 (I)

に入る．複合時制では，副詞は助動詞と過去分詞の間に置かれる．

9 **à mon tour :** ぼくの番において → 今度はぼくが．
j'ai réussi : réussir à + 不定詞 …することに成功する．同じ行の à tracer に続く．

10 **Il était comme ça :** être (…である) の直説法半過去形．⇨ ① *p.255*
comme ça : このような．⇨ ㉓ *p.268*

11 **aux grandes personnes :** aux は前置詞 à と定冠詞 les の縮約形．

12 **je leur ai demandé si :** demander à (人) si… : …かどうか (人) に尋ねる．間接話法．⇨ ⑧ *p.263*，訳し方の手引き「11. 間接話法」*p.252*
leur faisait peur : faire (する，させる) の直説法半過去形．⇨ ① *p.255* faire peur à (人) : (人) をこわがらせる．この直説法半過去は「過去における現在」をあらわす．je leur ai demandé「彼らに尋ねた」時点と同時の出来事をあらわす．「ぼくのデッサンが彼らをこわがらせるかどうか，とぼくは彼らに尋ねた」．直接話法に直すと，je leur ai demandé : « Mon dessin vous fait-il peur ? » となる．

10 1 **Elles :** les grandes personnes (女性複数名詞) を受ける主語人称代名詞．
Elles m'ont répondu : répondre (答える) の直説法複合過去形．répondre à (人) : (人) に答える．m' : = me. (間接目的補語人称代名詞) ぼくに．
Pourquoi un chapeau ferait-il peur? : faire の条件法現在形．この条件法は語調をやわらげるために用いられている．⇨ ③ *p.258* il : = un chapeau. 主語の倒置．⇨ ⑩ *p.263*

4 **afin que + 接続法 :** …するために．
puissent : pouvoir の接続法現在形．⇨ ④ *p.260*

5 **Elles ont toujours besoin d'explications :** avoir besoin de… …を必要とする．不定冠詞 des は前置詞 de のあとで省略される (< avoir besoin de + *des* explications).

7 **Les grandes personnes m'ont conseillé de :** conseiller à (人) de + 不定詞 …することを (人) にすすめる．
laisser de côté : 脇へ放置する．

10　9　**m'intéresser plutôt à :** （代名動詞）s'intéresser à… …に興味を持つ．代名動詞の不定詞も意味上の主語の人称に応じて再帰代名詞 se (s') が変化することに注意．例：Nous *te* conseillons quand même de *t'*intéresser à la grammaire. (それでもやはり文法に興味をもつようきみにすすめる)

　　au calcul :　au は前置詞 à と定冠詞 le の縮約形．

10　**C'est ainsi que… :**　このようにして…．強調構文．⇨ ⑲ *p.267*

11　**J'avais été découragé par… :**　…によって落胆させられたのだった．avais été découragé：décourager（落胆させる）の受動態（直説法大過去形）．⇨ ⑦ *p.262*

13　**ne… jamais rien :**　絶対に何も…ない．ne… jamais（絶対に…ない）と ne… rien（何も…ない）の組み合わせ．⇨ ⑭ *p.265*

　　toutes seules :　ひとりだけでは．強調をあらわす副詞 tout は原則無変化（例：leur proie *tout* entière）．ただしこの場合の toutes seules のように，子音あるいは有音の h で始まる女性形容詞の前では性数を一致させる．⇨ ㉒ *p.268*

14　**c'est fatigant de ＋不定詞 :**　…するのはうんざりである．ce (c') は非人称主語 il の俗語で，日常よく使われる．de 以下が意味上の主語になる．⇨ ⑱ *p.266*

15　**J'ai donc dû choisir :**　そこで，ぼくは選ばねばならなかった．ai dû：devoir（…しなければならない）の直説法複合過去形．donc（副詞）は助動詞と過去分詞の間に入る．⇨ *p.8, l.8* の注

　　j'ai appris à :　apprendre（学ぶ）の直説法複合過去形．apprendre à ＋不定詞：…の仕方，…するすべを学ぶ．不定詞には de がつく場合と à がつく場合がある．de ＋不定詞は「…すること」，à ＋不定詞は「…の仕方」と訳す．

17　**c'est exact :**　（挿入節）それは正しい．

　　m'a beaucoup servi :　servir（役立つ）の直説法複合過去形．servir à （人）：（人）に役立つ．

18　**Je savais reconnaître :**　識別することができた．savais：savoir（知る）の直説法半過去形．savoir ＋不定詞　…するすべを知っている，…

できる．reconnaître：体験して知る，それとわかる．reconnaître la Chine de l'Arizona：中国とアリゾナ州を見分ける．

18 **du premier coup d'œil :** 最初の一瞥で，一目で．（手段をあらわす前置詞）de + le premier coup d'œil.

19 **l'on :** 母音の衝突（hiatus）を避けるため，et, où, que, si のあとや文頭で，不定代名詞 on に定冠詞をつけて l'on とすることがある．音をなめらかにするため，フランス語が耳に美しく感じられる一因である．
s'est égaré : （代名動詞）s'égarer（道に迷う）の直説法複合過去形．⇨ ① *p.254*

20 **J'ai ainsi eu :** avoir の直説法複合過去形．ainsi（副詞）が助動詞と過去分詞の間に入ることに注意．⇨ *p.8, l.8* の注
des tas de... : たくさんの….

21 **J'ai beaucoup vécu :** vivre（暮らす）の直説法複合過去形．

22 **les :** （直接目的補語人称代名詞）彼らを（les grandes personnes をさす）．
Je les ai vues : 助動詞に avoir をとる複合時制で，直接目的補語が動詞の前にくると，過去分詞はその直接目的補語の性数に一致する．voir の過去分詞 vu に es がついているのは，les すなわち les grandes personnes が女性名詞の複数形であるため．⇨ ① *p.255*
de très près : ごく近いところから．
ne... pas trop : それほど…ない．trop：あまりに．度を過ぎていることをあらわす副詞．⇨ ㉑ *p.267*

23 **Ça n'a pas trop amélioré mon opinion :** ⇨ 訳し方の手引き「3. 主語を代えて訳す」*p.250*

12 1 **j'en rencontrais une :** = je rencontrais une grande personne. 名詞 grande personne が中性代名詞 en に代っている．⇨ ⑬ *p.264*
paraissait : paraître（…のように思われる）の直説法半過去形．

2 **que :** 先行詞が直接目的補語になる関係代名詞．先行詞は mon dessin numéro 1．⇨ ⑪ *p.264*

3 **Je voulais savoir si... :** vouloir（…を望む）の直説法半過去形．vouloir + 不定詞 …したい．savoir si... : …かどうか知る．間接疑問文．⇨

⑯ p.266

12　6　**je ne lui parlais ni de serpents boas, ni de forêts vierges, ni d'étoiles :** parler de… …について話す．ne… ni〜 ni〜 ni〜 : 〜も〜も〜も…ない．⇨ ⑭ p.265

Je me mettais : （代名動詞）se mettre（身を置く）の直説法半過去形．

　　8　**content(e) de + 不定詞 :** …で満足する，喜ぶ．contente にかかる bien は強調をあらわす副詞．⇨ ㉑ p.267

connaître : 見知っている．connaître は「経験して知る」「見たことがある」「行ったことがある」その他さまざまな経験の訳が可能．savoir は知識として知ること．

aussi raisonnable : かくも分別のある．raisonnable のあとに qu'elle（そのおとなと同じくらい）が略されている比較表現ではない．日本語は省略して含みをもたせることがあるが，フランス語は明確に表現する言語．あまりにもわかりきっている場合以外は省略しない．

【Ⅱ】

　10　**sans personne avec qui parler véritablement :** 本心で話せる人もなく．（関係代名詞）qui + 不定詞：不定詞 parler の主語は主動詞の主語 je と同じ．⇨ ⑪ p.264

　11　**il y a six ans :** 六年前．il y a… : ① …がある　② …前．

Quelque chose s'était cassé : （代名動詞）se casser（壊れる）の直説法大過去形．⇨ ① p.256

　13　**je me préparai à :** （代名動詞）se préparer（準備する）の直説法単純過去形．⇨ ① p.256　se préparer à + 不定詞　…する準備をする．単純過去は文語の過去で，ここで文体が柔らかい口語調から文語調に移って，格調高くなっていく．

essayer de + 不定詞 : …しようとする．

　14　**à peine :** ほとんど…ない．Je sais à peine lire l'italien.（イタリア語はほとんど読めない）

　15　**de l'eau à boire :** 飲み水．de l' : = de la（部分冠詞）．à boire : 不定詞の形容詞的用法．quelque chose à manger（何か食べるもの）

pour huit jours : 八日間 → 一週間．フランス語ではその日から数

注解 (II)

えて翌週のその曜日を入れて数えるので，一週間のことを八日間という．pour は期間をあらわす前置詞．pour quinze jours（二週間）

16　**je me suis donc endormi :** （代名動詞）s'endormir（寝入る）の直説法複合過去形．⇨ ① *p.254*

17　**toute terre habitée :** 住まわれている全土地 → 人が住むあらゆる土地．habitée は habiter の過去分詞で形容詞(女性形)として使われている．⇨ 訳し方の手引き「6. 過去分詞の形容詞的用法」*p.251*　tout(e) + 無冠詞名詞　あらゆる…，どんな…も．⇨ ㉒ *p.268*
　　plus… que～ :　qu' = que．～より多く…．優等比較．⇨ ㉓ *p.268*

18　**vous :** この vous は敬称(あなた，あなた方)ではなく，読者である子供たちへの呼びかけ．親しみをあらわす tu（きみ）の複数として vous（きみたち）を使っている．

19　**au lever du jour :** 日の出の刻に，夜明けに．
　　un(e) drôle de + 無冠詞名詞 : おかしな…．drôle の前の冠詞は名詞の性数に一致する．un drôle de chapeau（おかしな帽子）

20　**une drôle de petite voix m'a réveillé :** réveiller（人）（人）を目覚めさせる．petite :（形容詞）petit（小さな，可愛い）の女性形．⇨ *p.20, l.10* の注　m' : = me.（直接目的補語人称代名詞）ぼくを．

21　**dessine-moi un mouton !:** dessiner（…を描く）の命令法．肯定命令文では me（ぼくに[ここでは間接目的補語人称代名詞]）は moi になる．⇨ ② *p.258*　mouton : 一般的な羊のほかに去勢した雄羊を意味する．去勢してない雄羊は bélier, 雌羊は brebis, 仔羊は agneau.

14　1　**comme si… :** さながら…のように．comme si のあとには直説法半過去か大過去がくる．⇨ ㉓ *p.268*

　　3　**tout à fait :** まったく．extraordinaire にかかる副詞句．

　　4　**le meilleur portrait :** いちばん良い肖像画．le meilleur : bon の最上級．
　　　　plus tard : ずっと後，後になって．

　　5　**bien sûr :** もちろん．

　　6　**moins… que～ :** ～より少なく…．劣等比較．⇨ ㉓ *p.268*
　　　　Ce n'est pas ma faute : ⇨ 訳し方の手引き「1.名詞を動詞や形容詞に訳

　　　　　　　　　　　す」*p.249*

14　8　**je n'avais rien appris à dessiner**： 描き方を何も学んでいなかった．avais appris：apprendre の直説法大過去形．ne… rien：何も…ない．rien（副詞）は助動詞と過去分詞の間に入る．⇨ ⑭ *p.265*

　　11　**je me trouvais**： （代名動詞）se trouver（［場所］…にいる）の直説法半過去形．⇨ ① *p.255*

　　13　**mort(e) de ＋ 無冠詞名詞**： 死ぬほど…．⇨ 訳し方の手引き「1. 名詞を動詞や形容詞に訳す」*p.249*

　　14　**ne… en rien**： 少しも…ない，どこからみても…ない．
　　　　un enfant perdu： 途方にくれている子供，迷い子．perdu：perdre（失う，［道を］見失う，［道に］迷う）の過去分詞で形容詞として使われている．⇨ ⑥ *p.262*

　　16　**dis**： dire の直説法単純過去形．je, tu, il, elle では直説法現在形が同形なので注意．

　　17　**qu'est-ce que tu fais là ?**： こんなところで，何してるの．⇨ ⑮ *p.265*　là：（副詞）あそこ．⇨ 訳し方の手引き「5. 発想の違い」*p.250*

　　22　**on n'ose pas désobéir**： oser（あえて…する）の直説法現在形．désobéir：obéir（従う）の反意語．接頭辞 dé-, dés- は「反対」「逆」を意味する．désobéir を ne… pas で打ち消し，二重否定の意味になって，肯定をあらわす．あえて従わないわけではない → つい従ってしまう．⇨ 訳し方の手引き「8. 二重否定と名詞の否定」*p.251*
　　　　Aussi absurde que cela me semblât： どんなに馬鹿げているように見えようと．aussi ＋ 形容詞 ＋ que ＋ 接続法：どんなに…であっても．semblât：sembler（思われる）の接続法半過去形（接続法半過去は主節［過去］と同時あるいは未来の出来事をあらわす）．⇨ ④ *p.260*

　　23　**tous les endroits habités**： 人が住むすべての地域．tous (toutes) ＋ 定冠詞 ＋ 名詞：すべての…，全部の…．⇨ ㉒ *p.268*
　　　　sortis： sortir（取り出す）の直説法単純過去形．

　　28　**Ça ne fait rien**： （謝罪や言いわけに対して）なんでもない，気にしなくてもいい，かまわない．fait：faire の直説法現在形．

18　2　**refis**： refaire（再びする）の直説法単純過去形．

注解 (II)

3 **l'un des deux seuls dessins :** たった二つの絵のうちの一つ．des は前置詞 de と定冠詞 les の縮約形 (< l'un de + les deux seuls dessins)．
dont : 前置詞 de を含む関係代名詞．先行詞は les deux seuls dessins．ここで dont を使うのはやや古いフランス語で，現代では les deux seuls dessins que j'étais capable de faire (dessiner) と言う．サンテグジュペリの文体のやや古さが垣間見られる．

4 **Celui du boa fermé :** = Le dessin du boa fermé．celui：指示代名詞．性数によって変化する．celui（男性単数形），celle（女性単数形），ceux（男性複数形），celles（女性複数形）．⇨ ⑫ p.264

5 **je fus stupéfait d'entendre… :** …を耳にして唖然とした．fus：être の直説法単純過去形．être stupéfait de + 不定詞：…して唖然とする．

6 **entendre le petit bonhomme me répondre :** 坊やがぼくに答えるのが聞こえる．知覚動詞 entendre の直接目的補語 le petit bonhomme が，不定詞 répondre の意味上の主語．⇨ ⑨ p.263

7 **Je ne veux pas d'un éléphant dans un boa :** vouloir de + 名詞　…を欲する，受け入れる．主に否定形で用いられる．

12 **puis :** puis（そして）のあとに il dit が省略されている．

13 **Celui-là :** 指示代名詞のあとに -ci, -là をつけて，対比・強調をあらわす用法．celui-ci（これ），celui-là（それ）．⇨ ⑫ p.264，訳し方の手引き「5. 発想の違い」p.250

14 **Fais-en un autre :** = Fais un autre mouton．名詞 mouton が中性代名詞 en に代っている．⇨ ⑬ p.264　命令法なので，en は動詞の前ではなく，動詞のあとに tiret (-) で結ばれる．⇨ ② p.258

16 **sourit :** sourire（にっこり笑う）の直説法単純過去形．

20 **il fut refusé :** refuser（拒否する）の受動態（直説法単純過去形）．⇨ ⑦ p.262　il：= mon dessin.

23 **qui vive :** vivre の接続法現在形．接続法が使われているのは，「長生きしてくれるような」という願望表現だから．⇨ ④ p.260

24 **j'avais hâte de :** avoir hâte de + 不定詞　急いで…する，早く…したい．

25 **ce dessin-ci :** 指示形容詞 + 名詞のあとに -ci, -là をつけて，対比・

193

強調をあらわす用法．

20　1　**je fus bien surpris :**　ぼくは非常に驚いた．surpris：surprendre（驚かせる）の過去分詞．être surpris de ＋ 不定詞：…して驚く．

voir s'illuminer le visage :　顔が輝くのが見える．知覚動詞 voir の直接目的補語 le visage が，不定詞 s'illuminer の意味上の主語．⇨ ⑨ *p.263*

　　3　**C'est～ que… :**　強調構文．⇨ ⑲ *p.267*

　　4　**Crois-tu qu'il faille… :**　…必要だと思う？　crois：croire（思う）の直説法現在形．croire que…　…だと思う．croire que のあとには直説法がくる．ただし疑問文・否定文のときは，que 以下の内容が不確かなら接続法を用いる．faille：非人称動詞 falloir（…が必要である）の接続法現在形．il は非人称主語．

　　7　**suffira :**　suffire（充分である）の直説法単純未来形．⇨ ① *p.257*

　　9　**Pas si… que～ :**　～ほど…ではない．si：否定文・疑問文で aussi の代りに用いられる．⇨ ㉓ *p.268*

Tiens！:　（間投詞）おや，あれ．（驚きをあらわす）

　10　**Et c'est ainsi que… :**　⇨ *p.10, l.10* の注

je fis la connaissance du petit prince :　王子さまと知りあいになった．fis：faire の直説法単純過去形．faire la connaissance de（人）：（人）と知り合う．le petit prince：petit は小さなとか可愛いの意味をあらわす形容詞だが，弱いから護ってあげなくてはいけないというニュアンスが含まれている．また，親しみをあらわす意味もあり，名前の前につけて誰々ちゃんと呼ぶこともある．王子ちゃん，王子さま，が本来の意味．「小さな王子さま」と訳すと petit を二重に訳すことになるので，「小さな王子」か「王子さま」かどちらかにするとよい．

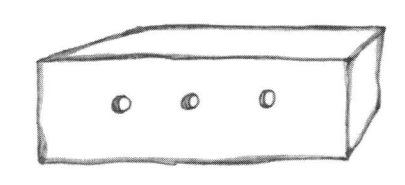

【 III 】

11 **Il me fallut longtemps pour…:** …するためには長い間がぼくに必要だった．fallut：falloir の直説法単純過去形．⇨ ① p.256　il は非人称主語．

12 **comprendre d'où il venait :** どこから来たのかを理解する．d'où 以下が comprendre の間接疑問文になっている．⇨ ⑯ p.266　venait：venir（来る）の直説法半過去形．⇨ ① p.255　venir de…：…から来る．de は出身をあらわす前置詞．

15 **les miennes :** = mes questions. 所有代名詞（女性複数形）．

16 **Ce sont〜 qui… :** 強調構文．⇨ ⑲ p.267

17 **tout :** （不定代名詞）すべて．⇨ ㉒ p.268

18 **aperçut :** apercevoir（気づく）の直説法単純過去形．

22　3 **j'étais fier de :** être fier de + 不定詞 …することを誇らしく思う．
s'écria : （代名動詞）s'écrier（叫ぶ）の直説法単純過去形．

4 **Comment !:** え？　何だって！　間投詞であって疑問詞ではない．

5 **fis-je :** = dis-je. faire は直接話法の引用文とともに dire の代りに用いられる．挿入節では主語と動詞が倒置される．⇨ ⑩ p.263

7 **eut :** avoir の直説法単純過去形．
éclat de rire : 爆笑．吹き出すこと．

8 **Je désire que l'on prenne mes malheurs au sérieux :** ぼくの災難をまじめに受けとって欲しい．prenne：prendre（とる）の接続法現在形．⇨ ④ p.260　prendre… au sérieux：…をまじめに受けとる．mes malheurs：malheur（不幸）という抽象名詞が複数形になると具体的な意味になる．災難，事故．⇨ 訳し方の手引き「2. 抽象名詞は具体的に訳す」p.249

10 **De quelle planète es-tu ? :** きみはどの惑星の人？⇨ ⑮ p.265

11 **entrevis :** entrevoir（垣間見る）の直説法単純過去形．
le mystère de sa présence : 彼が（こんな砂漠のまんなかに）いるという不思議さ．de は同格をあらわす前置詞．

15 **tout en regardant :** regarder のジェロンディフ．tout はジェロンディフを強調する副詞．⇨ ⑤ p.262

| 22 | 16 | **C'est vrai que…:** 　…なのは本当である．ce (c') は非人称主語 il の俗語．que 以下が意味上の主語．⇨ ⑱ *p.266* |

| | 18 | **sortant:** 　sortir の現在分詞．⇨ ⑤ *p.261* |

| | 19 | **il se plongea dans la contemplation de son trésor:** 　⇨ 訳し方の手引き「2. 抽象名詞は具体的に訳す」*p.249* |

| | 20 | **Vous:** 　⇨ *p.12, l.18* の注
combien: 　(感嘆詞)どんなに．感嘆文が Vous imaginez の直接目的補語になっている．⇨ ⑰ *p.266*
combien j'avais pu être intrigué par…: 　…にぼくがどんなに好奇心をそそられたか．avais pu: pouvoir の直説法大過去形．⇨ ① *p.256*　pouvoir は感嘆文で驚きをあらわす．être intrigué: intriguer (好奇心をそそる)の受動態(不定詞形)．⇨ ⑦ *p.262* |

| | 22 | **Je m'efforçai de:** 　d' = de．(代名動詞) s'efforcer de + 不定詞　…しようと努める．
en savoir plus long: 　それについてもっと詳しく知る．en: = de cela それについて (les autres planètes をさす)．中性代名詞．⇨ ⑬ *p.264*　plus long: (副詞)もっと詳しく． |

| | 26 | **Ce qui…:** 　…なこと．(指示代名詞) ce + (関係代名詞) qui．⇨ ⑪ *p.264*
la caisse que tu m'as donnée: 　助動詞に avoir をとる複合時制で，直接目的補語が動詞の前にくると，過去分詞はその直接目的補語の性数に一致する．donné に e がついているのは，la caisse が女性名詞の単数形であるため．⇨ ① *p.255, p.10, l.22*, Je les ai vues の注 |

| | 27 | **c'est que…:** 　それは…だからである．理由をあらわす．
la nuit: 　夜間に．副詞であることに注意．フランス語では名詞がそのまま副詞になることがある．
ça lui servira de maison: 　彼の家の役に立つだろう．servira: servir の直説法単純未来形．⇨ ① *p.257*　servir à（人）de + 無冠詞名詞（人）にとって…として役に立つ．lui: à ton mouton に代る間接目的補語人称代名詞．間接目的補語は「…に」と訳すとは限らない．⇨ 訳し方の手引き「4. 間接目的補語と直接目的補語」*p.250* |

| 26 | 2 | **pour l'attacher:** 　彼をつないでおくために．l': = le. mon mouton |

注解 (IV)

に代る直接目的補語人称代名詞．

3　**parut :**　paraître の直説法単純過去形．

4　**Quelle drôle d'idée ! :**　おかしな考えだね！ ⇨ ⑰ *p.266*

5　**ira :**　aller (行く)の直説法単純未来形．
　n'importe où :　どことかまわず，どこでも．n'importe : かまわない．

6　**se perdra :**　(代名動詞) se perdre 〔迷子になる〕の直説法単純未来形．

8　**Mais où veux-tu qu'il aille ! :**　彼にどこへ行って欲しいのか．aille : aller の接続法現在形．⇨ 訳し方の手引き「10. 反語的用法」*p.252*

11　**tellement :**　強調をあらわす副詞．⇨ ㉑ *p.267*

【 IV 】

15　**c'est que… :**　それは…ということである．強調をあらわす．
　sa planète d'origine :　彼の出身の惑星．
　à peine :　ほんのわずか．

17　**pouvait :**　pouvoir の直説法半過去形．

18　**en dehors de… :**　…のほかに．des は前置詞 de と定冠詞 les の縮約形 (< en dehors de + les grosses planètes)．

19　**auxquelles :**　先行詞が間接目的補語になる関係代名詞 lequel の女性複数形．前置詞 à と縮約して auxquelles となる (< [on a donné des noms] à + lesquelles)．先行詞は les grosses planètes.
　des centaines d'autres :　ほかの何百という(惑星)．

20　**si… que～ :**　とても…なので～だ．⇨ ㉑ *p.267*
　on a beaucoup de mal à… :　…するのにたいへん苦労する．avoir du mal à + 不定詞：…するのに苦労する．

21　**découvre :**　découvrir (発見する)の直説法現在形．活用に注意．過去分詞は découvert，名詞は découverte (女性名詞)．ouvrir (開く)も同型の活用をする．

22　**l'une d'elles :**　それらの(惑星の)一つ．
　pour nom :　名前代りに．

28　1　**de sérieuses raisons :**　形容詞 + 名詞の前では，不定冠詞 des は de になる．

　　2　**la planète d'où venait le petit prince :**　(出身をあらわす前置詞) de +

		（場所・時が先行詞になる関係代名詞）où．⇨ ⑪ *p.264* 主語と動詞が倒置されている．⇨ ⑩ *p.263*
28	3	**Cet astéroïde n'a été aperçu qu'une fois :** その小惑星は一度しか観測されなかった．ne... que～：～しか…ない．⇨ ⑭ *p.265* a été aperçu：apercevoir の受動態（直説法複合過去形）．⇨ ⑦ *p.262*
	6	**personne ne l'avait cru :** 誰も彼を信じなかった → 信じようとしなかった．personne ne...：誰も…ない．personne は名詞の打ち消しである．（× personne ne l'avait pas cru と pas はつかないので注意）⇨ ⑭ *p.265* avait cru：croire の直説法大過去形．croire, savoir, vouloir などの直説法複合過去・大過去は，「…しようとした，はじめて…した」という意味をもつことがある． **à cause de... :** …が原因で．
	8	**Heureusement :** = avec à-propos（ちょうど[時と場所の都合が]よい具合に），avec bonheur（運良く，さいわいに）．Une expression heureusement trouvée（時宜を得た表現）
	9	**imposa à :** imposer à（人）de + 不定詞 （人）に…するよう命じる． **sous peine de mort :** （違反すれば）死罪に処するものとして．
	10	**à l'européenne :** ヨーロッパ式に．à la japonaise（日本風に）
	11	**cette fois-ci :** 今度という今度は．-ci は強意をあらわす．
	12	**fut :** être の直説法単純過去形．
	14	**si..., c'est à cause de～ :** …なのは～が原因である．
30	5	**elles croient le connaître :** 彼を見知っていると思う．croire + 不定詞：…と思う．
	11	**elles ne parviennent pas à :** parvenir à + 不定詞 やっと…できる．うまく…できる． **Il faut + 不定詞：** …しなければならない．非人称動詞 falloir の直説法現在形．il は非人称主語．
	12	**cent mille francs :** 十万フラン．franc は 2001 年の euro（ユーロ）導入前にフランスで使われていた貨幣単位．（数形容詞・名詞）mille（千の，千）は不変化なので注意．
	13	**Comme c'est joli ! :** 何てすてきなんだろう！⇨ ⑰ *p.266*

注解 (IV)

14 **La preuve que… :** …であるという証拠．

15 **c'est que… :** それは…ということである．la preuve の根拠を強調している．ここでは c'est que…, que…, et que… と三つ並べている．⇨ *p.22, l.27, p.26, l.15* の注

15 **il riait :** rire（笑う）の直説法半過去形．

17 **elles vous traiteront d'enfant :** traiter（人）d'enfant （人）を子供扱いする．

19 **elles seront convaincues :** convaincre（納得させる）の受動態（直説法単純未来形）．⇨ ⑦ *p.262*

21 **Il ne faut pas leur en vouloir :** 彼らをうらんではいけない．en vouloir à（人）：（人）をうらむ．leur：間接目的補語は「…に」と訳すとは限らない．⇨ 訳し方の手引き「4. 間接目的補語と直接目的補語」*p.250*
doivent : devoir の直説法現在形．

24 **nous qui :** （人称代名詞強勢形）nous ＋（関係代名詞）qui. ⇨ ⑪ *p.264*

26 **nous nous moquons bien des numéros :** 我々は番号をないがしろにする．se moquer de… :（代名動詞）…を軽蔑する．

27 **J'aurais aimé commencer :** （もしそうすることができたなら）始めたかったのだけれど……．aurais aimé：aimer（好き，…したい）の条件法過去形．語調緩和．⇨ ③ *p.259*

28 **à la façon de… :** …の仕方で．

32　2 **Il était une fois… :** 昔々…がいた．il は非人称主語．être は非人称動詞．il est ＋ 名詞 …がある．une fois :（古）いつか，昔々．

4 **Pour ceux qui… :** …する人たちにとって．（指示代名詞）ceux ＋（関係代名詞）qui. ⇨ ⑪ *p.264*, ⑫ *p.264*
comprennent : comprendre の接続法現在形．内容が事実でなく想像上のことなので接続法が用いられている．⇨ ④ *p.260*

5 **ça aurait eu l'air beaucoup plus vrai :** （もしそうしていたら）その方がずっと本当らしい様子をしていたかもしれない……．aurait eu：avoir の条件法過去形．過去の推測，語調緩和．⇨ ③ *p.259*

6 **Car je n'aime pas qu'on lise mon livre à la légère :** なぜならぼくの本を軽々しく読んで欲しくないから．lise：lire の接続法現在形．à

la légère：軽々に．

32　7　**J'éprouve tant de chagrin à＋不定詞：**　…するのがとても悲しい．éprouver du chagrin：悲しみをいだく．tant de＋無冠詞名詞：とても多くの…．à＋不定詞：（名詞や形容詞について）…することが，…することに．⇨ *p.26, l.20* の注

Il y a six ans déjà que…：　…してもう六年になる．

8　**mon ami s'en est allé：**　（代名動詞）s'en aller（行ってしまう）の直説法複合過去形．⇨ ① *p.254*

9　**afin de＋不定詞：**　…するために．

ne pas l'oublier：　不定詞の否定の作り方は，ne pas＋不定詞．

10　**je puis：**　pouvoir（…かもしれない）の直説法現在形．口語調の je peux に対して je puis は文語調で，格調が高い．これを使うのがサンテグジュペリの文体の特徴である．

11　**ne… plus que〜：**　もう〜しか…ない．⇨ ⑭ *p.265*

14　**d'autres tentatives que…：**　…の試みのほかに．

16　**faire des portraits le plus ressemblants possible：**　肖像画をできるだけ本物そっくりに描く．le plus possible：（副詞句，性数不変）可能なかぎり．動詞 faire にかかる．ここでは portraits を修飾する形容詞 ressemblants が le plus のあとに挿入されている．ressemblants の最上級ではないので注意．

17　**ne… pas tout à fait：**　まったく…というわけではない，完全には…ではない．tout à fait：⇨ *p.14, l.3* の注

18　**Je me trompe：**　（代名動詞）se tromper sur…　…について間違える．

21　**tant bien que mal：**　どうにかこうにか．

22　**le：**　（中性代名詞）そのことを（前に語ったこと，つまり大事な細部を間違えるということをさす）．⇨ ⑬ *p.264*

23　**Mon ami ne donnait jamais d'explications：**　d'＝de．直接目的補語につく不定冠詞・部分冠詞は否定文で de になる．⇨ ⑭ *p.265*

Il me croyait：　croire の直説法半過去形．croire（人）＋属詞：（人）を…と思う．

26　**J'ai dû vieillir：**　devoir（…するに違いない）の直説法複合過去形．老

注解（V）

いるに違いなかった → 老いたに違いない．フランス語と日本語の発想の違いに注意．例：D'où venez-vous? どこから来ましたか（過去形で言うのが日本語の発想）．⇨ 訳し方の手引き「5. 発想の違い」*p.250*

【 V 】

34　1　**chaque jour :**　　毎日．

　　3　**au hasard des réflexions :**　　（王子さまが）たまたま口にする考えごとによって．⇨ 訳し方の手引き「2. 抽象名詞は具体的に訳す」*p.249*　des réflexions：des は前置詞 de と定冠詞 les の縮約形（＜ au hasard de ＋ les réflexions ［du petit prince］）．au hasard de... :＝selon le hasard, l'imprévu de...（偶然の，思いがけない…によって）
　　　　connus :　　connaître の直説法単純過去形．

　　5　**grâce au mouton :**　　あの羊のおかげで．grâce à... :　…のおかげで．

　　6　**comme pris d'un doute grave :**　　深刻な疑念にとりつかれたように．pris：prendre の過去分詞．受け身に訳す．

　　7　**n'est-ce pas :**　　そうですね？　そうでしょう？　人称変化なし．

　11　**compris :**　　comprendre の直説法単純過去形．

　12　**il était si important que... :**　　…なのは大事である．il は非人称主語．que 以下が意味上の主語．⇨ ⑱ *p.266*　était：過去における現在をあらわす直説法半過去．⇨ ① *p.255*

　13　**mangeassent :**　　manger の接続法半過去形（接続法半過去は主節［過去］と同時あるいは未来の出来事をあらわす）．「羊が低木を食べる」ということを想い描いているのであって事実ではないから，接続法を用いる．⇨ ④ *p.260*

　16　**Par conséquent :**　　したがって．

　19　**Je fis remarquer au petit prince que... :**　　王子さまに…であることを気づかせた．使役動詞 faire ＋不定詞＋à（人）：（人）に～させる．不定詞 remarquer（気づく）の意味上の主語は le petit prince．⇨ ⑨ *p.263*　remarquer que... :　…であることに気づく．

　22　**et que :**　　Je fis remarquer au petit prince que..., et que... と文が続いている．
　　　　si même... :　　même si...（たとえ…でも）と同じ．

36　1　**tout un troupeau d'éléphants :**　象の群全体．tout(e) + 不定冠詞 + 名詞：…全体，まるごと，そっくり．⇨ ㉒ *p.268*　不定冠詞 des は前置詞 de のあとで省略される（< tout un troupeau de + *des* éléphants）．une migration d'oiseaux sauvages (*p.60, l.5*)．⇨ *p.10, l.5* の注

　　2　**ce troupeau ne viendrait pas à bout d'un seul baobab :**　venir の条件法現在形．⇨ ③ *p.258*　venir à bout de… : …を食べつくす，使い果たす．

　　3　**fit rire le petit prince :**　王子さまを笑わせた．使役動詞 faire の直接目的補語 le petit prince が，不定詞 rire の意味上の主語．⇨ ⑨ *p.263*

　　5　**avec sagesse :**　賢明にも．

　　6　**commence par :**　commencer par + 不定詞　（まず最初に）…の状態からはじまる，…することからはじめる．

　　7　**tes moutons :**　普遍的な言い方・意味をもたせて複数形になっていると考えられる．

　　9　**Ben !:**　それで！（驚きをあらわす間投詞 Eh bien !（えっ !，まあ !）の俗語）

　　　Voyons !:　何言っているんだ，当たり前だ．（相手を咎める言葉）

　　10　**comme s'il s'agissait là d'une évidence :**　あたかもそこでは明証性が問題であったかのように．comme s' : = comme si．（接続詞 si は il, ils の前で s'il, s'ils となる）⇨ ㉓ *p.268, p.14, l.1* の注　s'agissait : 非人称構文を作る代名動詞 s'agir (de)（…が問題である）の直説法半過去形．il は非人称主語．

　　11　**à moi seul :**　自分ひとりで．

38　4　**jusqu'à ce que + 接続法 :**　…するまで．

　　　prenne :　prendre の接続法現在形．il prend fantaisie à（人）de + 不定詞 :（人）に…する気が起こる．il は非人称主語．

　　8　**la laisser pousser :**　それが芽を出すままにさせておく．放任動詞 laisser の直接目的補語人称代名詞 la (= cette brindille) が，不定詞 pousser の意味上の主語．⇨ ⑨ *p.263*

　　9　**dès que… :**　するやいなや　　　　　　　　　　　　　　　「注

　　10　**a su :**　savoir の直説法複合過去形．savoir + 不定詞 : ⇨ *p.10, l.18* の

注解 (V)

12　**Le sol de la planète en était infesté :** ＝ Le sol de la planète était infesté *de graines de baobabs*. 名詞 graines de baobabs が中性代名詞 en に代っている．惑星の地面がそれ（バオバブの種）によってはびこられていた → 惑星の地面にそれがはびこっていた．⇨ 訳し方の手引き「7. 態を変える」*p.251*

　　s'y prend :　（代名動詞）s'y prendre とりかかる．

13　**s'en débarrasser :**　（代名動詞）se débarrasser de... …を厄介払いする，片づける．en : ＝ de ce baobab.

14　**toute la planète :**　その惑星全体．tout（toute）＋定冠詞＋名詞：…全体，…のすべて．⇨ ㉒ *p.268*

15　**ils la font éclater :**　それを破裂させる．ils : ＝ les baobabs. font : faire の直説法現在形．使役動詞 faire の直接目的補語人称代名詞 la（＝ la planète）が，不定詞 éclater の意味上の主語．⇨ ⑨ *p.263*

19　**s'astreindre à ＋ 不定詞 :**　（代名動詞）努めて…する．

20　**on les distingue d'avec les rosiers :**　それらを薔薇の木と見分ける．les :（直接目的補語人称代名詞）それらを（les baobabs をさす）．distinguer A de ［d'avec］B : A を B と見分ける．

　　auxquels :　先行詞が間接目的補語になる関係代名詞 lequel の男性複数形．前置詞 à と縮約して auxquels となる（＜［ils ressemblent beaucoup］à ＋ lesquels）．先行詞は les rosiers.

22　**m'appliquer à ＋ 不定詞 :**　（代名動詞）…することに専念する．

25　**Il est sans inconvénient de ＋ 不定詞 :**　…することは支障ない．il は非人称主語，de 以下が意味上の主語．⇨ ⑱ *p.266*

　　remettre à plus tard :　あと回しにする，先へ延ばす．

42　2　**ne... guère :**　あまり…ない．

　　3　**courus :**　courir の過去分詞（男性複数形）．courir un risque（危険を冒す），les risques courus（冒された危険）

　　4　**si... que～ :**　とても…なので～だ．⇨ ㉑ *p.267, p.26, l.20* の注

　　6　**Faites attention aux baobabs !：**　faire の命令法．⇨ ② *p.258, p.12, l.18*, vous の注　faire attention à... …に気をつける．faire は活用が不規則なので注意が必要．とくに，nous faisons, vous faites, ils font.

42　6　**avertir（人）de…**：　（人）に…を知らせる，警告する．危険を知らせたり注意をうながすときに使われる．

　　7　**moi-même**：　ぼく自身．人称代名詞強勢形＋même(s)：…自身．

　　8　**sans le connaître**：　それを知らないまま．le：（直接目的補語人称代名詞）それを（ce danger をさす）．connaître：⇨ p.12, l.8 の注

　　C'est～ que…：　強調構文．⇨ ⑲ p.267

　　tant：　（動詞を修飾して）それほど，とても．⇨ ㉑ p.267

　　j'ai tant travaillé ce dessin-là：　travailler（作品を）丹精こめて仕上げる，（文章を）推敲する．

　　9　**en valait la peine**：　valoir la peine de… …する価値がある，…の苦労に価する．en：＝de cela そのことの（j'ai tant travaillé ce dessin-là をさす）．

　　Vous vous demanderez：　（代名動詞）se demander（不思議に思う）の直説法単純未来形．⇨ ① p.257

　　12　**je n'ai pas pu réussir**：　pouvoir の直説法複合過去形．

　　13　**j'ai été animé par le sentiment de l'urgence**：　⇨ ⑦ p.262, 訳し方の手引き「7. 態を変える」p.251

【VI】

44　5　**Allons voir**：　aller の命令法．⇨ ② p.258　aller＋不定詞：…しに行く．

　　10　**tu as ri de toi-même**：　自分自身をあざ笑った．rire de（人）：（人）をあざ笑う．

　　12　**Je me crois…**：　（代名動詞）se croire（自分が…だと思う）の直説法現在形．

46　2　**tout le monde le sait**：　（挿入節）みんながそれを知っている．tout le monde：みんな．tout の次に定冠詞 le がくることに注意．le：（中性代名詞）そのことを（挿入されている文，Quand il est midi aux États-Unis, le soleil se couche sur la France をさす）．⇨ ⑬ p.264

　　Il suffirait de pouvoir＋不定詞：　…できれば充分であろう．suffirait：非人称動詞 suffire（…するだけで充分である）の条件法現在形．語調緩和．il は非人称主語．

注解（VII）

3　**assister à…：**　…を見物する，目撃する．assister à un match de foot（サッカーの試合を観戦する），assister à un accident（事故を目撃する）

8　**ajoutais：**　この章は王子さまに語りかける回想場面として描いている．直説法半過去形を用いているのは，「…したものだね」という意味．

【 VII 】

15　**me fut révélé：**　révéler（明かす）の受動態（直説法単純過去形）．⇨ ⑦ *p.262*　me：（間接目的補語人称代名詞）ぼくに．

19　**tout ce qu'il rencontre：**　出会うものすべて．ce qu'… ：＝ ce que…　…なもの（こと）．（指示代名詞）ce +（関係代名詞）que．⇨ ⑪ *p.264*

22　**à quoi servent-elles ？：**　それは何の役に立つの．servir à… ：…の役に立つ．

23　**Je ne le savais pas：**　＝ Je ne savais pas à quoi elles servent．le：（中性代名詞）そのことを（à quoi elles servent をさす）．⇨ ⑬ *p.264*
　　J'étais occupé à：　être occupé à + 不定詞　…していて忙しい．

48　1　**dévisser：**　ビスをはずす．接頭辞 dé- は逆とか反対をあらわす．visser ビスを打つ，ねじでとめる．例：déboucher（栓を抜く）

　　2　**commençait de：**　commencer de + 不定詞　…し始めた（日本語は過去形で言う）．de の代りに à が用いられることが多いが意味は同じ．de のほうが文語調．サンテグジュペリは格調高い文語を用いている．原則として commencer à は長く続き展開していく行為や状態のはじまりを示し，commencer de は長く続くかどうかは関係なく行為のはじまりを示すとされるが，実際には耳にして語呂のよいほうを用いる．比較：⇨ *p.36, l.6*, commence par の注

　　3　**m'apparaître comme très grave：**　apparaître à（人）（comme）… ：（人）に（主語が）…のように思われる．
　　s'épuisait：　（代名動詞）s'épuiser（底をつく）の直説法半過去形．底をつきかけていた．

　　4　**me faisait craindre le pire：**　使役動詞 faire の間接目的補語人称代名詞 me（ぼくに）が，不定詞 craindre（恐れる）の意味上の主語．⇨ ⑨ *p.263, p.34, l.19* の注　le pire：（名詞）最悪の事態．pire は形容詞 mauvais（悪い）の比較級で，le, la, les がつくと最上級．

205

| 48 | 6 | **renonçait à :** renoncer à... …を諦める． |

7 **une fois qu'il l'avait posée :** une fois que... いったん…したら．l' : = la.（直接目的補語人称代名詞）それを（la question をさす）．この直接目的補語人称代名詞の性に一致して，過去分詞 posé に e がついている．⇨ *p.10, l.22,* Je les ai vues の注

8 **n'importe quoi :** でたらめ，いいかげん．

10 **de la part de... :** …の側の．

12 **après un silence :** 黙ったあとで．⇨ 訳し方の手引き「1. 名詞を動詞や形容詞に訳す」*p.249*

14 **Elles se rassurent comme elles peuvent :** できるだけ安心する．

17 **je le ferai sauter :** faire の直説法単純未来形．⇨ ① *p.257* 使役動詞 faire の直接目的補語人称代名詞 le（= ce boulon）が，不定詞 sauter（ふっ飛ぶ）の意味上の主語．⇨ ⑨ *p.263*
d'un coup de marteau : カナヅチの一撃で → カナヅチで一発叩いて．⇨ 訳し方の手引き「1. 名詞を動詞や形容詞に訳す」*p.249* d' : = de. 手段をあらわす前置詞．

18 **de nouveau :** 再び，また．
mes réflexions : 前の文 « Si ce boulon résiste encore, je le ferai sauter d'un coup de marteau. » をさす．王子さまの計りがたい深慮に対し，切実ではあっても単純な自分の思いを自嘲気味に réflexions と大げさに言っている．

20 **Mais non :** mais は oui, non, si, bien sûr など返答を強調する副詞．

21 **Je m'occupe, moi, de choses sérieuses :**（代名動詞）s'occuper de... …に従事する，関わる．不定冠詞 des は 前置詞 de のあとで省略される（< Je m'occupe de + *des* choses sérieuses）．

22 **Il me regarda stupéfait :** 形容詞 stupéfait（唖然として）は，主語 il の様子をあらわす状況補語的な働きをしている．⇨ ⑳ *p.267*

25 **Il me voyait, mon marteau à la main, et les doigts noirs de cambouis, penché... :** mon marteau 以下の名詞と，形容詞 penché（身をかがめて）は，直接目的補語人称代名詞 me の様子をあらわす状況補語的な働きをしている．⇨ ⑳ *p.267*

注解 (VII)

27 **impitoyable, il ajouta :** ＝étant impitoyable, il ajouta 非情にも，彼はつけ加えた．分詞構文を作る étant (être の現在分詞)はしばしば省略され，過去分詞や形容詞が文頭にくる．⇨ ⑤ *p.261*

50 4 **Il n'a jamais respiré une fleur :** 直接目的補語につく不定冠詞は否定文で de になるが，この場合のように「いかなる花も，たった一つの花も」と強調するときは変化しない．例：Il n'a pas une amie.（彼には彼女が一人もいない）

6 **Il n'a jamais rien fait d'autre que des additions :** 足し算のほかに何も絶対にしたことがなかった．この文は rien d'autre と ne... jamais と ne... que との組み合わせ．

15 **Il y a des millions d'années que... :** …して何百万年にもなる．million（百万）は名詞なので，あとに名詞がくるときは de をつける．

18 **quand même :** （副詞句）それでも，やはり．

20 **elles se donnent tant de mal :** （代名動詞）そんなに多くの苦労を自らに与えている．

27 **qui n'existe nulle part :** どこにも存在しない．

et que : 先行詞 une fleur に，qui... et que... と関係詞節が二つ続く．

28 **peut :** pouvoir (…かもしれない)の直説法現在形．

d'un seul coup : ただの一撃で．

52 2 **se rendre compte de... :** （代名動詞）…に気づく．

ce n'est pas important ça !: ce と ça は同格．（ça と言い直して強調している）

3 **reprit :** reprendre（続けて言う）の直説法単純過去形．

5 **les millions et les millions de... :** 無数の…．les millions を重ねた強調表現．

pour que + 接続法： …するために．

6 **soit :** être の接続法現在形．

se dit : （代名動詞）se dire（思う）の直説法現在形．

7 **quelque part :** どこかに．比較：⇨ *p.50, l.27* の注

8 **s'éteignaient :** （代名動詞）s'éteindre（消える）の直説法半過去形．

10 **put :** pouvoir の直説法単純過去形．

52	10	**de plus :**	さらに．発音に注意．[də plus]（sを発音することが多い）

Il éclata brusquement en sanglots : いきなりすすり泣いた．éclater de rire どっと笑う，吹き出す．

13 **la mienne :** ＝ ma planète. 所有代名詞（女性単数形）．

14 **un petit prince à consoler :** 慰めるべき王子さま．à consoler：不定詞の形容詞的用法．

pris : prendre の直説法単純過去形．

16 **Je lui dessinerai une muselière, à ton mouton :** lui と à ton mouton は同格．（lui と先に代名詞で言って，もう一度それを名詞で言い直して強調している）

17 **Je ne savais pas trop quoi dire :** 疑問詞＋不定詞が Je ne savais pas の直接目的補語になっている．⇨ ⑯ p.266

18 **Je ne savais :** savoir, pouvoir, oser などの動詞を使う改まった言い方では，ne... pas の pas を省略できる．例：Je ne sais comment le remercier.（彼にどうお礼を言ってよいかわかりません．⇨ 訳し方の手引き「4. 間接目的補語と直接目的補語」p.250)

【 VIII 】

20 **mieux :** よりよく．副詞 bien の比較級．

21 **Il y avait eu :** il y a の直説法大過去形．⇨ ⓒ p.256

22 **tenaient :** tenir（持つ，とる）の直説法半過去形．ここでは過去における現在をあらわす．次の dérangeaient も同じ．⇨ ① p.255

ne... point : 少しも…ない．⇨ ⑭ p.265

23 **ne... personne :** 誰も…ない．⇨ ⑭ p.265

54 1 **le soir :** （副詞）その晩．un matin（ある朝）と冠詞の違いに注意．⇨ p.22, l.27, la nuit の注

2 **celle-là :** 前者．前出の cette fleur（p.52, l.20）をさす．⇨ ⑫ p.264

avait germé d'une graine : germer de... …から芽を出す．

apportée de... : …から運ばれてきた．

d'on ne sais où : どこかわからない所から．d'＝de（…から）．比較：Elle s'en est allée on ne sais où.（彼女はどこかへ行ってしまった）

4 **ne ressemblait pas aux... :** ressembler à... …に似ている．

注解 (VIII)

5 **Ça pouvait être un nouveau genre de baobab :** 自由間接話法．通常の間接話法 il se dit que（…と思った）を省き，主人公の内面を一人称ではなく三人称のまま描写する高度な文学的技法．直接話法に訳すと次のようになる．「これはバオバブの新種であるかもしれないな，と彼は思った」．日本語は直接話法の世界だから，間接話法を直接話法に訳すと理解しやすい． ⇨ ⑧ *p.263*, 訳し方の手引き「12. 自由間接話法」*p.252*
   cessa vite de croître :   cesser de + 不定詞 …するのをやめる．

8 **il en sortirait une apparition miraculeuse :**   sortir（出る）の条件法現在形．ここでは過去における未来をあらわす．⇨ ③ *p.258* il : 非人称主語．意味上の主語は une apparition miraculeuse．en :（中性代名詞）そこから（= de ce bouton énorme）．

8 **n'en finissait pas de + 不定詞 :**   いつまでも…し終わらなかった，はてしなく…していた．finissait : finir（終える）の直説法半過去形．

9 **se préparer à + 不定詞 :**   （代名動詞）…する準備をする，支度をする．
   à l'abri de... :   …に護られて．

11 **un à un :**   一つずつ．ここでは男性名詞 pétale を受けているが，女性名詞を受ける場合は une à une になる．

12 **ne... que～ :**   ～しか…ない．⇨ ⑭ *p.265*

15 **voici que... :**   こうして…のようになった（状況がこう変った）．

16 **s'était montrée :**   （代名動詞）se montrer（姿を見せる）の直説法大過去形．⇨ ① *p.256*   複合時制で代名動詞の過去分詞は主語の性数に一致する．⇨ ① *p.255*

18 **en bâillant :**   あくびをしながら．bâiller のジェロンディフ．⇨ ⑤ *p.262*

19 **je me réveille :**   （代名動詞）se réveiller（目を覚ます）の直説法現在形．あたくしは目が覚めた（フランス語は現在形だが，日本語では過去形）．⇨ 訳し方の手引き「5. 発想の違い」*p.250*

24 **Que vous êtes belle ! :**   あなたは何と美しい方でしょう！⇨ ⑰ *p.266*

26 **je suis née :**   naître（生まれる）の直説法複合過去形．複合時制で être を助動詞にとる自動詞の過去分詞は主語の性数に一致する．⇨ ① *p.255*
   en même temps que... :   …と同時に．

54	27	**devina：** deviner que… …であることを見抜く．découvrir の文語調の同義語．
	28	**mais elle était si émouvante！：** でも何てうっとりするほど美しいのだろう！⇨ 訳し方の手引き「12. 自由間接話法」p.252
56	3	**avait-elle bientôt ajouté：** ＝elle avait bientôt ajouté 彼女はやがて付け加えた．伝達動詞が挿入句で使われるとき，主語と動詞が倒置される．⇨ ⑩ p.263

auriez-vous la bonté de＋不定詞： 恐れ入りますが…していただけないでしょうか(…してくださいますか)．非常にていねいな言い方の慣用表現．auriez：avoir の条件法現在形． ⇨ ③ p.258

4 **penser à moi：** penser à＋名詞　…のことを考える．名詞を代名詞にするとき，人の場合は penser à＋人称代名詞強勢形，物や事がらの場合は中性代名詞 y を用いて y penser となる．

5 **Et le petit prince, tout confus,…：** 形容詞 confus (恐縮して)は，主語 le petit prince の様子をあらわす状況補語的な働きをしている．⇨ ⑳ p.267

6 **ayant été chercher：** 取りに行ってから．ayant été：être ([複合時制で]行く)の現在分詞複合形．現在分詞の複合形は，主節よりも前の出来事をあらわす． ⇨ ⑤ p.261

8 **avait servi la fleur：** servir (人)：(人)に食事・飲み物を出す．

10 **Ainsi l'avait-elle bien vite tourmenté：** tourmenter (苦しめる)の直説法大過去形．l'：＝le．(直接目的補語人称代名詞)彼を (le petit prince をさす)．elle：(主語人称代名詞)彼女は (la fleur をさす)．主語の倒置． ⇨ ⑩ p.263

13 **Ils peuvent venir, les tigres：** Ils と les tigres は同格．(代名詞が先にきて，あとでその代名詞があらわす名詞がくる．こういう文章法はフランス語ではよくある)

19 **Je ne crains rien des tigres：** craindre の直説法現在形．ne… rien：何も…ない．des tigres：虎のことは．des は対象・主題をあらわす前置詞 de と定冠詞 les の縮約形 (＜ de＋les tigres)．

21 **Vous n'auriez pas un paravent：** ⇨ p.50, l.4 の注

注解（VIII）

58　2　**mal installé :**　mal（副詞）まずく, 悪く. mal installé : 設備がよくない → 居心地が悪い.

　　6　**Elle n'avait rien pu connaître des autres mondes :**　pouvoir の直説法大過去形. ne... rien : ⇨ p.14, l.8 の注　des autres mondes : ほかの世界のことは. des は対象・主題をあらわす前置詞 de と定冠詞 les の縮約形（< de + les autres mondes）.

　　　Humiliée de... :　= Étant humiliée de...　…によって辱められて（恥ずかしい思いをさせられて）. 現在分詞. ⇨ ⑤ p.261

　　　s'être laissé :　（代名動詞）se laisser の不定詞複合形. se laisser + 不定詞 :（不定詞が他動詞のとき）…されるままになる,（不定詞が自動詞のとき）…するままになる.

　　7　**surprendre à + 不定詞 :**　…している現場を不意におそう（押さえる）.

　　8　**aussi naïf :**　かくも素朴な, かくも単純な.

　　10　**pour mettre le petit prince dans son tort :**　その結果, 王子さまを間違いのなかに置いた. → その結果, 間違っているのは王子さまの方だと思わせた. pour はふつう「…するために」と目的に訳すが,「その結果…になった」と結果に訳す方がよい場合もある.

　　12　**J'allais le chercher :**　それを取りに行こうとしていた. allais : aller の直説法半過去形. aller + 不定詞 :（近接未来）…するところである, …しようとしている. 注意 : aller + 不定詞は「…しに行く」という意味でも用いられる. ⇨ p.44, l.5 の注　le :（直接目的補語人称代名詞）それを（ce paravent をさす）.

　　13　**elle avait forcé sa toux :**　forcer 強いる, 無理にさせる. forcer sa toux : わざと咳払いをする.

　　14　**pour lui infliger quand même des remords :**　それでも彼に良心の呵責を課した. pour を目的ではなく結果に訳すとよい. infliger :（罰などを）課す.

　　15　**malgré la bonne volonté de son amour :**　（挿入句）彼の恋心から由来した善意にもかかわらず.

　　16　**avait vite douté d'elle :**　douter de...　…を疑う. vite :（副詞）早く

　　17　**était devenu :**　devenir（…になる）の直説法大過去形.　　　　も.

211

58	18	**J'aurais dû ne pas l'écouter：**　（もし自分が世の中のことをわかっていたなら）彼女に耳を傾けるべきではなかったのだけれど……．aurais dû：devoir の条件法過去形．過去の推測，語調緩和．⇨ ③ *p.259*　ne pas l'écouter：不定詞の否定の作り方は，ne pas + 不定詞．l' = la. 彼女を聴く → 彼女に耳を傾ける．la が直接目的補語であることに注意．⇨ 訳し方の手引き「4. 間接目的補語と直接目的補語」*p.250*
	21	**La mienne：**　= ma fleur. 所有代名詞（女性単数形）．
	22	**m'en réjouir：**　（代名動詞）se réjouir de...　…を楽しむ．en：= de cela そのことを（La mienne embaumait ma planète をさす）．
	24	**Cette histoire de griffes (...) eût dû m'attendrir：**　あの爪の話だって，あるいはぼくをほろりとさせるはずだったかもしれない……．eût dû：devoir の接続法大過去形．⇨ ④ *p.261*　この接続法大過去は条件法過去第二形として用いられている．接続法大過去は接続詞(句)のあとに用いられれば接続法そのままであるが，それ以外の場合は条件法過去第二形である．ここでは過ぎ去ったことを推察(後悔)する意味が盛られている．この条件法過去第二形は大変格調高い古典的な文章法で，『星の王子さま』の高貴な世界をあらわすにふさわしいサンテグジュペリの文体を特徴づけている．
	27	**la：**　（直接目的補語人称代名詞）彼女を．
60	2	**m'enfuir：**　（代名動詞）s'enfuir 逃げる．⇨ *p.10, l.9* の注
	3	**ses pauvres ruses：**　pauvre という形容詞は，名詞の前では「哀れな」という意味で，名詞のあとでは「貧しい」という意味で使われる．
	4	**trop ... pour + 不定詞：**　あまりにも…なので～できない．⇨ ㉑ *p.267*

【 IX 】

	5	**il profita de：**　profiter de...　…を利用する．
	7	**il mit sa planète bien en ordre：**　mettre... en ordre　…を整える．en は状態をあらわす前置詞．
	10	**On ne sait jamais：**　（成句）どうなるかわかったものではない．不定代名詞 on は，このように真理などをあらわすときにも用いられる．
	13	**des feux：**　「火」の意味の場合 *du* feu と部分冠詞がつくが，「火花」の場合は複数不定冠詞がつく．

| | 15 | **C'est pourquoi…:** だから…, そういうわけで….
| | 17 | **Il croyait ne jamais devoir revenir:** 決して戻って来るはずはない, と思っていた. ne… jamais を用いた不定詞の否定形は, ne pas + 不定詞と同様に, ne jamais + 不定詞. （× ne devoir jamais という語順にはならないので注意）
| | 19 | **une dernière fois:** 最後にもう一度, これを最後に.
| | 20 | **la mettre à l'abri:** 彼女をかばう, 護る.
| | 21 | **il se découvrit l'envie de pleurer:** （代名動詞）se découvrir… 自分のうちに…を発見する. l'envie de pleurer: 泣き出したい欲望.
| 64 | 4 | **te:** 親しい間柄で用いる tu で話していることに注意.
| | 5 | **Tâche d'être heureux:** tâcher（努める）の命令法. ⇨ ② p.258 tâcher de + 不定詞: …するように努める.
| | 6 | **Il fut surpris par…:** surprendre の受動態(直説法単純過去形). この文を能動態にすると, L'absence de reproches le surprit.
reproches: 非難の言葉, 非難する様子. ⇨ 訳し方の手引き「2.抽象名詞は具体的に訳す」p.249
| | 7 | **Il restait là tout déconcerté, le globe en l'air:** 過去分詞 déconcerté（狼狽して）と, 名詞 le globe en l'air は, それぞれ主語 il の様子をあらわす状況補語的な働きをしている. ⇨ ⑳ p.267
| | 9 | **Mais oui:** そうですとも. ⇨ p.48, l.20 の注
Tu n'en as rien su: あなたはそのことを何も知らなかった. en: = de cela そのことを（前の言葉 « je t'aime » をさす）.
| | 10 | **aucun(e)…:** (ne, sans とともに)いかなる…も～ない.
| | 12 | **Je n'en veux plus:** = Je ne veux plus de ce globe. 名詞 ce globe が中性代名詞 en に代っている. vouloir de + 名詞: ⇨ p.18, l.7 の注
| | 15 | **me fera du bien:** faire du bien à（人）（人）によい効果, 元気をもたらす. bien（善, よいこと, 財産）は男性抽象名詞(副詞ではないので注意). du は部分冠詞.
| | 17 | **Il faut que + 接続法:** …しなければならない. il は非人称主語.
| | 18 | **Il paraît que…:** paraître（…のように思われる）の直説法現在形. il は非人称主語.

	19	**Sinon :** さもなければ.
64		**qui :** （疑問詞）誰が. ⇨ ⑮ *p.265*
		seras : être の直説法単純未来形.
		Quant à… : …に関しては．aux は前置詞 à と定冠詞 les の縮約形.
	22	**c'est agaçant :** agacer（いらいらさせる）の現在分詞・形容詞.
	23	**Va-t'en :** （代名動詞）s'en aller の命令法.
	24	**elle ne voulait pas qu'il la vît pleurer :** voir の接続法半過去形．⇨ ④ *p.260* 知覚動詞 voir の直接目的補語人称代名詞 la（彼女）が，不定詞 pleurer の意味上の主語．⇨ ⑨ *p.263*

【 X 】

	2	**Il commença donc par les visite**r : commencer par + 不定詞 …することからはじめる．⇨ *p.36, l.6* の注 比較：⇨ *p.48, l.2*, commençait de の注 **les :**（直接目的補語人称代名詞）それらを（les astéroïdes 325, 326, 327, 328, 329 et 330 をさす）.
66		**y :**（中性代名詞）そこに，そこで（= dans la région des astéroïdes 325, 326, 327, 328, 329 et 330）. ⇨ ⑬ *p.264*
	4	**Le premier :** = Le premier astéroïde.
		était habité par un roi : ⇨ ⑦ *p.262*, 訳し方の手引き「7. 態を変える」*p.251*
	8	**se demanda :**（代名動詞）se demander 不思議に思う．⇨ *p.42, l.9* の注
	9	**reconnaître :** 体験して知る，あれだとわかる．⇨ *p.10, l.18* の注
	10	**il ne m'a encore jamais vu :** 彼はぼくにまだ一度も会ったことがない．il m'a vu（直説法複合過去形）の否定形.
	12	**Tous les hommes :** すべての人間．⇨ *p.14, l.23* の注
	13	**Approche-toi :**（代名動詞）s'approcher（近寄る）の命令法.
		que : = pour que + 接続法 …するために.
		voie : voir の接続法現在形.
	14	**d'être enfin roi :** ついに王さまになったこと，と過去形に訳す．⇨ 訳し方の手引き「5. 発想の違い」*p.250*
	15	**des yeux :** 目で．（手段をあらわす前置詞）de + les yeux.

注解（X）

où s'asseoir： 疑問詞＋不定詞が動詞 chercha の直接目的補語になっている．不定詞 s'asseoir の主語は主動詞の主語 Le petit prince．⇨ ⑯ *p.266*

18 **en présence de…**： …の面前で．

19 **Je te l'interdis**： ＝Je t'interdis de bâiller en présence d'un roi. l'：＝le.（中性代名詞）そのことを（de bâiller… をさす）．⇨ ⑬ *p.264*

20 **m'en empêcher**： ＝m'empêcher de bâiller.（代名動詞）s'empêcher de＋不定詞 …することを我慢する．en：中性代名詞．⇨ ⑬ *p.264*

21 **tout confus**： すっかり恐縮して．⇨ *p.56, l.5* の注

22 **je t'ordonne de**： ordonner à（人）de＋不定詞 …することを（人）に命令する．

23 **Je n'ai vu personne bâiller**： ne… personne 誰も…ない．知覚動詞 voir の直接目的補語 personne が不定詞 bâiller の意味上の主語．⇨ ⑨ *p.263, p.64, l.24* の注

68　1 **Allons！**： さあ！ aller の命令法．人をうながしたり，いらだちをあらわす場合などで使われる．二人称でも同様．例：Allez, au revoir！（じゃあ，またね！）

2 **fit**： dit の代りに使われている．⇨ *p.22, l.5* の注

3 **fit le petit prince tout rougissant**： rougir（顔を赧らめる）の現在分詞．⇨ ⑤ *p.261* tout：強調をあらわす副詞．

5 **tantôt… tantôt～**： あるときは…あるときは～

6 **Il bredouillait**： bredouiller 早口に口ごもる．

7 **tenait à ce que**： tenir à ce que＋接続法 どうしても…したいと思う，…に執着する．ce que：⇨ ⑪ *p.264*

8 **que son autorité fût respectée**： respecter（尊重する）の受動態（接続法半過去形）．⇨ ④ *p.260*, ⑦ *p.262* 女性名詞 autorité の性に一致させるため，過去分詞 respectée の語尾に e がつく．注意：所有形容詞 ma, ta, sa は，母音あるいは無音の h で始まる女性名詞の前では mon, ton, son となってリエゾンする．son autorité [sɔ̃nɔtɔrite].

12 **se changer en…**： （代名動詞）…に変る，変身する．

13 **serait**： être の条件法現在形．⇨ ③ *p.258*

215

68	14	**Puis-je ＋不定詞：** pouvoir の直説法現在形．許可を求める非常にていねいな表現．
		s'enquit： （代名動詞）s'enquérir（尋ねる）の直説法単純過去形．
	18	**Sur quoi le roi pouvait-il bien régner ?：** これは自由間接話法のよい例．王子さまの内心の疑念を間接に述べたもの．⇨ 訳し方の手引き「12. 自由間接話法」*p.252*　　pouvait-il：pouvoir の直説法半過去形．pouvoir は疑問文で当惑をあらわす．⇨ *p.22, l.20* の注
	20	**se hâta de：** （代名動詞）se hâter de ＋不定詞　いそいで…する．
	28	**non seulement A mais B：** A だけでなく B も．
70	5	**avait détenu：** détenir（保持する）の直説法大過去形．⇨ ① *p.256*
72	1	**aurait pu：** pouvoir の条件法過去形．⇨ ③ *p.259*　　この一文も自由間接話法のよい例．王子さまの内心の気持ちを間接的に述べたもの．⇨ 訳し方の手引き「12. 自由間接話法」*p.252*　　直接話法にすると，大過去も条件法も時制の変化をしないので，次のようになる．Il se dit : « Si je l'avais détenu moi-même, j'aurais pu assister, non pas à quarante-quatre, mais à soixante-douze, ou même à cent, ou même à deux cents couchers de soleil dans la même journée, sans avoir jamais à tirer ma chaise ! »
		assister à…： ⇨ *p.46, l.3* の注
		non pas A mais B： A ではなく B．
	3	**sans avoir jamais à ＋不定詞：** もう一度も…する必要なしに．avoir à ＋不定詞：（これから，今後）…しなければならない．J'ai à faire une visite cet après-midi.（午後，人のところへ行かなければならない）
	5	**s'enhardit à：** （代名動詞）s'enhardir（大胆になる）の直説法単純過去形．s'enhardir à ＋不定詞　あえて…する．
	6	**solliciter une grâce du roi：** solliciter A de B　A を B に願い出る．
	7	**voudrais：** vouloir の条件法現在形．
		Faites-moi plaisir： faire の命令法．faire plaisir à（人）（人）を喜ばせる．⇨ 訳し方の手引き「4. 間接目的補語と直接目的補語」*p.250*
	9	**d'une fleur à l'autre：** ＝ d'une fleur à l'autre fleur. de A à B：（場所・時間）A から B まで．du matin au soir（朝から晩まで）
	12	**qui, de lui ou de moi,…：** … ou ～（…と～のどちらか）と選択を示す

場合，qui のあとにすぐ続くときには de が必要．平易なフランス語では qui aurait tort, lui ou moi ? と言う．

13 **Ce serait vous :** 断定を避けた条件法の使い方．直説法を使った C'est vous（断定）よりも柔らかい表現．ここは王さまの条件法を用いた質問にそのまま条件法で答えている．

14 **exiger de :** exiger A de B A を B に強く求める．
ce que chacun peut donner : 各自が与えることのできるもの．ce que：⇨ ⑪ p.264

19 **qui jamais n'oubliait une question :** 通常の語順は qui n'oubliait jamais だが，ここでは jamais が強調されて動詞の前に置かれている．不定冠詞 une も強調されている．⇨ p.50, l.4 の注
une fois qu'il l'avait posée : ⇨ p.48, l.7 の注

20 **tu l'auras :** avoir の直説法単純未来形．⇨ ① p.257 l' : = le.（直接目的補語人称代名詞）それを（ton coucher de soleil をさす）．
Je l'exigerai : l' = le.（中性代名詞）そのことを（王さまが王子さまに言ったこと，Ton coucher de soleil, tu l'auras をさす）．

21 **attendrai que :** attendre que + 接続法 …を待つ．

22 **soient :** être の接続法現在形．

23 **Quand ça sera-t-il ?：** 指示代名詞 ça（= que les conditions soient favorables）を il で受けた倒置疑問文．くだけた会話では Quand ça ?（それいつ ?），Où ça ?（それどこ ?）などの言い方がある．
s'informa : （代名動詞）s'informer 問い合わせる．

24 **Hem !：** （間投詞）えへん，ふーん，そうだねぇ．

26 **tu verras comme… :** voir の直説法単純未来形．tu verras：今にわかるよ．comme：（感嘆詞）どんなに．感嘆文が tu verras の直接目的補語になっている．⇨ ⑰ p.266, p.22, l.20, combien の注
je suis bien obéi : わしは立派に従われている → 人々が実によくわしに従っている．⇨ 訳し方の手引き「7. 態を変える」p.251

27 **Il regrettait son coucher de soleil manqué :** 日の入りを見そこなったことを悔やんでいた．manqué：⇨ 訳し方の手引き「6. 過去分詞の形容詞的用法」p.251

72	28	**s'ennuyait :** （代名動詞）s'ennuyer 退屈する．
74	1	**Je n'ai plus rien à faire :** もう何もすることがない．à faire : 不定詞の形容詞的用法．Vous n'avez rien à déclarer ?（[税関で]申告するものは何もありませんか）．à + 不定詞は，必要・義務・目的・用途などをあらわす．de l'eau à boire (*p.12, l.15*), un petit prince à consoler (*p.52, l.14*)

Je vais repartir : また出発します．aller + 不定詞：近接未来． ⇨ *p.58, l.12* の注

- 7 **ne... pas encore :** まだ…していない．
- 8 **fait le tour de :** faire le tour de... …を一巡りする．
- 11 **jeter un coup d'œil :** ちらと見る，一瞥する．
- 12 **non plus :** （否定文のあとで）もまた…でない．
- 13 **Tu te jugeras toi-même :** きみは自分自身を裁くがいい．te jugeras：（代名動詞）se juger の直説法単純未来形．二人称の直説法単純未来は，命令や助言の意味をもつことがある（文脈によって命令の意味が強くなったり柔らかくなったりする）．
- 14 **Il est bien plus difficile de + 不定詞：** il は非人称主語．de 以下が意味上の主語． ⇨ ⑱ *p.266*

  plus... que～： ～より多く…． ⇨ ㉒ *p.268* ここでは意味上の主語になっている不定詞 de se juger soi-même（自分自身を裁くこと）と de juger autrui（他人を裁くこと）が比較されている．
- 15 **Si～, c'est que... :** もし～だとしたら，それは…だからである．c'est que... : = c'est parce que...
- 20 **quelque part :** ⇨ *p.52, l.7* の注

  la nuit : ⇨ *p.22, l.27* の注
- 21 **condamneras :** 命令や助言をあらわす二人称の直説法単純未来．
- 22 **dépendra de :** dépendre de... …しだいである．
- 23 **l'économiser :** 彼を節約する → 彼の命を大切にする．

  Il n'y en a qu'un : = Il n'y a qu'un rat. 名詞 rat が中性代名詞 en に代っている．ne... que～： ⇨ ⑭ *p.265*
- 27 **ayant achevé ses préparatifs, :** 支度をしてしまっていたので．ayant

注解（XI）

achevé： achever（終える）の現在分詞複合形．現在分詞の複合形は，主節よりも前の出来事をあらわす．⇨ ⑤ *p.261*, *p.56, l.6* の注

voulut： vouloir の直説法単純過去形．

76　1　**votre Majesté：** （呼びかけ）陛下．三人称として用いられ，大文字で書かれる．これを受ける主語人称代名詞 Elle も大文字で書かれる．

　　2　**pourrait：** pouvoir の条件法現在形．

　　4　**Il me semble que：** （非人称構文）Il semble à（人）que… （人）には…のように思われる．

　　5　**Le roi n'ayant rien répondu, le petit prince hésita d'abord：** 王さまが何も答えないので，王子さまは初めためらっていた．ayant répondu：répondre の現在分詞複合形．ここは，主節の主語 le petit prince とは別の，le roi が主語になっている分詞構文．⇨ ⑤ *p.261*

　　7　**se hâta alors de crier le roi：** 主語と動詞が倒置されている．

　　10　**en lui-même：** 彼自身の（心の）なかで．人称代名詞強勢形の前では dans ではなく en を用いる．

【XI】

　　15　**un drôle de chapeau：** おかしな帽子．drôle は de を従えたおかしな形容詞．⇨ *p.12, l.19* の注

　　18　**il ne passe jamais personne：** = personne ne passe jamais. 決して誰も通らない．il passe…：（非人称構文）…が通る．il は非人称主語．

　　20　**l'une contre l'autre：** 片方（の手）をもう一方に合わせて．l'une：（二つのうちの）片方．不定代名詞．ここでは女性名詞 main を受けて l'une となっているが，男性名詞を受ける場合は l'un になる．

78　5　**se fatigua de：** （代名動詞）se fatiguer de… …に疲れる，あきあきする．

　　19　**le mieux：** 最もよく．副詞 bien の最上級．

　　21　**le plus… de～：** ～のなかで最も…．

80　1　**en quoi cela peut-il bien t'intéresser ?：** 指示代名詞 cela（= de t'admirer）を il で受けた倒置疑問文．⇨ *p.72, l.23* の注　peut-il：pouvoir は疑問文で当惑をあらわす．⇨ *p.68, l.18* の注　intéresser à…：= importer à…（…に重要である），paraître avantageux à…（…に利点があるようにみえる），convenir à…（…に都合がよい）

219

80	2	**s'en fut :** （代名動詞）s'en être（立ち去る）は，文語の直説法単純過去形(三人称)のみで使われる．こういう文語にも，サンテグジュペリのフランス語の格調高さがうかがえよう．

【XII】

	6	**elle plongea… :** plonger（人）dans…（人）を…のなかに投げ入れる，陥れる．elle：= cette visite．フランス語は抽象名詞が主語になることが多い点，日本語とはまったく異なるので，訳すのに工夫がいる． ⇨ 訳し方の手引き「3. 主語を代えて訳す」*p.250*
	8	**buveur, qu'il trouva installé… :** trouver（人）+ 属詞（人）が…の状態であることを見いだす，出くわす．qu' = que．⇨ 訳し方の手引き「9. 関係代名詞」*p.252*
	11	**bois :** boire（酒を飲む）の直説法現在形．
		d'un air lugubre : 陰鬱な様子で．
82	4	**le plaignait :** plaindre（人）（人）を気の毒に思う．le：（直接目的補語人称代名詞）彼を（le buveur をさす）．
	8	**le secourir :** secourir（人）（人）を救助する．le：（直接目的補語人称代名詞）彼を（le buveur をさす）．
	9	**s'enferma :** （代名動詞）s'enfermer 閉じこもる．
	10	**définitivement :** 決定的に．Il retourne en province définitivement.（彼はもうこれで田舎に帰ってしまう[二度と戻って来ない]）
	11	**Et le petit prince s'en fut, perplexe. :** 形容詞 perplexe（当惑した）一つで，主語 le petit prince の様子をあらわす状況補語的な働きをしている．⇨ ⑳ *p.267*

【XIII】

	15	**si… que～ :** とても…なので～だ．⇨ *p.26, l.20* の注
	17	**celui-ci :** 後者(前の文の主語 cet homme ではなく，le petit prince の方をさす)．
		éteinte : éteindre（消す）の過去分詞．形容詞(女性形)として使われている．⇨ 訳し方の手引き「6. 過去分詞の形容詞的用法」*p.251*
	18	**font :** faire（[計算が]…になる）の直説法現在形．次の Cinq et sept douze は，douze の前に font が省略されている．

注解（XIII）

20　**Pas le temps de la rallumer :**　= Je n'ai pas le temps de la rallumer.（Je n'ai が省略されている）．la :（直接目的補語人称代名詞）それを（ma cigarette をさす）．

21　**Ouf !**:　（間投詞）やれやれ．（一息ついたときなどで）
　　Ça fait… :　（計算が）…になる．
　　cent :　この場合の cinq cent un millions six cent vingt-deux mille sept cent trente et un のように，cent のあとに数字が続くときは，cent に s をつけない．比較：deux cents couchers de soleil.

84　1　**Hein ? :**　（間投詞）えっ？（ほかのことを考えていたり，意外なことを言われたときに相手の言葉を聞き返して）

　　3　**m'amuse à :**　（代名動詞）s'amuser à… …で暇をつぶす．

　　5　**de sa vie :**　（否定文で）絶対に，決して．
　　　　avait renoncé à :　renoncer à… …を諦める．⇨ p.48, l.6 の注

　　9　**ç'a été :**　être の直説法複合過去形．ç' = ça．(la première fois をさす)

86　1　**dieu sait d'où :**　神が知るどこかから → どこかわからない所から．

　　4　**crise de rhumatisme :**　リューマチの発作．crise cardiaque（心臓発作）

　　4　**manque de :**　manquer de… …が不足している．

　　5　**la voici ! :**　それが今度だ！　la :（直接目的補語人称代名詞）それ（la troisième fois をさす）．

　　8　**il n'était point de… :**　il は非人称主語．être は非人称動詞．il est + 名詞（文語）…がある（= il y a）．否定文なので un espoir de paix の不定冠詞 un が de (d') になっている．était : 過去における現在をあらわす半過去．ne… point : ⇨ p.52, l.22 の注

　　9　**espoir de paix :**　平安の望み．espoir de… : …の望み，見込み．

　　13　**des petites choses :**　形容詞 + 名詞がまとまった意味をもつ複合名詞になっているときは，不定冠詞の des は de にならない．例：des jeunes gens（若者たち），des grandes personnes（おとなたち）．比較：⇨ p.28, l.1, de sérieuses raisons の注　ちなみに les grandes personnes と定冠詞がつくと，「おとなたちというもの」と総称をあらわす意味になる．

　　16　**font rêvasser les fainéants :**　怠け者たちを夢想にふけらせる．使役動詞 faire の直接目的補語 les fainéants が，不定詞 rêvasser（夢想にふ

221

		ける)の意味上の主語．⇨ ⑨ *p.263*
86	20	**que fais-tu de…：** faire A de B　B を A にする．ここで王子さまが tu を使っていることに注意．初めは vous を使って « Bonjour. Votre cigarette est éteinte. » と話しかけていた．これまで出会った人々に対しても，これから出会う人々に対しても，王子さまは tu と vous を使い分けている．
	24	**Ce que j'en fais ?：** Tu me demande…, Tu veux savoir… などが省略された間接疑問文．疑問代名詞 qu'est-ce que や que は，間接疑問文では ce que になる．⇨ ⑯ *p.266*　en：＝ de ces étoiles.
88	4	**à quoi cela te sert-il de posséder les étoiles ?：** 指示代名詞 cela (＝ de posséder les étoiles) を il で受けた倒置疑問文．⇨ *p.80, l.1* の注　servir：⇨ *p.10, l.17, p.22, l.27, p.46, l.22, p.56, l.8* の注
	5	**Ça me sert à être riche：** servir à (人) à ＋不定詞　(人)にとって…するのに役立つ．
	8	**Celui-là：** この男．この -là は，王子さまが出会った王さま，見栄張り男，飲み助と対比していると考えられる．(-ci, -là をつけて遠近や対比をあらわすのではなく，人をさして celui-là, celle-là, ceux-là, celles-là と -là をつけて言うと，軽蔑や賞賛などの意味をもつ) ⇨ ⑫ *p.264*
	9	**mon ivrogne：** あの酔っぱらいさん．この所有形容詞 mon は，親しみ(もしくは軽蔑)の気持ちを込めた表現．
	12	**À qui sont-elles ?：** être à (人)　(人)のものである．Ce livre est à moi.（この本は私のものです） **riposta, grincheux, le businessman：** 形容詞 grincheux (気難しい) 一つで，主語 le businessman の様子をあらわす状況補語的な働きをしている．⇨ ⑳ *p.267, p.82, l.11* の注
	13	**À personne：** ＝ Elles ne sont à personne. (Elles ne sont が省略されている) ⇨ *p.52, l.23* の注 (× Elles ne sont pas à personne と pas はつかないので注意)
	14	**j'y ai pensé：** penser à ＋名詞　…のことを考える．名詞を代名詞にするとき，人の場合は penser à ＋人称代名詞強勢形，物や事がらの場

注解（XIV）

合は中性代名詞 y を用いて y penser となる．⇨ *p.56, l.4* の注　y : そのことを（星を登録すれば自分のものになる，ということをさす）．⇨ ⑬ *p.264*

　　　　le premier :　　最初に．主語が女性なら la première となる．

18　**tu la fais breveter :**　　使役動詞 faire の直接目的補語人称代名詞 la（= cette idée）が，不定詞 breveter（特許を与える）の意味上の主語．⇨ ⑨ *p.263*　日本語では「それの特許をとる」と言うがフランス語では「la それを」と直接目的補語になることに注意．faire breveter une invention（発明の特許をとる）．直接目的補語は「…を」と訳すとは限らない．⇨ 訳し方の手引き「4. 間接目的補語と直接目的補語」*p.250*

20　**a songé à :**　　songer à…　…のことを考える，思いつく．

22　**gère :**　　gérer 管理する．

25　**autour de… :**　　…の周りに．

90　2　**Qu'est-ce que ça veut dire ? :**　　= Qu'est-ce que ça signifie ? veut dire : vouloir dire 意味する．

　　4　**j'enferme à clef**　　鍵をかけてしまい込む．

　　9　**sur… :**　　（前置詞）…に関して，…について．

　　9　**des idées :**　　動詞 avait とその直接目的補語 des idées の間に sur les choses sérieuses（まじめということについて）が入っている．des idées の des は不定冠詞の複数形．

　10　**différentes des idées des grandes personnes :**　　différent de…　…と異なった．ここの二つの des はどちらも前置詞 de と定冠詞 les の縮約形（< différentes de + les idées de + les grandes personnes）．

　13　**celui :**　　前出の volcan をさす指示代名詞（= l'un de ces volcans）．

　　　On ne sait jamais :　　⇨ *p.60, l.10* の注

　14　**utile à… :**　　…の役に立つ．

　　　C'est utile que… :　　ce（c'）は非人称主語 il の俗語．que 以下が意味上の主語．⇨ ⑱ *p.266*

　17　**ne trouva rien à répondre :**　　⇨ *p.74, l.1* の注

【 XIV 】

22　**C'était la plus petite de toutes :**　　toutes は前出の名詞を受けて「す

べてのもの(人)」をさす不定代名詞．ここでは toutes les planètes que le petit prince avait visitées（王子さまが訪れたすべての惑星）の意味．

90　22　**juste：** （副詞）ちょうど，ぎりぎりに．

assez de ～ pour + 不定詞： …するのに充分な～．

loger…： …を住まわせる，収容する．

92　1　**ne parvenait pas à：** parvenir à + 不定詞　うまく…する．⇨ *p.30, l.11* の注

s'expliquer： （代名動詞）s'expliquer…（…の理由を）理解できる．次に続く à quoi 以下が間接疑問文になっている．⇨ ⑯ *p.266*

à quoi pouvaient servir： 主語（un réverbère et un allumeur de réverbères）が倒置されている．⇨ ⑩ *p.263*　servir：⇨ *p.46, l.22* の注

4　**Peut-être bien que…：** （que 以下のこと）がありうるかもしれない．

5　**moins… que～：** ～より少なく…．⇨ ㉓ *p.268*

6　**Au moins son travail a-t-il un sens：** 副詞 au moins（少なくとも）が文頭にあるため主語が倒置されている．⇨ ⑩ *p.263*

7　**comme si：** ⇨ ㉓ *p.268*

8　**de plus：** さらに．⇨ *p.52, l.10* の注

11　**il aborda：** aborder… …に近づく．

13　**viens-tu d'éteindre：** たった今消したのか．venir de + 不定詞：（近接過去）…したばかりである．venir + 不定詞は「…しに来る」．

16　**C'est d'éteindre：** c' = ce.（la consigne の内容をさす）．c'est de + 不定詞：それは…することである．

17　**le：** （直接目的補語人称代名詞）それを（son réverbère をさす）．

23　**il éteignit：** éteindre の直説法単純過去形．

24　**il s'épongea le front：** （代名動詞）s'éponger…（自分の…を）拭く．

25　**là：** là はときには単に感情表出として用いられることがある．

96　2　**C'est bien là le drame !：** Ce (C') と le drame は同格．⇨ *p.56, l.13* の注　là：⇨ *p.92, l.25* の注

5　**maintenant que…：** 今では…している．

un tour par minute： 一分につき一回転．deux fois par an（一年に二度）

7　**durent：** durer　続く．

注解 (XIV)

8　**Ce n'est pas drôle du tout :**　全然おかしくない．du tout：全然，ちっとも．否定を強調する．⇨ ㉒ p.268

9　**Ça fait déjà un mois que… :**　…してからもう一か月にもなる．ça は que 以下の文を受ける．

14　**Il se souvint :**　(代名動詞) se souvenir の直説法単純過去形．

15　**lui-même :**　(主語として)彼自身．人称代名詞強勢形の三人称は単独で主語として用いられることがある．

　　lui-même allait autrefois chercher :　allait は過去の習慣をあらわす直説法半過去形．ここの aller＋不定詞は「…しに行く」という意味で用いられている．比較：⇨ p.74, l.1, Je vais repartir の注　chercher の直接目的補語は，関係代名詞 que の先行詞 les couchers de soleil.

18　**quand tu voudras :**　いつでもきみが(休みたいと)望むときに．voudras：vouloir の直説法単純未来形．

21　**poursuivit :**　poursuivre ([話を]続ける)の直説法単純過去形．

22　**tellement… que～ :**　とても…なので～だ．

　　tu en fais le tour :　= tu fais le tour de ta planète. 名詞 planète が中性代名詞 en に代っている．

23　**Tu n'as qu'à marcher :**　歩きさえすればいい．n'avoir qu'à＋不定詞：…するだけでいい．

24　**tu marcheras :**　命令や助言をあらわす二人称の直説法単純未来．⇨

25　**et :**　命令文のあとの et は「そうすれば」の意．⌊p.74, l.13 の注

26　**Ça ne m'avance pas à grand-chose :**　そんなことをしてもたいしてはかどらない(→ 役に立たない，ありがたくない)．avancer (人)：(人)をはかどらせる(→ (人)の得になる，役に立つ)．grand-chose：(名詞，不変化)たいしたこと．比較：Ça ne m'avance pas à rien. (そんなことをしても何にもならない)．avancer (人) à…　(役に立つ)

98　3　**Celui-là :**　(賞賛の気持ちを込めて)あの人．⇨ p.88, l.8 の注　王子さまが出会ったほかの星の住人たちと対比しているとも考えられる．

　　4　**celui-là serait méprisé par :**　mépriser (軽蔑する)の受動態(条件法現在形)．語調緩和．⇨ ③ p.258, ⑦ p.262

　　6　**c'est le seul qui ne me paraisse pas ridicule :**　paraître の接続法現

在形．最上級や唯一の名詞にかかる場合は接続法を用いる．⇨ ④ p.260 le seul：唯一の人．

98　7　**il s'occupe d'autre chose que de soi-même：**　s'occuper de…　…に従事する，関わる．⇨ p.48, l.21 の注　autre chose que…：…以外のこと．⇨ p.32, l.14 の注

　　8　**eut：**　avoir の直説法単純過去形．⇨ ① p.256

　　9　**j'eusse pu：**　pouvoir の接続法大過去形．最上級や唯一の名詞にかかる場合は接続法を用いる．この接続法大過去は条件法過去第二形として用いられている．⇨ ④ p.261, p.58, l.24 の注

　　　le seul dont j'eusse pu faire mon ami：　ぼくの友だちにできたかもしれない唯一の人．faire de（人）son ami：（人）を友だちにする．⇨ p.86, l.20 の注　dont：前置詞 de を含む関係代名詞．先行詞は le seul.（< j'eusse pu faire de lui [= le seul] mon ami.）

　　11　**Ce que le petit prince n'osait pas s'avouer：**　oser あえて…する．⇨ p.14, l.22 の注　s'avouer：（代名動詞）自分に…だと認める，心のなかで認める．

　　12　**bénie：**　bénir（祝福する）の過去分詞．形容詞（女性形）として使われている．être béni des dieux（運に恵まれている）
　　　des：　冠詞の縮約形（< à cause de + les mille quatre cent quarante couchers de soleil）．

【XV】

　　15　**d'énormes livres：**　並はずれて大きな本．d'：= de．⇨ p.28, l.1 の注
　　18　**s'assit：**　（代名動詞）s'asseoir（腰かける）の直説法単純過去形．
　　19　**tant：**　それほど．⇨ p.42, l.8 の注

100　2　**connaît où se trouvent…：**　où 以下が connaît の間接疑問文になっている．⇨ ⑯ p.266　se trouvent：（場所）…にある．⇨ p.14, l.11 の注　主語 les mers, les fleuves, … が倒置されている．

　　5　**il jeta un coup d'œil：**　ちらっと見た．⇨ p.74, l.11 の注

　　8　**Elle est bien belle, votre planète：**　Elle と votre planète は同格．⇨ p.56, l.13 の注

　　9　**Je ne puis pas le savoir：**　= Je ne puis pas savoir s'il y a des océans．

226

注解（XV）

　　　　le：（中性代名詞）そのことを（s'il y a des océans をさす）． ⇨ ⑬ *p.264*
　10　**Le petit prince était déçu :**　décevoir（失望させる）の受動態（直説法半過去形）． ⇨ ⑦ *p.262*
　12　**... et... et... :**　…や…や…など．強調形．語を並べるときは，..., ... et... と最後の語の前に et をつけるのがふつうである．（ここでは des villes, des fleuves et des déserts がふつうの言い方）

102　2　**manque de... :**　…が不足している． ⇨ *p.86, l.4* の注
　3　**Ce n'est pas le géographe qui... :**　…なのは地理学者ではない．強調構文． ⇨ ⑲ *p.267*
　　　　va faire le compte de :　aller + 不定詞　…しに行く．faire le compte de... :　…を数える．des villes, des fleuves... の des は前置詞 de と定冠詞 les の縮約形．
　5　**trop... pour + 不定詞：**　あまりにも…なので〜できない． ⇨ *p.60, l.4* の注
　　　　y :　（中性代名詞）そこに（= dans son bureau）． ⇨ ⑬ *p.264*
　5　**reçoit :**　recevoir（迎える）の直説法現在形．
　6　**prend en note :**　prendre en note...　…をノートにとる．
　7　**l'un d'entre eux :**　彼らのうちの一人． ⇨ *p.6, l.12* の注
　8　**le géographe fait faire une enquête sur... :**　…に関して調査させる．（誰に調査させるのか，faire une enquête（調査する）の意味上の主語になるべき使役動詞 fait の直接目的補語が省略されている．わかりきっている場合には省略される．他動詞の絶対用法という． ⇨ ⑨ *p.263*
　9　**Pourquoi ça ?：**　 ⇨ *p.72, l.23* の注
　10　**un explorateur qui mentirait :**　mentir（嘘をつく）の条件法現在形．語調緩和．
　　　　entraînerait :　entraîner（もたらす）の条件法現在形．語調緩和．
　12　**boirait :**　boire の条件法現在形．語調緩和．
　15　**là où... :**　…の場所に．（場所をあらわす副詞）là +（関係代名詞）où． ⇨ ⑪ *p.264*
　　　　il n'y en a qu'une seule :　= Il n'y a qu'une seule montagne．名詞 montagne が中性代名詞 en に代っている． ⇨ *p.74, l.23* の注

102 16 **serait :** être の条件法現在形．推測．
 21 **exige :** exiger de（人）que + 接続法　（人）に…してくれることを要求する．
 22 **fournisse :** fournir（提供する）の接続法現在形．内容が事実でなく想像上のことなので接続法が用いられている．
  il s'agit de… : …が問題である．⇨ p.36, l.10 の注
 23 **en :** （中性代名詞）そこから（= de cette grosse montagne）．
 25 **s'émut :** （代名動詞）s'émouvoir（感動する）の直説法単純過去形．
 27 **Tu vas me décrire ta planète !** : Tu vas（Vous allez）+ 不定詞は，この場合のように命令の意味で使うことがある．
 28 **ayant ouvert :** ouvrir（開く）の現在分詞複合形．現在分詞の複合形は，主節よりも前の出来事をあらわす．⇨ ⑤ p.261, p.74, l.27 の注
104 1 **au crayon :** 鉛筆で．
 2 **attend que** + 接続法：…を待つ．⇨ p.72, l.21 の注
  ait fourni : fournir の接続法過去形．⇨ ④ p.260　探検家が証拠を提出してくれるのを待つ，と日本語では言うが，フランス語では「提供してくれた」証拠を待つ．時制のとらえ方，発想の仕方が異なるのである．「どこから来たのか」と日本語では過去時制で表現するが，フランス語では「どこから来ているのか」と現在時制で表現する．これらは思考方法の根本的な違いだといえる．物の考え方は，言語によって異なるという大事なことを知っておく必要がある．⇨ p.32, l.26 の注
 14 **se démodent :** （代名動詞）se démoder 流行遅れになる．
 16 **un océan se vide de son eau :** 大海の水が空になる．（代名動詞）se vider de… …が空になる．
 19 **Que les volcans soient éteints ou soient éveillés :** que + 接続法はさまざまな接続詞句に相当する．ここは〈soit que + 接続法，ou（que）+ 接続法〉（…であるにせよ…であるにせよ）．⇨ p.66, l.13, que の注
 20 **ça revient au même :** それは同じことだ．revient : revenir（戻る）の直説法現在形．
  pour nous autres : = pour nous autres, géographes．われわれ（地理学者）にとっては．nous autres は他者との区別を強調する．

注解（XVI）

	21	**Ce qui compte pour nous :** われわれにとって重要なこと．compte：compter（重要である）の直説法現在形．
	23	**de sa vie :** （否定文で）絶対に，決して．⇨ *p.84, l.5* の注
	25	**qui… :** …する人，…すること．先行詞がない関係代名詞の用法． **qui est menacé de disparition prochaine :** 近く消滅する危機におびやかされている．être menacé de… :　…におびやかされる．
106	2	**Et je l'ai laissée toute seule :** それなのに，ぼくは彼女をたったひとりに置き去りにした．et にはいろいろな意味があることに注意．「そして」だけではない．文脈によって訳語を考える必要がある．
	3	**là :** ⇨ *p.92, l.25, p.96, l.2* の注

【XVI】

	10	**quelconque :** （形容詞）ありふれた，平凡な． **y :**　= sur la Terre．⇨ ⑬ *p.264*
	11	**en n'oubliant pas… :** …も忘れずに → …ももちろん（含めて）．oublier のジェロンディフ（否定形）．⇨ ⑤ *p.262*　ここでは条件をあらわすというか，意味を限定するために付加している．
	14	**deux milliards de… :** 二十億の…．milliard（十億）は名詞なので，あとに名詞がくるときは de をつける．⇨ *p.50, l.15* の注
	16	**dirai :**　dire の直説法単純未来形． **on :**　不定代名詞．主語を明示しないときに使う便宜上の主語としての用法．日本語には訳さない． **devait :**　devoir の直説法半過去形．
	17	**une véritable armée :**　一つの本物の軍隊．この une は不定冠詞ではなく，基数詞「一つの」として使われている．
	19	**Vu d'un peu loin :** やや遠くから，少し離れて見れば．vu：voir の過去分詞．分詞構文を成す．d'：= de．場所「…から」をあらわす前置詞．de loin（遠くから）
	20	**ceux :**　前出の男性複数名詞 les mouvements に代る指示代名詞．⇨ ⑫ *p.264*
	21	**D'abord venait le tour… :**　副詞 d'abord（まず）が強調されて文頭にきたので主語が倒置された，というよりも，主語が長い（le tour des

229

allumeurs de réverbères de Nouvelle-Zélande et d'Australie）ので倒置されている．こういう倒置形はよく見られる．

106 21　**de :**　　出身・所属をあらわす前置詞．

　　22　**ceux-ci :**　= les allumeurs de réverbères de Nouvelle-Zélande et d'Australie．⇨ ⑫ *p.264*

　　　　ayant allumé :　allumer の現在分詞複合形．⇨ ⑤ *p.261*

　　23　**s'en allaient dormir :**　（代名動詞）s'en aller + 不定詞　…しに行ってしまう．⇨ *p.32, l.8, p.64, l.23* の注

　　　　entraient :　entrer（入る）の直説法半過去形．les allumeurs de réverbères de Chine et de Sibérie が主語．entrer dans la danse : = commencer à danser（踊りはじめる）．比喩として commencer à agir（行動をはじめる）の意味がある．

　　　　à leur tour :　今度は彼らが．⇨ *p.8, l.9* の注

108　2　**eux aussi s'escamotaient :**　（代名動詞）s'escamoter（隠れる）の直説法半過去形．eux aussi : 彼らもまた．人称代名詞強勢形の三人称は単独で主語として用いられることがある．⇨ *p.95, l.15* の注

　　　　coulisses :　舞台裏．複数形で使われることが多い．

　　4　**Puis de ceux d'Afrique :**　puis と de の間に，venait le tour が省略されている．ceux : = les allumeurs de réverbères.

　　5　**Et :**　しかも，それも．⇨ *p.106, l.2* の注

　　　　se trompaient :　（代名動詞）se tromper の直説法半過去形．⇨ *p.32, l.18* の注　se tromper de cent yens dans un calcul（計算で百円間違える）

　　7　**Seuls :**　（同格の形容詞）ただ…だけ．北極と南極の二人の点灯夫にかかるので複数形になっている．

　　　　l'unique réverbère :　たった一人の点灯夫．

　　8　**menaient :**　mener（［生活を］送る）の直説法半過去形．

【 XVII 】

　　10　**il arrive que + 接続法 :**　…ということがある．il は非人称主語．que 以下が意味上の主語．

　　　　mente :　mentir の接続法現在形．

　　12　**Je risque de :**　risquer de + 不定詞　…する危険がある．

注解 (XVII)

13　**à ceux qui :**　⇨ ⑫ *p.264, p.32, l.4* の注
　　connaissent :　connaître の接続法現在形．⇨ *p.32, l.4* の注
14　**peu de place :**　⇨ 訳し方の手引き「8. 二重否定と名詞の否定」*p.251*
15　**se tenaient :**　（代名動詞）se tenir…　…の姿勢（状態）のままでいる．
17　**sur… :**　（前置詞）…に対して．vingt milles de long sur vingt milles de large　長さ20マイルに対して幅20マイルの正方形．
　　pourrait :　pouvoir の条件法現在形．語調をやわらげる用法．
18　**sur… :**　（前置詞）…の上．
　　le moindre petit îlot :　le moindre は petit の最上級なので，le moindre petit は本来避けるべき冗語（pléonasme）．ここは îlot（= très petite île）の狭さをことさらに強調した破格の表現．通常は，le moindre は抽象的なことに，le plus petit は大きさなどを測ることのできる具体的なものに用いる．比較：le moindre bruit（ごくわずかな物音），le plus petit ruisseau（ごくちいさな小川）
19　**croiront :**　croire の直説法単純未来形．
20　**s'imaginent :**　（代名動詞）s'imaginer + 不定詞　（自分が）…していると思いこむ．
　　se voient :　（代名動詞）se voir…　（自分が）…だと思う．
21　**Vous leur conseillerez :**　命令や助言をあらわす二人称の直説法単純未来．
22　**ça leur plaira :**　plaire à (人)　(人)の気に入る．

110　2　**Le petit prince fut donc bien surpris :**　⇨ *p.20, l.1* の注
　　3　**avait peur de :**　avoir peur de + 不定詞　…ではないかと心配する．
　　　s'être trompé :　（代名動詞）se tromper の不定詞複合形で完了をあらわす．se tromper de + 無冠詞名詞：…を間違える．
　　4　**, quand… :**　するとそのとき…．quand の前に virgule (,) があれば，語順にしたがって読みくだす．
　　5　**à tout hasard :**　あらゆる不慮の事態を想定して，念のために．Nous avons noté cela à tout hasard.（念のためにそれを書きとめました）
112　5　**Je me demande si… :**　（代名動詞）se demander si…　…かなと思う．
　　　afin que + 接続法 :　⇨ *p.10, l.4* の注

231

112	6	**puisse :**	pouvoir の接続法現在形.

la sienne : ＝son étoile. 所有代名詞（女性単数形）. son étoile : ⇨ *p.68, l.8* の注

9 **des difficultés :** もめごと，障害，困ったこと. ⇨ 訳し方の手引き「2. 抽象名詞は具体的に訳す」*p.249*

11 **se turent :** （代名動詞）se taire（黙る）の直説法単純過去形.

13 **On est un peu seul :** この不定代名詞 on は，「人間は」と人一般をさしている.

14 **chez les hommes :** 人間たちのところ → 人間とまじわっていても.

24 **s'enroula :** （代名動詞）s'enrouler autour de…　…のまわりに巻きつく.

26 **Celui que je touche :** おれがさわった者（日本語は過去形に訳す）．（指示代名詞）celui ＋（関係代名詞）que. ⇨ ⑪ *p.264*　⑫ *p.264*

je le rends à la terre : rendre（人）à…　（人）を…に戻す. le :（直接目的補語人称代名詞）その人（celui que je touche をさす）.

dont : 前置詞 de を含む関係代名詞. 先行詞は la terre （＜ il est sorti *de* la terre）.

114　1 **Tu me fais pitié :** faire pitié à（人）　（人）に哀れを催させる.

granit : 花崗岩．（比喩として）花崗岩のように固いこと. cœur de granit ＝ cœur insensible, impitoyable（冷たい心，無慈悲な心）

2 **tu regrettes :** regretter…　…を懐かしむ.

4 **pourquoi parles-tu toujours par énigmes ? :** parler par énigmes 謎をかける.

5 **Je les résous toutes :** résoudre（解く）の直説法現在形. toutes :（不定代名詞）全部. 直接目的補語人称代名詞 les（＝ ces énigmes）と同格.

【 XVIII 】

116　2 **à trois pétales :** 三つの花びらのある．（à ＋名詞 ＝ 形容詞句）

de rien du tout : de rien つまらない. du tout : まったく. ⇨ *p.96, l.8* の注

7 **Il en existe six ou sept :** ＝ Il existe six ou sept hommes. ⇨ ⑬ *p.264* il existe… :　…が存在する. il は非人称主語.

注解（XIX）

8 **on ne sait jamais où les trouver：** 彼らをどこで見つけられるのかを，人々は知らない．⇨ ⑯ *p.266, p.66, l.15* の注

9 **Le vent les promène：** 日本語では「風が彼らをさまよわせる」とは言わない．直接目的補語「彼ら」が主語になる．⇨ 訳し方の手引き「3. 主語を代えて訳す」*p.250*

ça les gêne： gêner（人）（人）を困らせる．そのことが彼らを困らせる → そのために彼らは困っている．

【XIX】

118　2 **Les seules montagnes qu'il eût jamais connues：** connaître の接続法大過去形（接続法大過去は主節［過去］よりも前の出来事をあらわす）．形容詞 seul のついた名詞を説明する関係詞節の動詞は接続法になる．⇨ ④ *p.261, p.22, l.26* の注　jamais：かつて，今まで．

　　3 **qui lui arrivaient au genou：** 彼の膝までに達する（三つの火山）．間接目的補語は「彼の」と訳す．⇨ 訳し方の手引き「4. 間接目的補語と直接目的補語」*p.250*

　　4 **il se servait du volcan éteint comme d'un tabouret：**（代名動詞）se servir de… …を使う，役立てる．comme d'un tabouret：腰かけを使うように．comme のあとに il se servait が省略されている．

　　5 **d'un coup：**（副詞句）一挙に．

　　13 **Soyez mes amis：** être の命令法．⇨ ② *p.258*　mes amis：複数形になっていることに注意．⇨ *p.12, l.18,* vous の注

　　15 **Elle：** = Cette planète.

　　16 **toute sèche：** すっかり干からびている．sèche：sec の女性形．（比喩として）aride（味気ない，無感動な），peu sensible（薄情な）．cœur sec（薄情な心）．toute：⇨ *p.10, l.13,* toutes seules の注

pointue： とんがっている．（比喩として）piquant（かん高い），désagréable（不愉快な）．voix pointue（かん高い声），caractère pointu（とげとげしくて嫌な性格）

… et… et…： ⇨ *p.100, l.12* の注

salée： 塩からい，厳しい．（比喩として）un peu licencieux（猥雑な）．plaisanteries salées（艶っぽい冗談）．アフリカ北西部の大西洋沿岸に平

行してはしるアトラス山脈(平均高度3,300 m)の南側に続くサハラ砂漠は，サハラ中央部にくらべて降水量が多く，雨や地下の湧き水が溜まった窪地には激しい蒸発によって地中の塩分が湧き出し，sebkha と呼ばれる一種の塩湖ができる．ついでながらモロッコの首都ラバトの隣に，17世紀独立都市として繁栄したサレ (Salé) という名の港町がある．

118　18　**la première :**　最初に．⇨ *p.88, l.14* の注

【 XX 】

122　1　**il arriva que + 直説法 :**　(たまたま，ある日)…ということになった (= il se trouva que…)．il は非人称主語．単純過去形 il arriva que のあとで直説法が用いられると「たまたま…が起った」の意味になる．比較：⇨ *p.108, l.10* の注

3　**Et les routes vont toutes chez les hommes :**　toutes は主語 les routes と同格の不定代名詞．⇨ ㉒ *p.268*

124　1　**avait raconté :**　raconter (語る) の直説法大過去形．⇨ ① *p.256*

2　**Et voici que… :**　それなのに，ほら…．⇨ 訳し方の手引き「12. 自由間接話法」*p.252*

3　**il en était cinq mille :**　il est + 名詞　(文語)…がある (= il y a)．⇨ *p.86, l.8* の注

il en était cinq mille, toutes semblables, :　semblables (よく似た) は，中性代名詞 en (= des fleurs) と同格の形容詞．toutes は semblables を強調する副詞．⇨ *p.10, l.13* の注

4　**Elle serait bien vexée :**　être の条件法現在形．推測をあらわす．

5　**ferait semblant de mourir :**　faire の条件法現在形．faire semblant de mourir : 死んだふりをする．

6　**je serais bien obligé de :**　être obligé de + 不定詞　…するはめになる．

7　**pour m'humilier moi aussi :**　ぼくをも辱めるために．m': = me. (直接目的補語人称代名詞) ぼくを．humilier (人)：(人)を辱める，屈服させる．

8　**elle se laisserait vraiment mourir :**　(代名動詞) se laisser + 不定詞：⇨ *p.58, l.6, s'être laissé* の注

10 **et :** それなのに．

Ça : すぐ前の une rose ordinaire をさす．指示代名詞を使っていることに王子さまのがっかりした気持ちが出ている．

11 **dont l'un :** そのうちの一つ (= l'un de mes trois volcans)．関係代名詞 dont の用法の一つ．

12 **ça ne fait pas de moi un bien grand prince :** faire A de B : B を A にする． ⇨ *p.86, l.20* の注

13 **dans l'herbe :** 草の中ではなく，「草の上」と訳す．sous la pluie (雨のなか)．⇨ 訳し方の手引き「5. 発想の違い」*p.250*

【XXI】

126　1　**C'est alors qu'apparut le renard :** apparaître の直説法単純過去形．強調構文． ⇨ ⑲ *p.267*

　　3　**le petit prince, qui :** 関係代名詞 qui の前に virgule (,) がある場合は，et il… (そして彼は…した) と訳すのがよい．

　　5　**Je suis là :** ぼくはここにいる．(相手から見ると「そこ」．しかし日本語は相手の視点に立たない言語だから「ここ」の意味となる) ⇨ 訳し方の手引き「5. 発想の違い」*p.250*

　　11　**Je ne suis pas apprivoisé :** apprivoiser (飼いならす) はこの作品のキーワードの一つ．拙著『星の王子さまのプレゼント』(中公文庫) 158頁参照．

128	3	**Tu n'es pas d'ici :**　d' = de. 出身・所属をあらわす前置詞.
	7	**élèvent :**　élever 育てる.
	8	**C'est leur seul intérêt :**　intérêt には「関心事」と「利点，（自分にとって）好都合なこと」の意味がある．⇨ *p.80, l.1* の注
	11	**C'est une chose trop oubliée :**　みんなが忘れすぎていること．⇨ 訳し方の手引き「6. 過去分詞の形容詞的用法」*p.251*
	12	**Ça signifie "créer des liens…" :**　「飼いならす」という通俗的な言葉に「絆を創る」という意味づけをしたのがサンテグジュペリ．apprivoiser というフランス語がここに「絆を創る」という意味を初めて獲得した．
	14	**ne… que～ :**　⇨ ⑭ *p.265*
	18	**nous aurons besoin l'un de l'autre :**　お互いに必要になる．「互いに」というフランス語は l'un l'autre がもとで，動詞(句)によって前置詞が必要な場合 l'un と l'autre の間にその前置詞が入る．例：l'un à l'autre, l'une contre l'autre（名詞の性数に一致する．⇨ *p.76, l.20* の注）
	21	**Je commence à comprendre :**　commencer à + 不定詞 …し始めた（日本語は過去形で言う）．⇨ *p.48, l.2* の注，訳し方の手引き「5. 発想の違い」*p.250*
	24	**toutes sortes de… :**　あらゆる種類の…．
	26	**intrigué :**　好奇心をそそられた．intriguer の過去分詞で形容詞として使われている．⇨ *p.22, l.20* の注
130	5	**Rien n'est parfait :**　rien ne… 何も…ない．
	6	**revint :**　revenir の直説法単純過去形．
	9	**Je m'ennuie :**　（代名動詞）s'ennuyer の直説法現在形．
	10	**comme ensoleillée :**　陽が当たったみたい．
		Je connaîtrai :　connaître の直説法単純未来形．connaître は「経験して知る」という意味．⇨ *p.12, l.8* の注
	12	**Le tien :**　= ton pas. 所有代名詞（男性単数形）．
	16	**des cheveux couleur d'or :**　（形容詞）couleur は不変化．couleur de + 無冠詞名詞：…色の．un anneau couleur de lune (*p.110, l.4*)
	17	**ce sera merveilleux quand tu m'auras apprivoisé :**　apprivoiser の直説法前未来形．単純未来形 sera より以前に完了していることをあらわす．⇨ ① *p.258*

注解 (XXI)

Le blé me fera souvenir de toi : 使役動詞 faire のあとの不定詞が代名動詞のときは再帰代名詞は省略されることが多い．この場合は me souvenir の me が省略されている．

19　**se tut :** （代名動詞）se taire の直説法単純過去形．

23　**J'ai des amis à découvrir et beaucoup de choses à connaître :** ⇨ *p.74, l.1* の注

25　**Les hommes n'ont plus le temps de rien connaître :** de connaître は le temps を修飾する不定詞の形容詞的用法．rien は不定代名詞「何か」で，connaître の直接目的補語．ne を伴わずに否定表現のなかで用いられる文語調の用法．

26　**des choses toutes faites :** すっかり出来上がった物．

27　**marchands d'amis :** 友だち売りの商人．marchands de ballons（風船売り），marchands d'habits（古着屋）

132　2　**Tu t'assoiras :** 命令や助言をあらわす二人称の直説法単純未来．次の tu ne diras rien も同様．

4　**regarderai du coin de l'œil :** regarder du coin de l'œil こっそりと見る．

5　**Le langage est source de malentendus :** 名詞 source の冠詞が省略されているのは形容詞的用法だから．

8　**Il eût mieux valu revenir à la même heure :** 同じ時刻に戻って来た方がよかった．eût valu : valoir（価値がある）の接続法大過去形．条件法過去第二形として用いられている．⇨ ④ *p.261*　（直説法現在形）Il vaut mieux + 不定詞：…する方がよい．il は非人称主語．（条件法過去形）Il aurait mieux valu… と（条件法過去第二形）Il eût mieux valu… は日本語では区別して訳すことが不可能で同じ意味になる（日本語の限界を実感させられる）．条件法過去第二形の方が文学的に格調が高い表現とされている．これはサンテグジュペリの文体を特徴づけるものである．

10　**Plus…, plus～ :** …すればするほど～．

12　**: je découvrirai le prix du bonheur :** deux point (:) は，前文について説明を展開するときに置かれる．prix du bonheur : 幸福を手に入れるために払わなくてはならない代価，代償のこと．prix du succès

237

（成功の代償），C'est le prix de la célébrité.（それは有名税ですよ）

132　13　**saurai :**　　savoir の直説法単純未来形．

　　　14　**m'habiller le cœur :**　　間接目的補語 me を「ぼくの」と訳す．ぼくの心に服を着せる → 心の準備をする．これもサンテグジュペリ独特の語法．ここは特別な比喩表現と言える．me laver les main のような「代名動詞」として使われている．比較：habiller A de B（A に B を着せる）

　　　　　des rites :　　儀式，慣習．apprivoiser と並ぶキーワードの一つ．サンテグジュペリの好きな言葉．時の流れを区切るもの．「節目(ふしめ)」に相当する．拙著『星の王子さまのプレゼント』（中公文庫）167 頁参照．

　　　18　**quelque chose de trop oublié :**　　quelque chose de + 形容詞・過去分詞　何か…なこと．quelque chose d'extraordinaire（何かただならぬこと）

　　　19　**ce qui fait que… :**　　faire que + 直説法　…（という結果）をもたらす．

136　 1　**une heure, des autres heures :**　　= une heure est différente des autres heures.（est différente が省略されている）

　　　 3　**le jeudi :**　　（副詞）木曜日に．

　　　 4　**Alors le jeudi est jour merveilleux !：**　　jour は形容詞的に属詞として用いられているので冠詞が省略されている．

　　　11　**mais tu as voulu… :**　　vouloir の直説法複合過去形．行為の始まりをあらわす用法．ここでは「きみが最初に望んだのに……」という非難の気持ちが込められている．⇨ p.28, l.6 の注

　　　13　**tu vas pleurer :**　　（近接未来）今にも泣きだす．

　　　15　**tu n'y gagnes rien :**　　それによってきみは何の得もしない．gagner… à + 不定詞：〜して…を得する．y：= à avoir voulu que je t'apprivoise. y gagner… : そうすることで…を得する．

　　　16　**J'y gagne :**　　ぼくは得した（フランス語は現在形だが，日本語では過去形）．gagner の反意語は perdre．

　　　18　**la tienne :**　　= ta rose. 所有代名詞（女性単数形）．

　　　20　**je te ferai cadeau d'un secret :**　　faire cadeau de… à（人）　…を（人）にプレゼントする．

238

注解（XXII）

	26	**j'en ai fait mon ami :** = j'ai fait de ce renard mon ami. ⇨ *p.98, l.9* の注
138	1	**gênées :** （形容詞）gêné 困惑した，気詰りな．
	3	**ma rose à moi :** このぼくの薔薇．
	4	**croirait :** croire の条件法現在形．

elle : ma rose à moi と同格．（ma rose à moi と先に言ってから，それを主語代名詞で受けて ma rose を強調している文）

5 **à elle seule :** 彼女だけは． ⇨ *p.36, l.11* の注

6 **c'est elle que j'ai mise :** mettre の直説法複合過去形．直接目的補語が動詞の前にある場合，それに一致して，過去分詞 mis に e がつく．

8 **dont :** 前置詞 de を含む関係代名詞．先行詞は elle（< j'ai tué les chenilles *d'*elle）．

9 **c'est elle que j'ai écoutée se plaindre… :** 知覚動詞 écouter の直接目的補語 elle が，不定詞 se plaindre, se vanter, se taire の意味上の主語． ⇨ ⑨ *p.263*

18 **le temps que tu as perdu :** きみが失ってしまった（費やしてしまった）時間．as perdu : perdre（失う，浪費する → 費やす）の直説法複合過去形．比較：dépenser（*p.144, l.13*）

C'est le temps que tu as perdu pour ta rose qui… : 強調構文．le temps que tu as perdu pour ta rose が強調されている．

23 **dois :** devoir の直説法現在形．

Tu deviens responsable : devenir の直説法現在形．

【 XXII 】

140 2 **l'aiguilleur :** 転轍手．鉄道のポイント切り替えをする人．

142 2 **l'ignore :** = ignore ce qu'il cherche. ignorer… …を知らない．l' : = le.（中性代名詞）そのことを（ce qu'il cherche をさす）．

7 **là où ils étaient :** 彼らがいた場所で． ⇨ *p.102, l.15* の注

12 **Les enfants seuls… :** 子供たちだけは．Seuls les enfants… と，（同格の形容詞）seuls を文頭にもってくることも可能． ⇨ *p.108, l.7* の注

16 **on la leur enlève :** enlever… à（人） …を（人）から取り上げる．la : （直接目的補語人称代名詞）それを（cette poupée de chiffons をさす）．間接目的補語 leur を「彼らから」と訳す．

239

【XXIII】

144　3　**pilules perfectionnées :**　改良された丸薬.

　　4　**On en avale une par semaine :**　＝On avale une pilule. une par semaine：一週間につき一錠：⇨ p.96, l.5 の注

　　5　**le besoin de boire :**　飲みたいという欲求．不定詞の形容詞的用法．⇨ p.130, l.25 の注

【XXIV】

　　14　**Nous en étions à… :**　en être à…　…にいたる．やや古いフランス語．現代では Nous étions arrivés à… を使う．

　　　　le huitième jour de… :　…から一週間目．⇨ p.12, l.15 の注

　　15　**en buvant :**　boire のジェロンディフ．

　　17　**ils sont bien jolis, tes souvenirs :**　ils と tes souvenirs は同格．

　　18　**je n'ai pas encore réparé mon avion :**　ne… pas encore を使うときは時制の使い分けに注意が必要．日本語では「まだ修理していない」と現在形だが，フランス語では直説法複合過去形を使う．Tu ne t'es pas encore levé, Antoine?（アントワーヌ，まだ起きないの？　×Tu ne te lèves pas encore, Antoine? とは言わない．時制のとらえ方の違いに注意）

146　3　**Mon ami le renard :**　mon ami と le renard は同格．

　　4　**il ne s'agit plus du renard :**　⇨ p.102, l.22 の注

　　10　**mesure :**　mesurer 測定する．

　　14　**un geste de lassitude :**　うんざりした身ぶり．

　　15　**au hasard :**　行き当たりばったりに．比較：⇨ p.110, l.5 の注

　　16　**nous nous mîmes en marche :**　（代名動詞）se mettre の直説法単純過去形．⇨ ① p.256　se mettre en marche：歩行し始める．

　　17　**Quand nous eûmes marché :**　marcher の直説法前過去形．⇨ ① p.257

　　20　**Les mots :**　あの言葉．mots は「言葉，合言葉，暗号，指令」など含蓄のある言葉．ここでは《 J'ai soif aussi… cherchons un puits… 》をさす．単数形 mot は「語，単語」の意味．「言葉」の意味で用いるときは petit mot, gentil mot など形容詞を伴うか複数形．

　　25　**il fallait :**　il faut の直説法半過去形．

注解（XXIV）

26　**auprès de :**　（特に人の）すぐそばに，隣りに．（物の場合はふつう près de を使う）

148　6　**Et c'était vrai :**　Et は強調語．文頭に置かれ，驚きや憤慨など強い感情をあらわす．ここでは驚きの気持ちが込められている．まさに，まさしく．

J'ai toujours aimé :　toujours や longtemps は複合過去と半過去の使い分けに注意が必要．Elle a longtemps habité aux États-Unis.（彼女は長く米国に住んでいた）．比較：Chez moi j'avais une fleur : elle *parlait toujours* la première…（*p.118, l.18*）

6　**On :**　⇨ *p.106, l.16* の注

13　**y :**　= dans la maison ancienne.

14　**a su :**　savoir の直説法複合過去形．savoir + 不定詞：⇨ *p.10, l.18* の注

15　**il enchantait toute cette maison :**　enchanter（文章語で）魔法にかける．toute cette maison：⇨ *p.38, l.14* の注

17　**qu'il s'agisse de… :**　…に関わることであれ．⇨ *p.104, l.19* の注　il s'agisse：il s'agit の接続法現在形．

19　**Je suis content que tu sois… :**　être content que + 接続法　…であることが嬉しい．

21　**me remis en route :**　（代名動詞）se remettre の直説法単純過去形．se remettre en route：また歩き始める．⇨ *p.146, l.16* の注

J'étais ému :　ému は émouvoir（感動させる）の過去分詞．

22　**Il me semblait que + 接続法：**　…のように思われた．比較：⇨ *p.76, l.4* の注

23　**qu'il n'y eût rien de plus fragile :**　これ以上壊れやすいものは何もない．il y eût：il y a の接続法半過去形．⇨ ④ *p.260*　ne… rien de + 形容詞・過去分詞：〜なものは何も…ない．Je ne fais rien d'intéressant.（面白いことは何もしていない［= 退屈している］）．⇨ *p.132, l.18* の注

25　**là :**　ここ．

28　**Ce qui m'émeut :**　émouvoir の直説法現在形．

150　3　**je le devinai :**　deviner（人）+ 属詞　（人）が…であると見抜く，わかる．⇨ *p.54, l.27* の注

241

150　5　**je découvris le puits：**「その井戸」と定冠詞を使っているのは，王子さまが「井戸を探しに行こう」と言った（読者も承知している）その井戸という意味．

【XXV】

　　10　**Ce n'est pas la peine… :**　Ce n'est pas la peine de + 不定詞　…するには及ばない．ここでは de s'agiter ni de tourner en rond が省略されている．⇨ *p.42, l.9* の注

　　11　**avions atteint :**　atteindre（達する）の直説法大過去形．

　　17　**jouer :**　= se mouvoir (fonctionner) aisément.

　　19　**quand le vent a longtemps dormi :**　⇨ *p.148, l.6* の注

　　20　**nous réveillons :**　日本語では過去形に訳す（発想の違い）．

　　22　**fît :**　faire の接続法半過去形．⇨ ④ *p.260*

154　3　**d'aplomb :**　（副詞句）垂直に，安定して．d'aplomb にかかる bien は強調をあらわす副詞．

　　5　**J'ai soif de :**　= Je désire vivement (ardemment).

　　　cette eau-là :　⇨ *p.18, l.25, p.28, l.11* の注

　　6　**donne-moi à boire :**　donner à + 不定詞　…するものを与える → …させる．donner の意味が軽く次の動詞に重点が移るので donner は日本語に訳さなくてよいことになる．発想の違い．目の前に水がある場合でも「その飲みものを頂戴」と言うのがフランス語の発想．ここは donner à téter à son enfant, donner à manger à un malade のような感じで「（口元まで持ってきて）飲ませて」の意味．

　　7　**Et :**　強い感情が込められている．そこで初めて．⇨ *p.148, l.6* の注

　　8　**Il but, les yeux fermés :**　⇨ ⑳ *p.267*　but：boire の直説法単純過去形．

　　10　**aliment :**　（人体に摂取されるあらゆる）食物．水や塩は aliments minéraux（鉱物性食品），牛乳は aliment complet（完全食品）．

　　　Elle était née :　naître の直説法大過去形．naître de…　…から生まれる．

　　14　**rayonnement :**　= émanation, éclat. faire le rayonnement de…　…の輝きをなす．

注解 (XXV)

19　**le :**　= ce qu'ils cherchent.
25　**respirais :**　respirer　一息つく．
26　**couleur de miel :**　⇨ *p.130, l.16* の注
27　**Pourquoi fallait-il que j'eusse de la peine… :**　il faut の直説法半過去形（疑問形）．eusse : avoir の接続法半過去形．⇨ ④ *p.260*　de la peine : 不安，心痛．de la は部分冠詞．この文は，このときに語り手の心に浮かんだ考えを間接的に述べた「自由間接話法」で，過去に訳してはいけないからとくに注意されたい．直接話法にすると次のようになる．Je me demandais : « Pourquoi faut-il que j'aie de la peine… » ⇨ ⑧ *p.263*, 訳し方の手引き「12. 自由間接話法」*p.252*

156　1　**tiennes :**　tenir の接続法現在形．
　　2　**de nouveau :**　= encore une fois.
　　　s'était assis :　（代名動詞）s'asseoir の直説法大過去形．
　10　**Moi qui étais si fier des baobabs ! :**　moi は「ぼくとしては」という対立の意味をあらわす．étais : この直説法半過去形は物語を描写しているのではなく，読者に向かって語りかけていることを示す（*p.158, l.7* 以下，Il ne répondait jamais aux questions, mais… なども同様）
　16　**ça ira :**　ça va（よろしい）の直説法単純未来形．
　17　**la :**　= cette muselière.
　22　**c'en sera demain l'anniversaire :**　= ce sera demain l'anniversaire de ma chute sur la Terre.
　26　**sans comprendre pourquoi :**　なぜだかわからないまま．
　27　**vint :**　venir の直説法単純過去形．
　28　**je t'ai connu :**　きみと（はじめて）知りあった．ai connu : connaître の直説法複合過去形．行為の始まりをあらわす用法．connaître も時制の使い分けに注意が必要な動詞．Quand je l'ai connue, elle était très petite．（× Quand je la connaissais, elle était très petite とは言わない）⇨ *p.28, l.6* の注

158　13　**je n'étais pas rassuré :**　気持ちが落ちつかなかった．rassuré : rassurer（安心させる）の過去分詞．
　14　**si l'on s'est laissé apprivoiser :**　⇨ *p.58, l.6*, s'être laissé の注

243

【XXVI】

158 17 **les jambes pendantes :**　⇨ ⑳ *p.267*

  18 **Et je l'entendis qui parlait :**　話している彼を聞いた → 彼が話している声が聞こえた．

  22 **ce n'est pas ici l'endroit :**　ce と l'endroit は同格．

  23 **Je poursuivis ma marche :**　歩行を続けた → どんどん進んで行った．

160 2 **Tu verras :**　⇨ *p.72, l.26* の注

  3 **Tu n'as qu'à m'y attendre :**　⇨ *p.96, l.23* の注　m'y attendre : そこでぼくを待つ．y = là où commence ma trace dans le sable.

  J'y serai cette nuit :　être の直説法単純未来形．意志未来をあらわす．

  6 **du bon venin :**　良い毒．du は部分冠詞．

  8 **le cœur serré :**　⇨ ⑳ *p.267*

  9 **va-t'en :**　⇨ *p.64, l.23* の注

  11 **je fis un bond :**　faire un bond　跳ぶ．

  Il :　un de ces serpents jaunes と同格．

  dressé :　dresser（まっすぐに起こす）の過去分詞．dresser は dresser un cheval（un chien, un soldat, un élève）など，apprivoiser, façonner, former の同義語としても使われる言葉．

  12 **un de ces serpents jaunes :**　指示形容詞は，驚き・賞賛・皮肉・軽蔑などをあらわす場合がある．ここでは驚きが込められている．

  13 **Tout en fouillant :**　⇨ *p.22, l.15* の注

  en :　= de ma poche.

  14 **je pris le pas de course :**　競走の足どりを取った → 駆け出した．

  15 **comme un jet d'eau qui meurt :**　噴水が止まるように．meurt : mourir（死ぬ，消える）の直説法現在形．

  17 **parvins :**　parvenir à…　…に到着する．

  juste à temps :　ちょうど，何とか（かろうじて）間に合って．

  19 **Quelle est cette histoire-là !:**　いったいこれは何という話だ！ → こんなのありえない話ではないか！　⇨ 訳し方の手引き「10. 反語的用法」*p.252*

注解 (XXVI)

21　**avais défait :**　défaire（解く）の直説法大過去形．

　　son éternel cache-nez d'or :　彼がいつも首にまいていた黄金色のマフラー．cache-nez：首と顔の下の部分まで覆える長くて厚手のマフラー．サンテグジュペリは少年の頃から，上向いてとがった自分の鼻を気にしていたという（ステイシー・シフ著『サン＝テグジュペリの生涯』17, 64, 69 頁，檜垣嗣子訳，新潮社）．

24　**m'entoura le cou de ses bras :**　ぼくの首を両腕でとりまいた．⇨ *p.118, l.3*, qui lui arrivaient au genou の注，訳し方の手引き「4. 間接目的補語と直接目的補語」*p.250*　de ses bras：⇨ *p.66, l.15*, des yeux の注

25　**quand on l'a tiré à la carabine :**　人がそれをカービン銃で撃ったとき．le（l'）：= cette oiseau．

26　**aies trouvé :**　trouver の接続法過去形．⇨ ④ *p.260*

27　**ce qui manquait à ta machine :**　きみの機械に欠けていたもの → きみの機械の故障．

28　**Comment sais-tu !：**　日本語では過去形に訳す（発想の違い）．

164　1　**contre toute espérance :**　あらゆる予期に反して → 奇跡的にも．⇨ *p.12, l.17* の注

7　**il se passait quelque chose d'extraordinaire :**　（代名動詞）se passer（起こる）の直説法半過去形．il は非人称主語．意味上の主語は quelque chose d'extraordinaire（⇨ *p.132, l.18* の注）．

10　**sans que je puisse rien :**　sans que + 接続法．puisse：pouvoir の接続法現在形．⇨ ④ *p.260*（× sans que je ne puisse rien と ne はつかないので注意）

11　**Il avait le regard sérieux, perdu très loin :**　非常に遠くを見入っている真剣な眼差し．

19　**le sentiment de l'irréparable :**　取り返しがつかないという気持ち．⇨ 訳し方の手引き「1. 名詞を動詞や形容詞に訳す」*p.249*

20　**je ne supportais pas l'idée de… :**　…という思いに耐えられない．supportais：supporter の直説法半過去形だが，ここでは過去における現在をあらわし，日本語では現在形に訳す．

21　**de ne plus jamais entendre ce rire :**　その笑い声がもう二度と聞か

		れない．⇨ *p.60, l.17* の注
164	28	**c'est un mauvais rêve cette histoire de serpent et de rendez-vous et d'étoile :** ce（c'）は cette histoire de 以下と同格．…et… et… : ⇨ *p.100, l.12* の注
166	4	**C'est comme pour la fleur :** それはあの花についてと同じよう．pour : …に関して，…について．
	13	**trop… pour que** + 接続法： ⇨ *p.102, l.5* の注
	14	**C'est mieux comme ça :** その方がいい．
	21	**Que veux-tu dire ? :** 何を意味したいのか．vouloir dire : ＝avoir l'intention de dire．
	23	**Pour les uns :** ある人たちにとっては．
Pour d'autres : ほかの人たち（の一部）にとっては．（グループを二つにわけて「ある人たちは…，もう一方の人たち（全員）は…」とする場合は，Pour les uns… Pour les autres… になる）
	26	**de l'or :** de l' は部分冠詞．
se taisent : （代名動詞）se taire の直説法現在形．
168	6	**tu seras consolé :** consoler の受動態（直説法単純未来形）．⇨ *p.52, l.14* の注
se console : （代名動詞）se consoler（慰められる，立ち直る）の直説法現在形．
	8	**Tu auras envie de rire :** avoir envie de + 不定詞 …したいと思う．
tu ouvriras : 命令や助言をあらわす二人称の直説法単純未来．10 行目 tu leur diras も同様．
	9	**pour le plaisir :** 面白半分に．
de : 原因・結果をあらわす前置詞．
	11	**ils te croiront fou :** きみがおかしくなったと思うでしょう．⇨ *p.32, l.23* の注
	12	**Je t'aurai joué un bien vilain tour :** jouer の直説法前未来形．過去の出来事について「…かもしれない」と推測・仮定をあらわす用法．ここは Je t'ai sans doute joué un bien vilain tour の意味．jouer un tour à（人）（人）にいたずらをする．vilain : ＝qui peut être dangereux.

注解（XXVII）

	19	**J'aurai l'air d'avoir mal :** avoir l'air de + 不定詞 …のように見える．
170	7	**Tu as eu tort :** avoir tort（間違える）の直説法複合過去形．
	13	**une vieille écorce abandonnée :** 見捨てられた古い皮．
	14	**Ce n'est pas triste les vieilles écorces :** Ce と les vieilles écorces は同格．
172	2	**Ce sera gentil :** すてきだろうな．gentil：＝ beau, joli.
	9	**C'est là :** ここだ．⇨ 訳し方の手引き「5. 発想の違い」p.250
		faire un pas : 一歩踏み出す．
	10	**Et… :** しかし，けれど（そう言いはしたが怖くなって腰を落とした）．
	13	**de rien du tout :** ⇨ p.116, l.2 の注
174	3	**Voilà :** さあ（これでおしまい），以上．
		C'est tout : もう言うことはない，これで全部，終り．演説，遺言，買い物，食事の注文…等でしめくくるとき使う言葉．日常よく使われる慣用句．
	6	**ne… rien que～：** ～のほかは何も…ない．

【XXVII】

	15	**C'est-à-dire… pas tout à fait :** C'est-à-dire（つまり）のあとに je ne me suis が省略されていて，pas tout à fait のあとに consolé が省略されている．pas tout à fait : ⇨ p.32, l.17 の注
	19	**voilà qu'il se passe… :** ここで（状況が変って）…が発生した．il se passe は現在形だが日本語では過去形に訳す（発想の違い）．
	20	**y :** ＝ à la muselière.
	21	**aura pu :** pouvoir の直説法前未来形．⇨ p.168, l.12 の注
178	5	**une fois ou l'autre :** 一度や二度は．
	6	**et ça suffit !:** ⇨ 訳し方の手引き「10. 反語的用法」p.252
	9	**là :** ⇨ p.92, l.25, p.96, l.2, p.106, l.3 の注
	10	**rien de l'univers n'est semblable :** 宇宙では何一つ同じ（状態）ではなくなる．⇨ p.130, l.5 の注
	11	**si… :** si un mouton a mangé une rose と続く．ここでは mouton も rose も不定冠詞を用いていることに注意．

247

| 178 | 13 | **Demandez-vous :** （代名動詞）se demander（自問する）の命令法. |
| | 14 | **vous verrez :** voir の直説法単純未来形. ⇨ p.72, l.26 の注 |

182	3	**une fois encore :** もう一度だけ. encore une fois（くり返し）ではなく，une fois et pas deux の意味.
	4	**pour bien vous le montrer :** きみたちにそれをよく示すために. bien : = d'une manière avantageuse ou satisfaisante.
	6	**afin d'être sûrs :** ⇨ p.32, l.9 の注　être sûrs : 主語 vous（きみたち）に一致して形容詞 sûr に s がつく.
	7	**reconnaître :** ⇨ p.66, l.9 の注
	8	**s'il vous arrive de passer par là :** たまたまここを通りかかるようなことがあれば. ⇨ p.108, l.10 の注
	9	**ne vous pressez pas :** （代名動詞）se presser の命令法（否定形）.
	12	**qui il est :** 彼が誰であるか. vous devinerez の間接疑問文.
	13	**soyez gentils :** 親切にしてください，優しくしてください. soyez : être の命令法. ⇨ ④ p.258　gentil : = serviable, prévenant, complaisant.

訳し方の手引き

1. 名詞を動詞や形容詞に訳す

　フランス語は日常会話においてさえ名詞どまりの表現を用いるが，日本語は動詞や形容詞がないと納まりが悪い．

　　…ils dorment **pendant les six mois de leur digestion.** (*p.8, l.7*)
　　　消化の六か月間 → 六か月のあいだ消化しながら

　　Ce n'est pas **ma faute.** (*p.14, l.6*)　ぼくの過ち → ぼくが悪い

　　Il me répondit **après un silence méditatif** : (*p.22, l.25*)
　　　瞑想的な沈黙のあとで → 黙って物思いにふけったあとで

　　Et mon ami eut **un nouvel éclat de rire** : (*p.26, l.7*)
　　　新しい爆笑 → あらたにけらけらと笑った．

　　…il ne leva même pas la tête **à l'arrivée du petit prince**. (*p.82, l.15*)
　　　王子さまの到着において → 王子さまがやってきても

　　Ma fleur est menacée de **disparition prochaine** ? (*p.104, l.26*)
　　　間近い消滅 → 近く消滅する

　　Ce fut là **son premier mouvement de regret**. (*p.106, l.3*)
　　　それは…だった．→ そのとき彼は初めて後悔の念にかられた．

2. 抽象名詞は具体的に訳す

　日本人は抽象思考が苦手なので，ものごとを具体的に考える．だから抽象名詞は具体的に訳すのがよい．とくに抽象名詞の複数形は具体的な意味になるので気をつける．

　　…il se plongea **dans la contemplation de son trésor**. (*p.22, l.18*)
　　　彼はその宝物の凝視黙考の中へ飛びこんだ．→ 宝物をじっと見つめながら黙って考えこんだ．

　　Ça venait tout doucement, **au hasard des réflexions**. (*p.34, l.2*)
　　　考察の偶然に → (王子さまが)たまたま口にする考えごとによって，まったくゆるやかにわかってきた．

　　Je désire que l'on prenne **mes malheurs** au sérieux. (*p.22, l.8*)
　　　ぼくの不幸 → ぼくが遭遇した不慮の災難

　　J'ai **des difficultés** avec une fleur, dit le petit prince. (*p.112, l.9*)
　　　困難 → 困ったこと，もめごと

3. 主語を代えて訳す

Mais **peu d'entre elles** s'en souviennent.（p.6, l.12）
彼らのなかにはほとんどいない者がそれを覚えている．→ それを覚えている者は，彼らのなかにはほとんどいない．（フランス語では名詞を打ち消すこともあるが，日本語の否定文は必ず動詞を打ち消す）

Ça n'a pas trop amélioré mon opinion.（p.10, l.22）
それは → それによって，ぼくの見解はあまり良くならなかった．

J'avais à peine de l'eau à boire pour huit jours.（p.12, l.14）
ぼくは（…を）持っていた．→ 一週間分の飲み水がやっとあった．

Cette visite fut très courte mais **elle plongea** le petit prince dans une grande mélancolie :（p.80, l.5） その訪問は王子さまを…に投げ入れた → その訪問で王子さまはすっかり憂鬱になってしまった．

Le vent **les** promène.（p.116, l.9） 風が彼らをさまよわせる．→ 彼らは風にさまよわされる．→ 彼らは風のままにただよう．

4. 間接目的補語と直接目的補語

間接目的補語は「…に」，直接目的補語は「…を」と訳すとは限らない．

…ça **lui** servira de maison.（p.22, l.27）
それが彼の家の役をする．

J'aurais dû ne pas **l'**écouter.（p.58, l.18）
彼女に耳を傾けるべきではなかったのだけれど……

5. 発想の違い

là： 辞書に「あそこ」とあるが，ici（ここ）の意味でも使われる．相手の立場に立って物を考えるからだ．venir（来る）が日本語の「行く」の意味に使われるのも同じ（Je viens chez toi. きみの家へ行くよ）．日本語にはない発想なので注意が必要．

Qu'est-ce que c'est que **cette chose-là**？（p.20, l.22）
このもの，これは何？

Je suis **là** (…) sous le pommier…（p.126, l.5）
ここだよ，リンゴの木の下だよ…

C'est **là**.（p.172, l.9） それはここだ．（毒蛇との約束の場所，それはここだ，と飛行士に指し示す場面）

La nuit était tombée．（p.52, l.11）
夜が落ちていた．→ 日が暮れていた．
Là d'où je **viens**…（p.58, l.2）
あたくしが出てきたあちらでは．（現在形 → 過去形に訳す．時制のとらえ方が違う）
Comment **sais-tu**！（p.160, l.28）
どうしてわかった！

6. 過去分詞の形容詞的用法

過去分詞は能動態に訳すと日本語になじむ．
…à mille milles de toute terre **habitée**．（p.12, l.16）
住まわれている全土地 → 人が住むあらゆる土地
…comme le fruit d'un problème longtemps **médité** en silence：（p.46, l.16）
黙って長い間考え込まれた問題 → 黙って長い間考え込んできた問題

7. 態を変える

受動態を能動態に（またその逆も）適宜に訳し変える．
Et je **fus stupéfait** d'entendre le petit bonhomme me répondre：（p.18, l.4）
唖然とさせられた．→ 唖然とした．
Quand j'ai dessiné les baobabs j'**ai été animé** par le sentiment de l'urgence．（p.42, l.12）
活気づかされた．→ 急を要するという気持ちで，ぼくは活気づいていた．
Ma fleur **est menacée** de disparition prochaine？（p.104, l.26）
脅かされている．→ 近く消える危険がある．

8. 二重否定と名詞の否定

二重否定は肯定に直すとわかりやすいこともある．
…on **n'ose pas désobéir**．（p.14, l.21）
従わないことを敢えてしない．→ つい従ってしまう．

日本語では名詞の否定は考えられないが，フランス語では動詞ばかりではなく，名詞が打ち消されることがある．
Les hommes occupent très **peu de place** sur la Terre．（p.108, l.13）
ほとんど無いスペース → ほんのわずかなスペースを占めているにすぎない．

9. 関係代名詞

日本語には関係代名詞はない．関係代名詞が導く文節は説明句（節）なので，長文の場合はとくに，関係代名詞の前でいったん切り，説明的に訳す．それが発想の順序というものである．

　Et le petit prince eut un très joli éclat de rire **qui** m'irrita beaucoup. （*p.22, l.7*）
　　王子さまは非常に可愛らしくけらけらと笑った．それでぼくはひどく苛立った．
　Et il s'enfonça dans une rêverie **qui** dura longtemps. （*p.22, l.17*）
　　彼は夢想にふけった．その夢想は永く続いた．

10. 反語的用法

　Mais où veux-tu qu'il aille！（*p.26, l.8*）
　　彼にどこへ行って欲しいのか．→ どこにも行けないではないか．
　…et ça suffit！（*p.178, l.5*）　それで充分だ．→ もうたくさんだ！　万事休すだ！

11. 間接話法

日本語は直接話法の世界なので，間接話法を直接話法に訳すと理解しやすい．
（例文中の faisait, savais は過去における現在をあらわす直説法半過去形）

　…je leur **ai demandé si** mon dessin leur faisait peur. （*p.8, l.11*）
　　「このデッサンこわくない？」とぼくは彼らに訊いた．
　…je **dis** au petit bonhomme（…）**que** je ne savais pas dessiner. （*p.14, l.26*）
　　「絵は描くことができないよ」とぼくは坊やに言った．

12. 自由間接話法

二十世紀になって文学者たちがよく使うようになった表現方法．登場人物や語り手の内面を，間接話法に必要な導入動詞や接続詞 que などを省き，間接話法と同じ人称・法・時制をそのまま使って描写する微妙な心理表現．日本語は直接話法の世界なので，一人称の内面独白として表現する．通常の間接話法 il se dit que, il se demanda, je me demandais（…と思った）などを補うとよくわかる．

　Sur quoi le roi pouvait-il bien régner？（*p.68, l.17*）
　　王さまはいったい何を統治できてるのだろうか（，と彼は思った）．
　　（pouvait-il は直説法半過去形だが，現在形に訳し，「と彼は思った」を補う）
　Pourquoi fallait-il que j'eusse de la peine… （*p.154, l.27*）
　　それなのに思い煩う必要など，どこにあろう……（，とぼくは思った）．
　　（fallait-il は直説法半過去形だが，現在形に訳し，「とぼくは思った」を補う）

フランス語文法のおさらい

（動詞の活用形ととくに注意すべき点を中心に）

1. 直説法 254
◆現在形 254
◆複合過去形 254
◆半過去形 255
◆大過去形 256
◆単純過去形 256
◆前過去形 257
◆単純未来形 257
◆前未来形 258
2. 命令法 258
3. 条件法 258
◆現在形 258
◆過去形 259
◆過去第二形 259
4. 接続法 259
◆現在形 260
◆過去形 260
◆半過去形 260
◆大過去形 261
5. 現在分詞 261
◆ジェロンディフ 262
6. 過去分詞の形容詞的用法 ... 262
7. 受動態 262
8. 間接話法 263
◆自由間接話法 263
9. 知覚動詞 entendre, voir / 放任動詞 laisser / 使役動詞 faire 263
10. 主語の倒置 263
11. 関係代名詞 que, qui, où 264
◆ ce que / ce qui 264
12. 指示代名詞 celui（celle, ceux, celles）............................. 264
13. 中性代名詞 en, le, y 264
14. 否定文 265
◆ ne... que〜 265
15. 疑問文 265
16. 間接疑問文 266
17. 感嘆文 266
18. 非人称構文　il est（c'est）＋形容詞＋不定詞／節 266
19. 強調構文 c'est〜 que... / c'est〜 qui... 267
20. 形容詞や過去分詞，名詞の状況補語的用法 267
21. 強調をあらわす副詞(句) 267
22. tout（tous, toute, toutes）... 268
23. 比較表現 268
◆ comme と comme si ＋直説法半過去（大過去）............. 268

1. 直説法

◆現在形

第一群規則動詞(-er 動詞)の語尾：

| je… **e** | tu… **es** | il… **e** | nous… **ons** | vous… **ez** | ils… **ent** |

第二群規則動詞(-ir 動詞)の語尾：

| je… **is** | tu… **is** | il… **it** | nous… **issons** | vous… **issez** | ils… **issent** |

avoir :

j'	**ai**	nous	**avons**
tu	**as**	vous	**avez**
il	**a**	ils	**ont**

être :

je	**suis**	nous	**sommes**
tu	**es**	vous	**êtes**
il	**est**	ils	**sont**

フランス語の現在形は現在一般，真理などをあらわすほかに，現在進行形をも含んでいる．

◆複合過去形　　助動詞（avoir または être）の現在形＋過去分詞

過去分詞：

dessiner :	**dessiné** (-er 動詞)	réfléchir :	**réfléchi** (-ir 動詞)
avoir :	**eu**	être :	**été**
faire :	**fait**	apprendre :	**appris**
prendre :	**pris**	comprendre :	**compris**
dire :	**dit**	répondre :	**répondu**
rire :	**ri**	mettre :	**mis**
sortir :	**sorti**	venir :	**venu**
savoir :	**su**	connaître :	**connu**
vouloir :	**voulu**	pouvoir :	**pu**
voir :	**vu**	devoir :	**dû**

フランス語の過去をあらわす表現には，複合過去，単純過去，半過去，大過去，前過去と直説法だけでもいろいろあるが，会話と文章の両方においていちばんよく使用されるのは，複合過去と半過去である．

複合過去は過去一般と現時点での完了，経験などをあらわす．

aller, tomber, naître など一部の自動詞と代名動詞は，助動詞に être をとる．この場合，過去分詞は主語の性数に一致する．他の複合時制（助動詞［avoir または être］＋過去分詞）の場合も同様．

Toutes les grandes personnes **ont** d'abord **été** des enfants. (< être, *p.6, l.11*)

J'**ai montré** mon chef-d'œuvre aux grandes personnes. (< montrer, *p.8, l.11*)

Comment ! tu **es tombé** du ciel ! (< tomber, *p.22, l.4*)

Et je **suis née** en même temps que le soleil… (< naître, *p.54, l.26*)

Tiens ! Il **s'est endormi**… (< 代名動詞 s'endormir, *p.20, l.9*)

助動詞に avoir をとる複合時制では，直接目的補語が動詞の前にくると，過去分詞はその直接目的補語の性数に一致する．

Je les **ai vues** de très près. (< voir, les = les grandes personnes, *p.10, l.22*)

Puisque c'est elle que j'**ai mise** sous globe. (< mettre, *p.138, l.6*)

◆半過去形

すべての動詞が共通語尾：

| je… **ais** | tu… **ais** | il… **ait** | nous… **ions** | vous… **iez** | ils… **aient** |

avoir :

j'	**avais**	nous	**avions**
tu	**avais**	vous	**aviez**
il	**avait**	ils	**avaient**

être :

j'	**étais**	nous	**étions**
tu	**étais**	vous	**étiez**
il	**était**	ils	**étaient**

過去の進行形・状態・習慣，過去における現在（時制の一致）をあらわす．

À Léon Werth quand il **était** petit garçon. (< être, *p.6, l.14*)

Lorsque j'**avais** six ans j'ai vu, une fois, une magnifique image, dans un livre sur la forêt vierge… (< avoir, *p.8, l.1*)

Et tu **regardais** le crépuscule chaque fois que tu le **désirais**… (< regarder, désirer, *p.46, l.6*)

…je **me disais** : « Ce que je vois là n'est qu'une écorce. Le plus important est invisible… » (< 代名動詞 se dire, *p.148, l.25*)

…je leur ai demandé si mon dessin leur **faisait** peur. (< faire, 過去における現在, *p.8, l.11*)

◆ 大過去形

> 助動詞（avoir または être）の半過去形 + 過去分詞

過去のある時点以前の完了・習慣，過去における過去（時制の一致）などをあらわす．

Tu n'**avais eu** longtemps pour distraction que la douceur des couchers de soleil. （< avoir, *p.44, l.2*）

La nuit **était tombée**. （< tomber, *p.52, l.11*）

Et puis voici qu'un matin, justement à l'heure du lever du soleil, elle **s'était montrée**. （< 代名動詞 se montrer, *p.54, l.14*）

Mais je me rappelai alors que j'**avais** surtout **étudié** la géographie, l'histoire, le calcul et la grammaire… （< étudier, 過去における過去, *p.14, l.24*）

◆ 単純過去形

第一群規則動詞(-er 動詞)の語尾：
je… **ai**　tu… **as**　il… **a**　nous… **âmes**　vous… **âtes**　ils… **èrent**
第二群規則動詞(-ir 動詞)の語尾：
je… **is**　tu… **is**　il… **it**　nous… **îmes**　vous… **îtes**　ils… **irent**

---

avoir :

j'	**eus**	nous	**eûmes**
tu	**eus**	vous	**eûtes**
il	**eut**	ils	**eurent**

être :

je	**fus**	nous	**fûmes**
tu	**fus**	vous	**fûtes**
il	**fut**	ils	**furent**

faire :	je **fis**	il **fit**	refaire :	je **refis**	il **refit**
prendre :	je **pris**	il **prit**	comprendre :	je **compris**	il **comprit**
dire :	je **dis**	il **dit**	répondre :	je **répondis**	il **répondit**
rire :	je **ris**	il **rit**	sourire :	je **souris**	il **sourit**
mettre :	je **mis**	il **mit**	sortir :	je **sortis**	il **sortit**
paraître :	je **parus**	il **parut**	connaître :	je **connus**	il **connut**
voir :	je **vis**	il **vit**	apercevoir :	j'**aperçus**	il **aperçut**
pouvoir :	je **pus**	il **put**	vouloir :	je **voulus**	il **voulut**
venir :	je **vins**	il **vint**	s'asseoir :	je **m'assis**	il **s'assit**

フランス語文法のおさらい

文章語においてのみ使用される．口語では複合過去が用いられる．

…je **me préparai** à essayer de réussir, tout seul, une réparation difficile. (＜代名動詞 se préparer, *p.12, l.12*)

Et je **fus** stupéfait d'entendre le petit bonhomme me répondre : (＜être, *p.18, l.4*)

Et c'est ainsi que je **fis** la connaissance du petit prince. (＜faire, *p.20, l.10*)

Et le petit prince **eut** un très joli éclat de rire… (＜avoire, *p.22, l.7*)

Je crois qu'il **profita**, pour son évasion, d'une migration d'oiseaux sauvages. (＜profiter, *p.60, l.5*)

◆前過去形

助動詞（**avoir** または **être**）の単純過去形 + 過去分詞

単純過去形の主動詞以前の完了事項をあらわす．文章語においてのみ使用される．

Quand nous **eûmes marché**, des heures, en silence, la nuit tomba, et les étoiles commencèrent de s'éclairer. (＜marcher, *p.146, l.17*)

◆単純未来形

すべての動詞が共通語尾：

| je… **rai** | tu… **ras** | il… **ra** | nous… **rons** | vous… **rez** | ils… **ront** |

avoir :

j'	**aurai**	nous	**aurons**
tu	**auras**	vous	**aurez**
il	**aura**	ils	**auront**

être :

je	**serai**	nous	**serons**
tu	**seras**	vous	**serez**
il	**sera**	ils	**seront**

未来一般，意志未来のほかに，二人称への命令をあらわす．

Ça **suffira** sûrement. Je t'ai donné un tout petit mouton. (＜suffire, *p.20, l.7*)

Et si tu es gentil, je te **donnerai** aussi une corde pour l'attacher pendant le jour. Et un piquet. (＜donner, 意志未来, *p.26, l.1*)

Tu **reviendras** me dire adieu, et je te **ferai** cadeau d'un secret. (＜revenir, faire, 命令や助言をあらわす二人称の直説法単純未来, *p.136, l.19*)

◆前未来形

> 助動詞（avoir または être）の単純未来形 + 過去分詞

単純未来の主動詞以前に完了している事がらや，語調緩和，推測，仮定などをあらわす．

Alors ce sera merveilleux quand tu m'**auras apprivoisé** !（< apprivoiser, *p.130, l.16*）

Je t'**aurai joué** un bien vilain tour…（< jouer, 推測・仮定, *p.168, l.11*）

2. 命令法

dessiner :	dessine	dessinons	dessinez		(-er 動詞)	
réfléchir :	réfléchis	réfléchissons	réfléchissez		(-ir 動詞)	
avoir :	aie	ayons	ayez	être :	sois	soyons	soyez
aller :	va	allons	allez	venir :	viens	venons	venez
faire :	fais	faisons	faites	mettre :	mets	mettons	mettez

S'il vous plaît… **dessine**-moi un mouton !（< dessiner, *p.12, l.21*）

N'**oubliez** pas que je me trouvais à mille milles de toute région habitée.（< oublier, *p.14, l.11*）

Non! Celui-là est déjà très malade. **Fais**-en un autre.（< faire, *p.18, l.13*）

Approche-toi que je te voie mieux.（< 代名動詞 s'approcher, *p.66, l.13*）

Je t'attends ici. **Reviens** demain soir…（< revenir, *p.158, l.12*）

3. 条件法

◆現在形　すべての動詞が共通語尾：

> je… **rais**　tu… **rais**　il… **rait**　nous… **rions**　vous… **riez**　ils… **raient**

avoir :

j'	**aurais**	nous	**aurions**
tu	**aurais**	vous	**auriez**
il	**aurait**	ils	**auraient**

être :

je	**serais**	nous	**serions**
tu	**serais**	vous	**seriez**
il	**serait**	ils	**seraient**

現在・未来の疑わしい仮定，語調緩和，推測，伝聞，過去における未来（時

制の一致）などをあらわす．

Si j'ordonnais（…）à un général de se changer en oiseau de mer, et si le général n'obéissait pas, ce ne serait pas la faute du général. Ce serait ma faute.（< être,《Si + 直説法半過去，条件法現在》, p.68, l.11）

Pourquoi un chapeau ferait-il peur ?（< faire, 語調緩和, p.10, l.1）

J'essaierais, bien sûr, de faire des portraits le plus ressemblants possible.（< essayer, 語調緩和, p.32, l.15）

Je voudrais voir un coucher de soleil…（< vouloir, 語調緩和, p.72, l.7）

Le petit prince, qui assistait à l'installation d'un bouton énorme, sentait bien qu'il en sortirait une apparition miraculeuse…（< sortir, 過去における未来, p.54, l.6）

◆過去形

> 助動詞（avoir または être）の条件法現在形 + 過去分詞

過去の事実に反する仮定，語調緩和，推測などをあらわす．

Un tel pouvoir émerveilla le petit prince. S'il l'avait détenu lui-même, il aurait pu assister（…）à deux cents couchers de soleil dans la même journée…（< pouvoir,《Si + 直説法大過去，条件法過去》, p.70, l.5）

J'aurais aimé commencer cette histoire à la façon des contes de fées.（< aimer, 語調緩和, p.30, l.27）

Je n'aurais jamais dû m'enfuir ! J'aurais dû deviner sa tendresse derrière ses pauvres ruses.（< devoir, 語調緩和, p.60, l.1）

◆過去第二形

接続法大過去（⇨ p.261）が条件法過去第二形として用いられる．

4. 接続法

　直説法は事実を客観的にあらわすが，接続法は主観的な願望，感情，判断などをあらわす．条件法とともに観念の世界，非現実の叙法である．

　接続法の最大の特徴は接続詞（句）のあとで用いられること．従って主文ではなく従属節の中で用いられる．接続法半過去と接続法大過去は格調の高い文章語．日常語ではそれぞれ接続法現在，接続法過去を用いる．

◆(接続法)現在形　avoir, être を除くすべての動詞が共通語尾：

| je... **e** | tu... **es** | il... **e** | nous... **ions** | vous... **iez** | ils... **ent** |

avoir :

que j' **aie**	que nous **ayons**
que tu **aies**	que vous **ayez**
qu'il **ait**	qu'ils **aient**

être :

que je **sois**	que nous **soyons**
que tu **sois**	que vous **soyez**
qu'il **soit**	qu'ils **soient**

Crois-tu qu'il **faille** beaucoup d'herbe à ce mouton ?（< falloir, 接続法現在は主節［現在・未来］と同時あるいは未来の出来事をあらわす，*p.20, l.3*）

Mais où veux-tu qu'il **aille** !（< aller, *p.26, l.8*）

Je désire que l'on **prenne** mes malheurs au sérieux.（< prendre, *p.22, l.8*）

J'ai alors dessiné l'intérieur du serpent boa, afin que les grandes personnes **puissent** comprendre.（< pouvoir, 主節が複合過去なので，本来 puissent は接続法半過去 pussent になるが，接続法現在で代用されている，*p.10, l.3*）

接続詞(句)のあと以外で用いられる例：

Je veux un mouton qui **vive** longtemps.（< vivre, 関係詞節で，*p.18, l.22*）
　　（長生きするのは希望的観測であって事実(現実)ではない）

…c'est le seul qui ne me **paraisse** pas ridicule.（< paraître, 唯一をあらわす名詞にかかる場合，*p.98, l.6*）（「おかしいとは思われない」は主観であって客観的事実ではない．もし直説法を使えば客観的な事実になってしまう）

◆(接続法)過去形

| 助動詞（**avoir** または **être**）の接続法現在形＋過去分詞 |

Je suis content que tu **aies trouvé** ce qui manquait à ta machine.（< trouver, 接続法過去は主節［現在・未来］よりも前の出来事をあらわす，*p.160, l.26*）

◆(接続法)半過去形

| 第一群規則動詞(-er 動詞)の語尾：　je... **asse**　　tu... **asses**　　il... **ât** |
| nous... **assions**　　vous... **assiez**　　ils... **assent** |
| 第二群規則動詞(-ir 動詞)の語尾：　je... **isse**　　tu... **isses**　　il... **ît** |
| nous... **issions**　　vous... **issiez**　　ils... **issent** |

フランス語文法のおさらい

avoir :

que j' **eusse**	que nous **eussions**
que tu **eusses**	que vous **eussiez**
qu'il **eût**	qu'ils **eussent**

être :

que je **fusse**	que nous **fussions**
que tu **fusses**	que vous **fussiez**
qu'il **fût**	qu'ils **fussent**

Je ne compris pas pourquoi il était si important que les moutons **mangeassent** les arbustes.（< manger, 接続法半過去は主節［過去］と同時あるいは未来の出来事をあらわす, *p.34, l.11*）

Je ne voulais pas qu'il **fît** un effort.（< faire, *p.150, l.22*）

◆（接続法）大過去形

　助動詞（**avoir** または **être**）の接続法半過去形 + 過去分詞

Les seules montagnes qu'il **eût** jamais **connues** étaient les trois volcans qui lui arrivaient au genou.（< connaître, 接続法大過去は主節［過去］よりも前の出来事をあらわす, *p.118, l.1*）

Cette histoire de griffes, qui m'avait tellement agacé, **eût dû** m'attendrir…（< devoir, 条件法過去第二形, *p.58, l.22*）

Celui-là est le seul dont j'**eusse pu** faire mon ami.（< pouvoir, 条件法過去第二形, *p.98, l.9*）

5. 現在分詞

　形容詞的な働きをしたり，分詞構文を作る．分詞構文を作る étant（être の現在分詞）はしばしば省略され，過去分詞や形容詞が文頭にくる．現在分詞の複合形は，主節よりも前の出来事をあらわす．

Ça m'intimide… je ne peux plus…, fit le petit prince tout **rougissant**.（< rougir, *p.68, l.2*）

Puis, **sortant** mon mouton de sa poche, il se plongea dans la contemplation de son trésor.（< sortir, 分詞構文, *p.22, l.17*）

Et le petit prince, tout confus, **ayant été** chercher un arrosoir d'eau fraîche, avait servi la fleur.（< être, 複合形の分詞構文, *p.56, l.5*）

Ça me fit un peu honte. Mais, impitoyable, il ajouta : « Tu confonds tout… tu mélanges tout ! »（= **étant** impitoyable, *p.48, l.27*）

◆ジェロンディフ

> **en + 現在分詞**

現在分詞が文章語で用いられる(分詞構文)のに対して，ジェロンディフは主に口語で用いられ，副詞的な働きをする．

Il hochait la tête doucement tout **en regardant** mon avion. (< regarde, tout はジェロンディフを強調する副詞, *p.22, l.14*)

Le vaniteux salua modestement **en soulevant** son chapeau. (< soulever, *p.76, l.22*)

6. 過去分詞の形容詞的用法 (⇨ 訳し方の要点 6, *p.251*)

過去分詞は受け身の形容詞になる．名詞の性数に一致する．

Il n'avait en rien l'apparence d'un enfant **perdu** au milieu du désert, à mille milles de toute région **habitée**. (< perdre, habiter, *p.14, l.14*)

Ce sont des mots **prononcés** par hasard qui, peu à peu, m'ont tout révélé. (< prononcer, *p.20, l.15*)

7. 受動態

> **助動詞 être + 過去分詞 (+ par 動作主)**

過去分詞は主語の性数に一致する．時制は être であらわす．

Elle a bien besoin d'**être consolée**. (< consoler, 不定詞形, *p.6, l.8*)

Cet astéroïde n'**a été aperçu** qu'une fois au télescope, en 1909, **par** un astronome turc. (< apercevoir, 直説法複合過去形, *p.28, l.2*)

Le premier **était habité par** un roi. (< habiter, 直説法半過去形, *p.66, l.4*)

J'**avais été découragé par** l'insuccès de mon dessin numéro 1 et de mon dessin numéro 2. (< décourager, 直説法大過去形, *p.10, l.11*)

Le cinquième jour, toujours grâce au mouton, ce secret de la vie du petit prince me **fut révélé**. (< révéler, 直説法単純過去形, *p.46, l.14*)

Car le roi tenait essentiellement à ce que son autorité **fût respectée**. (< respecter, 接続法半過去形, *p.68, l.7*)

フランス語文法のおさらい

8. **間接話法**（⇨ 訳し方の要点 11, *p.252*）

 …je **dis** au petit bonhomme（avec un peu de mauvaise humeur）**que** je ne savais pas dessiner.（< dire, 直説法単純過去形, *p.14, l.26*, 直接話法では je dis au petit bonhomme : « Je ne sais pas dessiner. »）

 J'ai montré mon chef-d'œuvre aux grandes personnes et je leur **ai demandé si** mon dessin leur faisait peur.（< demander, 直説法複合過去形, *p.8, l.11*, 直接話法では je leur ai demandé : « Mon dessin vous fait-il peur ? »）

 ◆**自由間接話法**（⇨ 訳し方の要点 12, *p.252*）

 Ça pouvait être un nouveau genre de baobab.（*p.54, l.4*）

 Sur quoi le roi pouvait-il bien régner ?（*p.68, l.17*）

9. **知覚動詞 entendre, voir / 放任動詞 laisser / 使役動詞 faire**

 Et je fus stupéfait d'**entendre** le petit bonhomme me répondre.
 （坊やがぼくに答えるのを聞く，*p.18, l.4*）

 Un jour, j'**ai vu** le soleil se coucher quarante-quatre fois !
 （日が沈むのを見た，*p.46, l.7*）

 S'il s'agit d'une brindille de radis ou de rosier, on peut la **laisser** pousser comme elle veut.（それを好きなようにのばしておく，*p.38, l.7*）

 …et l'eau à boire qui s'épuisait me **faisait** craindre le pire.
 （< faire, ぼくに最悪の事態を心配させた，*p.48, l.3*）

10. **主語の倒置**

 Pourquoi un chapeau **ferait-il** peur ?（疑問文，*p.10, l.1*）

 « Oui », **fis-je** modestement.（挿入節，*p.22, l.5*）

 « Tu as donc soif, toi aussi ? » lui **demandai-je**.（挿入節，*p.146, l.21*）

 Ainsi l'**avait-elle** bien vite **tourmenté** par sa vanité un peu ombrageuse.（ainsi, peut-être, au moins などの副詞が文頭にある場合，*p.56, l.9*）

 J'ai de sérieuses raisons de croire que la planète d'où **venait le petit prince** est l'astéroïde B 612.（関係詞節，*p.28, l.1*）

 Vous êtes comme était mon renard. Ce n'était qu'un renard semblable à cent mille autres.（比較の従属節，*p.136, l.24*）

263

11. 関係代名詞 **que, qui, où**（⇨ 訳し方の要点 9, *p.252*）

Voilà le meilleur portrait **que** (…) j'ai réussi à faire de lui. (*p.14, l.4*)

Ça c'est la caisse. Le mouton **que** tu veux est dedans. (*p.18, l.27*)

Il était une fois un petit prince **qui** habitait une planète à peine plus grande que lui, et **qui** avait besoin d'un ami… (*p.32, l.2*)

Pour ceux **qui** comprennent la vie, ça aurait eu l'air beaucoup plus vrai.（指示代名詞＋関係代名詞, *p.32, l.3*）

J'ai de sérieuses raisons de croire que la planète d'**où** venait le petit prince est l'astéroïde B 612.（出身をあらわす前置詞 de ＋ où, *p.28, l.1*）

Je connais une planète **où** il y a un monsieur cramoisi. (*p.50, l.3*)

◆ **ce que / ce qui**（ce ＋ 関係代名詞）

Un mouton mange tout **ce qu'**il rencontre.（ce qu' = ce que, *p.46, l.19*）

Ce que j'aime dans la vie, c'est dormir. (*p.96, l.26*)

Ce qui embellit le désert, dit le petit prince, c'est qu'il cache un puits quelque part… (*p.148, l.9*)

12. 指示代名詞 **celui**（celle, ceux, celles）

Non ! **Celui**-là est déjà très malade. Fais-en un autre. (*p.18, l.13*)

La quatrième planète était **celle** du businessman. (*p.82, l.14*)

Celui que je touche, je le rends à la terre dont il est sorti, dit-il encore.（指示代名詞＋関係代名詞, *p.112, l.26*）

13. 中性代名詞 **en, le, y**

Mais peu d'entre elles s'**en** souviennent. (*p.6, l.12*)

Quand j'**en** rencontrais une qui me paraissait un peu lucide, je faisais l'expérience sur elle de mon dessin numéro 1… (*p.12, l.1*)

Je ne **le** savais pas. (*p.46, l.23*)

Il est contraire à l'étiquette de bâiller en présence d'un roi, lui dit le monarque. Je te **l'**interdis.（l' = le, *p.66, l.18*）

Il commença donc par les visiter pour **y** chercher une occupation et pour s'instruire. (*p.66, l.2*)

14. 否定文

Mon dessin **ne** représentait **pas** un chapeau. Il représentait un serpent boa… (*p.10, l.2*)（注意：直接目的補語につく不定冠詞は否定文で de になるが，この場合のように，「…ではなく～だ」と対比をあらわすときは変化しない）

Ça **ne** fait **rien**. Dessine-moi un mouton. (*p.14, l.28*)

Mon ami **ne** donnait **jamais** d'explications. (*p.32, l.22*)

Un dessin va, et l'autre **ne** ressemble **plus**. (*p.32, l.17*)

Je **n'**aime **guère** prendre le ton d'un moraliste. (*p.42, l.2*)

Il y avait toujours eu, sur la planète du petit prince, des fleurs très simples, ornées d'un seul rang de pétales, et qui **ne** tenaient **point** de place, et qui **ne** dérangeaient **personne**. (*p.52, l.20*)

Mais **personne ne** l'avait cru à cause de son costume. (*p.28, l.5*)

Rien n'est parfait, soupira le renard. (*p.130, l.5*)

Alors je **ne** lui parlais **ni** de serpents boas, **ni** de forêts vierges, **ni** d'étoiles. (*p.12, l.5*)

◆ ne… que～

これは否定表現ではなく「～しか…ない」という限定表現．強い肯定をあらわす．

Cet astéroïde **n'**a été aperçu **qu'**une fois au télescope… (*p.28, l.2*)

Tu **n'**avais eu longtemps pour distraction **que** la douceur des couchers de soleil. (*p.44, l.2*)

Voici mon secret. Il est très simple : on **ne** voit bien **qu'**avec le cœur. L'essentiel est invisible pour les yeux. (*p.138, l.13*)

15. 疑問文

Mais… **qu'est-ce que** tu fais là ? (*p.14, l.17*)

De **quelle** planète es-tu ? (*p.22, l.10*)

D'**où** viens-tu, mon petit bonhomme? **Où** est-ce "chez toi" ? (*p.22, l.23*)

Quel est le son de sa voix ? (*p.28, l.22*)

Alors les épines, à **quoi** servent-elles ? (*p.46, l.22*)

Que me conseillez-vous d'aller visiter ? (*p.106, l.5*)

16. 間接疑問文

Je voulais **savoir si** elle était vraiment compréhensive. (*p.12, l.3*)

Il me fallut longtemps pour **comprendre d'où** il venait. (*p.20, l.11*)

Je ne **compris** pas **pourquoi** il était si important que les moutons mangeassent les arbustes. (*p.34, l.11*)

Je ne **savais** pas trop **quoi** dire. Je me sentais très maladroit. Je ne **savais comment** l'atteindre, **où** le rejoindre… C'est tellement mystérieux, le pays des larmes！（疑問詞＋不定詞, *p.52, l.17*）

Et je **compris ce qu'**il avait cherché！(*p.154, l.7*)

17. 感嘆文

L'attacher ? **Quelle** drôle d'idée ! (*p.26, l.4*)

Comme c'est joli ! (*p.30, l.13*)

Que vous êtes belle ! (*p.54, l.24*)

Quelle drôle de planète ! (*p.118, l.15*)

Vous imaginez **combien** j'avais pu être intrigué par cette demi-confidence sur « les autres planètes ».（感嘆文が Vous imaginez の直接目的補語になっている, *p.22, l.20*）

18. 非人称構文 **il est**（**c'est**）＋形容詞＋不定詞／節

〈c'est＋形容詞〉は〈il est＋形容詞〉という正式の格調高い表現がなまったもので，日常的に用いられる．

…**c'est fatigant**, pour les enfants, **de** toujours et toujours leur donner des explications… (*p.10, l.13*)

C'est vrai que, là-dessus, tu ne peux pas venir de bien loin… (*p.22, l.16*)

C'est triste d'oublier un ami. (*p.32, l.9*)

Je ne compris pas pourquoi **il était** si **important que** les moutons mangeassent les arbustes. (*p.34, l.11*)

…**il est absurde de** chercher un puits, au hasard, dans l'immensité du désert. (*p.146, l.14*)

フランス語文法のおさらい

19. 強調構文 c'est～ que… / c'est～ qui…

C'est tout à fait comme ça **que** je le voulais !（p.20, l.3）

Et **c'est** ainsi **que** je fis la connaissance du petit prince.（p.20, l.10）

Ce sont des mots prononcés par hasard **qui**, peu à peu, m'ont tout révélé.（p.20, l.15）

C'est le temps que tu as perdu pour ta rose **qui** fait ta rose si importante.（p.138, l.18）

20. 形容詞や過去分詞，名詞の状況補語的用法

Il me voyait, **mon marteau à la main**, et **les doigts noirs de cambouis, penché** sur un objet qui lui semblait très laid.（p.48, l.24）

Il restait là tout **déconcerté, le globe en l'air**.（p.64, l.6）

Et le petit prince s'en fut, **perplexe**.（p.82, l.11）

Il but, **les yeux fermés**.（p.154, l.8）

21. 強調をあらわす副詞（句）

J'ai alors **beaucoup** réfléchi sur les aventures de la jungle…（p.8, l.8）

J'étais **bien** plus isolé qu'un naufragé sur un radeau au milieu de l'océan.（p.12, l.17）

Et j'ai vu un petit bonhomme **tout à fait** extraordinaire qui me considérait gravement.（p.14, l.2）

Un boa c'est **très** dangereux, et un éléphant c'est **très** encombrant. Chez moi c'est **tout** petit.（p.18, l.7）

Tu sais… quand on est **tellement** triste on aime les couchers de soleil…（p.46, l.9）

Il avait déjà **tant** voyagé !（p.98, l.18）

J'éprouve **tant de** chagrin à raconter ces souvenirs.（p.32, l.6）

Quand le mystère est **trop** impressionnant, on n'ose pas désobéir.（p.14, l.21）

Les fleurs sont **si** contradictoires! Mais j'étais **trop** jeune **pour** savoir l'aimer.（p.60, l.3）

Cet homme était **si** occupé **qu'**il ne leva **même** pas la tête à l'arrivée du petit prince.（p.82, l.14）

22. tout（toute, tous, toutes）

形容詞，副詞，不定代名詞，名詞があるので注意する必要がある．

Toutes les poules se ressemblent, et **tous** les hommes se ressemblent. Je m'ennuie donc un peu.（定冠詞＋名詞に先立つ形容詞，*p.130, l.8*）

Le premier soir je me suis donc endormi sur le sable à mille milles de **toute** terre habitée.（無冠詞名詞に先立つ形容詞，*p.12, l.16*）

Chez moi c'est **tout** petit.（副詞，強調をあらわす，*p.18, l.9*）

Tu confonds **tout**… tu mélanges **tout**！（不定代名詞，*p.48, l.28*）

Voilà… C'est **tout**…（不定代名詞，*p.174, l.3*）

Si les chasseurs dansaient n'importe quand, les jours se ressembleraient **tous**…（不定代名詞，主語 les jours と同格，*p.136, l.4*）

Je les résous **toutes**, dit le serpent.（不定代名詞，直接目的補語 les (= les énigmes) と同格，*p.114, l.5*）

Ce n'est pas drôle du **tout**, dit l'allumeur.（名詞，du tout は否定の強調，*p.96, l.8*）

23. 比較表現

…sa planète d'origine était à peine **plus** grande **qu'**une maison！（*p.26, l.15*）

Pourquoi n'y a-t-il pas, dans ce livre, d'autres dessins **aussi** grandioses **que** le dessin des baobabs ？（*p.42, l.10*）

Je ne suis pas **si** enrhumée **que** ça…（*p.64, l.14*）

Mais mon dessin, bien sûr, est beaucoup **moins** ravissant **que** le modèle.（*p.14, l.5*）

◆ comme と comme si ＋直説法半過去（または大過去）

Tu parles **comme** les grandes personnes！（*p.48, l.26*）

Ne traîne pas **comme** ça, c'est agaçant.（*p.64, l.22*）

Mais, si le mouton mange la fleur, c'est pour lui **comme si**, brusquement, toutes les étoiles s'éteignaient！（*p.52, l.7*）

J'ai sauté sur mes pieds **comme si** j'avais été frappé par la foudre.（*p.14, l.1*）

あとがき

　「おとなのための星の王子さま」という大学生用簡易テキスト作りが縁で、この対訳の仕事が舞い込んだとき、正直のところ躊躇した。『新訳　星の王子さま』(中央公論新社刊)の楽屋を見られてしまうような気がしたからである。
　しかし、フランス語を四十年近くも教えてきた経験を生かせば、独習者向きの独自な対訳書を生み出せるようにも思えてきた。
　外国語の勉強でいちばん大事なことは、日本語とは別の順序の考え方があることに気づくことである。言語は思考の道具であり、言語が異なれば思考の仕方も異なる。この対訳のはじめの三分の一はとくに、逐語訳に近い日本語を用いた。それは著者サンテグジュペリの思考の襞をあとづけるためである。語学では、逐語訳をあなどってはいけない。逐語訳によって、フランス人の発想の順序、思考の順序がよくわかり、日本語によるそれらの順序との違いがはっきり納得されるからである。このことは、ひいては文化の違いをわからせてくれる。
　本書では、フランス語が現在形であらわすところを日本語では過去形であらわすとか、名詞で表現するところを動詞で表現するとか、抽象名詞で言いあらわすところを具体的に言いあらわすとか、フランス語で表現できるところを日本語では表現できない(日本語の限界)とか、さらにサンテグジュペリの文体の格調高さと古風さ… そういうことをいちいち具体的に指摘した。付録の「訳し方の手引き」も含めて、詳細な注解によって、本書は類書には見られない独自色を出すことができたと自負している。
　最後にご教示を賜わったフランス人、とくに友人の Annie-France Renaudon, Jean-François Bazin のお二人に、ここに記して感謝したい。

2006 年 5 月 11 日

小　島　俊　明

第 2 版あとがき

　本書が発刊とともに大方の期待に応えることができ、一年を経ずして再版のチャンスが訪れるとは、望外の喜びである。この機会に、訳文、注解ともに加筆し、初版の不備を解消することができた。また、日本の読者以外に、フランス語圏における日本語学習者に配慮して、漢字のルビを多めにつけることにした。

　自由間接話法について質問が多いので付記しておきたい。この技法は非常に高度な内面描写の文学技法であり、ジョイス、ジッド以来二十世紀文学者によって多用されるようになった。小説の登場人物の内面を一人称の独白で描くのではなく、三人称で描く技法である。一人称の小説であってもこの技法が用いられることがあり、本書でも用いられている。この自由間接話法がわかるには単なる語学力では不充分で、文学的センスを磨くことが大事である。*Le Petit Prince* の新訳が沢山出ているので、この点に的をしぼって読み比べてみるのもよいのでは。

2007 年 4 月 27 日　小　島　俊　明

◇主な参考図書

　Grand Larousse Encyclopédique（Librairie Larousse, Paris, 1971）

　Le Nouveau Petit Robert（Dictionnaires Le Robert, Paris, 1993）

　Nouveau dictionnaire des difficultés du français moderne（Joseph Hanse, Éditions Duculot, Paris — Louvain-la-Neuve, 1987）

　Dictionnaire du bon français（Jean Girodet, Bordas, Paris, 1981）

　『新フランス文法事典』（朝倉季雄著，木下光一校閲，白水社，2002 年）

　『謎が解けるフランス語文法』（アニー・モヌリー＝ゴアラン著，善本孝 / 原田早苗 / 西村亜子訳，第三書房，2000 年）

　『サン＝テグジュペリの生涯』（ステイシー・シフ著，檜垣嗣子訳，新潮社，1997 年）

　『星の王子さまの眠る海』（エルヴェ・ヴォドワ他著，香川由利子訳，ソニー・マガジンズ，2005 年）

◇フランス語原書講読用テキスト（注と解説付．日本語訳は載っていません）

　『サン＝テグジュペリ（*Saint-Exupéry*）』（山崎庸一郎編注，第三書房）

　『夜間飛行（*Vol de nuit* [extrait]）』（芹沢純編注，第三書房）

著者紹介

Antoine de Saint-Exupéry（アントワーヌ・ド・サンテグジュペリ）
　作家，飛行士．1900年6月29日フランスのリヨンに生まれる．
　第二次大戦中，1944年7月31日任務のためコルシカ島のボルゴ基地からP-38型ライトニング偵察機で単身飛び立ち，そのまま消息を絶つ．この最期の状況は長い間謎だったが，1998年マルセイユの漁師の網にサンテグジュペリの名を彫った銀の腕輪が偶然にかかって発見される．その後P-38型ライトニングも見つかり，2003年機体が海底から引き揚げられ，翌年サンテグジュペリの搭乗機と確認される．銃痕はなかった．
　著書：Courrier-Sud『南方郵便機』（1929），Vol de nuit『夜間飛行』（1931），Terre des hommes『人間の大地』（1939），Pilote de guerre『戦う操縦士』（1942），Lettre à un otage『ある人質への手紙』，Le Petit Prince『星の王子さま』（1943），Citadelle『城砦』（1948），Lettres de jeunesse『若き日の手紙』，Carnets『手帖』（1953），Lettres à sa mère『母への手紙』（1955），Un sens à la vie『人生に意味を』（1956）．

訳・注釈者紹介

小島俊明（こじま　としはる）
　詩人，フランス文学者．岐阜県に生まれる．
　主要著書：詩集『組詩　セバスチャン・バッハの朝』（光明社）『アシジの雲雀』（思潮社），『星の王子さまのプレゼント』（中央公論新社），訳書にサンテグジュペリ『星の王子さま』（中央公論新社）クロソウスキー『かくも不吉な欲望』（現代思潮社）ルイ・アントワーヌ『アシジのフランシスコを読む』（聖母の騎士社）など．

対訳　フランス語で読もう
「星の王子さま」

2006年6月29日　初版発行
2007年6月12日　2版発行

著　者　アントワーヌ・ド・サンテグジュペリ
訳注者　小　島　俊　明
発行者　藤　井　嘉　明
印刷所　研究社印刷株式会社

発行所　有限会社　第三書房
〒162-0805　東京都新宿区矢来町106
Tel. (03) 3267-8531（代）　振替 00100-9-133990

落丁・乱丁本はお取り替えいたします　　　　Printed in Japan

ISBN 978-4-8086-0620-6

ガリマール社発行の全文朗読 2 枚組 CD《日本版》
朗読 CD
フランス語で聴こう「星の王子さま」

アントワーヌ・ド・サンテグジュペリ
ベルナール・ジロドー 朗読

名優ジロドーによる巧みな語り口で，王子さまはもちろん，王さま，点灯夫，蛇… すべての登場人物が，詩情あふれる音楽とともに，生き生きと私たちの目の前に現れます．朗読のほかにサンテグジュペリの生前のなまの声を収録（仏文と小島俊明訳文つき）：「トリポリタニア着陸」，「アメリカ民間航空」，「人間の大地」，「メルモーズ頌」，「親愛なるジャン・ルノワール（サンテックスの歌声が聴けます！）」
A5 判　31 頁　CD 2 枚組　定価 3150 円（税込）

世界中で愛読されている文法書で謎を解こう！
謎が解けるフランス語文法

アニー・モヌリー＝ゴアラン 著
善本　孝／原田早苗／西村亜子 共訳

初心者から上級者まで，フランス語のさまざまな「謎」に答える画期的な文法書．日本人にとって「ここがわからない」というポイントを重点的に解説しました．豊富な用例と実践的な解説でコミュニケーションのためのフランス語学習に最適です．フランス人の生活に密着した広告や漫画，詩などバラエティーに富んだ documents authentiques を出発点に，使える文法が身につきます．
A5 判　310 頁　定価 3045 円（税込）

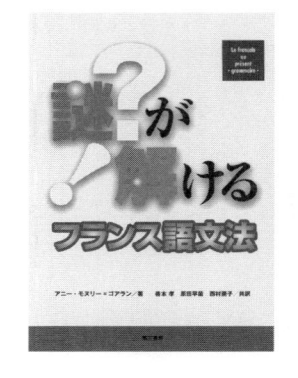

●消費税 5％ 込みの金額です．